L'ANNÉE DE L'AMOUR

Collection dirigée par
Jacques Dubois et Hubert Nyssen

Aux hommes qui construisaient la tour
de Babel afin de se rapprocher du ciel,
Dieu, mécontent, infligea la diversité
des langues. Il donnait du même coup
naissance à des littératures multiples
et, en quelque manière, préparait la li-
tière des traducteurs. Les éditeurs s'en
sont souvenus au moment de dénom-
mer une collection qui rassemble des
ouvrages du monde entier. Les textes
ainsi repris dans ces livres de poche
ont pour particularité de se voir accom-
pagnés toujours d'une préface d'écrivain et d'un dossier établi par un
spécialiste qui s'attache à situer l'œuvre
dans le contexte qui l'éclaire.

Illustration de couverture :
Pierre Auguste Renoir,
Le Pont des Arts et l'Institut, 1868 (détail)

Conception graphique :
Denis Schmit

Photographie :
(tous droits réservés)

Titre original :
Das Jahr der Liebe

© Suhrkamp Verlag, Frankfurt am Main, 1981

© ACTES SUD 1985 pour la traduction française
ISBN 2-8040-0436-8 (Labor)
ISBN 2-86869-356-3 (Actes Sud)

PAUL NIZON

L'ANNÉE
DE L'AMOUR

roman

Préface de Michel Contat
Lecture de Martina Wachendorff

ACTES SUD / LABOR

Le traducteur est heureux d'exprimer sa gratitude à Hermann Baümer qui l'a aidé de ses conseils.

PRÉFACE

*Ce n'est pas un livre que vous tenez
entre les mains, c'est un homme.*

WALT WHITMAN

Donc vous avez lu L'Année de l'amour *et vous souhai-
tez échanger quelques idées à son sujet (car c'est à
cela que sert une préface, n'est-ce pas, et puis à obtenir
des précisions sur l'auteur, non de la préface, mais du
livre). Il faudrait commencer en parlant de la musique
de ce livre, vous y avez été sensible, d'emblée, aussi n'en
dirai-je qu'un mot, en coda. De l'auteur, je dirai par
exemple ceci : quand, à l'âge de trente-quatre ans, il était
à Rome, où il venait d'écrire son second livre,* Canto, *et
qu'il en attendait la sortie imminente, il se trouvait sur la
plage à côté de son grand aîné et compatriote Max Frisch,
à regarder la mer, en silence. Celui-ci lui demanda
pourquoi il avait l'air si sombre. Paul Nizon lui répondit :
"C'est à cause de toute cette littérature que* Canto *va faire
disparaître d'un coup." "Comme le passage du Moyen Age
à la Renaissance, hein", ajoutait malicieusement Max
Frisch, de qui je tiens l'anecdote. Elle prouve en tout cas
que Paul Nizon a autant d'ambition que d'humour.
Il aime bien aussi cette plaisanterie de son ami Elias
Canetti, autre grand aîné, qui vit à Zurich, la ville d'où
Nizon, grand angoissé, a fui pour écrire* L'Année de
l'amour : *"Imaginez quelqu'un disant à Shakespeare :
«Relax !»"*

*A douze ans, Paul Nizon savait ce qu'il voulait deve-
nir : écrivain. Mais ce n'est qu'à l'approche de la cinquantaine qu'il est entré en écriture comme un moine
prononce ses vœux : radicalement, et aux dépens de tout*

7

le reste. Auparavant, il avait toujours écrit, des romans, des proses, des essais, des articles ; il a soutenu une thèse d'histoire de l'art sur Vincent Van Gogh, il a longtemps assuré la chronique de peinture dans la Neue Zürcher Zeitung *; mais c'était son métier, ce n'était pas sa vie. Pour que l'écriture devienne* tout, *il a fallu qu'il se transplante, qu'il arrache violemment ses racines, qu'il se décloue de la croix, celle du drapeau suisse, dont Jean-Luc Godard dit qu'il représente "le sang des autres, avec une croix dessus". Je ne dirais pas que la Suisse n'est pas une terre favorable à la création. Les artistes suisses sont nombreux et ils ne vivent pas tous à l'étranger. L'un des plus grands, Friedrich Dürrenmatt, n'a jamais quitté longtemps le pays natal. Tous cependant ont l'émigration au cœur, comme une tentation, un appel. Et beaucoup aussi y cèdent, ou y répondent. C'est qu'il y a en Suisse un risque mortel. "Lebensgefahr", lit-on sur les panneaux qui signalent un danger. Cela m'a toujours fait rire, parce que j'y lisais : "Danger de vie", et non pas "Danger de mort", comme on l'écrit en France. La vie est tellement périlleuse, risquée, menaçante, comme le plaisir, que la plupart des Suisses choisissent de s'absenter d'eux-mêmes, dans une sorte de mort vivante, que l'on appelle parfois le confort, ou l'"étroitesse". Pour un artiste, c'est le pire, l'anesthésie. Auteur d'un scandaleux* Diskurs in der Enge *(Ecrit d'un lieu étroit), Paul Nizon est un réfugié suisse, un rescapé de la mort dans la vie.*

Le moyen de ce sauvetage, vous l'avez sous les yeux, c'est l'écriture. L'Année de l'amour *(titre admirable) n'est pas le récit d'une conversion à l'écriture, mais bien la conversion elle-même : un livre en train de s'écrire, à la suite d'un coup d'Etat existentiel transformé en révolution permanente, une vie qui s'écrit, une écriture qui se vit. Le grand écrivain n'est pas d'abord quelqu'un qui aime la littérature, c'est quelqu'un qui ne peut vivre sans écrire.* Am Schreiben gehen *est le titre en allemand d'un "art littéraire" que Nizon a écrit, jeu de mots sur l'expression "Am Stock gehen", qui signifie marcher à l'aide*

8

d'une canne, ou d'un bâton, comme un promeneur dans les Alpes.

Ce promeneur qui a quitté la Suisse comme un voleur pour vagabonder dans les rues de Paris et écrire, à l'abri, dans une chambre-alvéole où il s'expose au plus dangereux de tous les risques mineurs, celui de sombrer dans la solitude et la manie, comme le vieux aux pigeons qu'il observe de sa fenêtre sur cour, ou ce voisin du temps de Zurich qui prétendait écrire un livre mais perdait tout son temps à errer et à palabrer dans les cafés, cet écrivain enfin devenu professionnel parce qu'il ne fait rien d'autre qu'écrire de la littérature, c'est le narrateur de L'Année *de l'amour, l'année de tous les dangers, mais aussi l'année de la renaissance par l'écriture. "Une vie se gagne ou se perd", comprend-il enfin, et c'est la seule chose qu'il importe de savoir, le plus tôt possible, dans la vie. Est-ce Nizon, ce narrateur ? Il se définit lui-même comme "un autobiographe fictionnaire", ce qui veut dire qu'il est autant le produit de sa propre écriture que le fils de personnages littéraires, ou d'écrivains, comme Robert Walser, Henry Miller, Louis-Ferdinand Céline, n'en citons que trois parmi ceux qui ont compté pour Nizon plus que les autres…*

Vous tenez donc entre les mains un livre qui a sauvé son auteur ; il ne vous sauvera pas, personne ne peut faire votre salut à votre place. A cette névrose typiquement suisse qu'il est loisible d'appeler le nombrilisme, cette façon de ne percevoir le monde qu'associé à votre propre tourment ou à vos petites joies, il n'y a probablement pas d'autre issue que l'interminable écriture de soi. Je connais des gens que cet auto-centrement littéraire agace et qui lui préfèrent une ouverture moins étroite au monde. Ils reconnaissent cependant que l'helvétisation progressive du monde occidental rend cette littérature égotiste le témoin le plus véridique de notre dernier quart de siècle. Réfugié au cœur d'un 18e arrondissement célinien, Nizon, l'immigré suisse, nous restitue Paris tel qu'aujourd'hui la migration nous le change : L'Année de l'amour, *de l'amour d'une ville, de l'amour des femmes (qui n'est pas l'amour d'une femme, ni de la femme, mais le goût de se frotter à des corps complices et, pourquoi pas, vénaux), est l'un des plus beaux livres jamais écrits sur Paris (peut-être faudra-t-il dire plus tard : sur Paris d'avant le Sida).*

Plus encore qu'un fils de Céline ou d'Henry Miller, le Nizon de L'Année de l'amour *apparaît comme un cousin germain du Roquentin de* La Nausée. *Un Roquentin plus rieur, qui nous livrerait en direct ce livre de salut qu'il envisage d'écrire après avoir abandonné la biographie de Rollebon. Equivalent du "Some of these days" qui fait échapper le héros à la nausée dans le roman de Sartre, les pages qui décrivent un clarinettiste jouant avec un petit orchestre de jazz sur le trottoir du Printemps, boulevard Haussmann, sont la métaphore littéraire de cet "élixir de vie" que* L'Année de l'amour *veut nous glisser sous la peau. Ces pages à l'allégresse cabriolante prouvent qu'en littérature la musique est affaire de rythme, de phrasé, d'orchestration des thèmes, de tempo. Alors, que la musique évoquée soit celle d'un musicien amateur ou celle de Charlie Parker, cela importe peu, pourvu que les phrases elles-mêmes aient du swing.* L'Année de l'amour *est le livre le plus musical que je connaisse. Musical, pictural aussi (ces couleurs de toile cubiste), et existentiel, que demander de plus ? Il y a des gens qui apprennent l'allemand pour lire Freud dans le texte. Il y en aura, stimulés par l'amoureuse traduction donnée ici par Jean-Louis de Rambures, qui apprendront cette langue pour s'incorporer la musique de Nizon tout à fait.*

MICHEL CONTAT

CE RÊVE, JE L'ÉCRIS MAINTENANT, cet après-midi, dans ma chambre qui ressemble à une alvéole, un peu pour exercer ma plume, et cela tandis que l'homme aux pigeons se remet à *vociférer*, à ronchonner contre sa vieille, ce ronchonnement qui s'enfle et décroît tour à tour, jusqu'à ce qu'elle, de sa voix stridente et éraillée, lui ait cloué le bec une bonne fois, un rapport de forces ; tandis que le nouveau-né piaille, ce n'est pas vraiment un piaillement, plutôt un râle, mais à la vie ou à la mort, un combat désespéré, avec pour toute arme cette voix de nourrisson au bord de la suffocation, de l'asphyxie ; tandis que d'une fenêtre en dessous monte sans relâche le rythme entêté, orgiaque, d'un orchestre rock ; venues de plus loin, des voix quelconques mêlées de rires et, par-dessus le marché, le débit monotone, mécanique, entrecoupé de bruits variés, de parlotes échappées d'un poste de télévision

l'après-midi cependant touche à sa fin, mais comme nous avons l'horaire d'été, soit une heure d'avance, il est à peine quatre heures, et moi j'écris ce rêve dans lequel je me trouve à Rome, cette ville qui revient toujours dans mes rêves, et là je m'approche de cette porte étroite, de ce boyau au détour duquel on découvre le paradis ou l'ivresse, je descends une dégringolade d'escaliers mais la porte étroite qui mène à l'ivresse ne se trouve pas si facilement

n'empêche que j'y étais il y a deux heures et que j'y ai rencontré Livia, une fille du temps où j'étais boursier; dix-sept années ont passé et elle a vieilli, cela se voit, pourtant elle est restée la même, avec sa peau constellée de tavelures et sa chevelure rousse, il paraît qu'elle a toujours vécu à Naples depuis lors – son père, je m'en souviens maintenant, était professeur – elle se trouvait donc là en compagnie de quelques autres types du même âge, curieusement tous sont restés des boursiers, moi seul excepté, sans le vouloir je m'approche d'eux, occupés à boire du thé ou à pique-niquer derrière un pan de mur envahi d'un fouillis de plantes grimpantes et épineuses, au feuillage rude et persistant ; ils ne m'accueillent pas les bras ouverts, ne me chassent pas non plus et je m'assieds au milieu d'eux, sur ce banc garni d'oisifs, pour un peu j'aurais l'impression d'être invisible, ou de faire partie d'une autre réalité ; je suis au milieu d'eux mais ils sont entre eux et m'ignorent

mais voici qu'apparaît sous la table, à mes pieds, un chat qui se met à jouer avec ma chaussure, il finit par se coucher sur le dos, par jeu, mais avec une certaine brutalité, il donne des coups de griffes, s'agrippe maintenant à ma chaussure, à mon pied, j'ai beau m'efforcer de le faire lâcher prise, je constate qu'il n'y a rien à faire, il faudrait que je le prenne par la peau du dos et l'envoie promener ou que je lui flanque un bon coup de pied ; en désespoir de cause je me tourne vers les occupants du banc de pierre pour les appeler à la rescousse, c'est à eux de me débarrasser de ce chat, ils ne manifestent aucune réaction et je me rends compte à présent que je suis au milieu d'une assemblée de défunts à moins que ce soit moi le défunt parmi les vivants – toujours aucun signe de vie, ils font comme si je n'existais pas

nous voilà maintenant en route, les éternels étudiants et moi, entassés dans une sorte de chariot ; installé, à l'avant, je n'arrive plus, en fin de compte, à diriger l'attelage, cela va trop vite et se terminera par une culbute

un peu plus tard ladite Livia se tourne vers moi, elle est devenue plutôt forte et a beaucoup grandi, elle qui était jadis maigre comme un clou et se prenait pour une sylphide, elle me demande si je suis toujours journaliste, et moi je lui réponds, presque outré, que je n'exerce plus ce métier depuis belle lurette, que je suis vraiment maintenant un écrivain vivant uniquement et professionnellement de sa plume, oui, c'est bien ce qu'elle avait entendu dire, mais à son avis je m'en tirerai pas, comme je proteste énergiquement, elle se tourne déjà vers quelqu'un d'autre; que peut bien signifier un rêve comme ça, je ne m'en éveillai pas néanmoins tout joyeux en entendant le vacarme et les voix de ma cour, cette avalanche de vie humaine, française, de vie parisienne, qui se déverse avec fracas dans ma cour, ces débris de chansons, de conversations, ce grondement vital qui jamais ici ne cesse. *Et la vie ne s'y épuise jamais*, avais-je écrit autrefois en pensant à cette autre terre, la terre espérée ou promise de la vie inépuisable et éternelle

à présent je songe dans ma chambre à Dorothée, c'est ainsi que se nomme la petite dans la *«maison de rendez-vous»* de Madame Julie, j'avais jeté mon dévolu sur elle au milieu de la ronde des filles qui défilaient en trottinant dans le salon grandiose de Madame Julie et c'était un bon choix; il n'est pas si facile de se décider aussi vite lorsqu'elles sont si nombreuses à s'avancer l'une derrière l'autre vers toi qui es assis au bar, à te sourire tout en te tendant la main, tandis que Madame Julie t'annonce au fur et à mesure leur nom et que toi tu essaies de te faire ta petite idée et de retenir le nom qui bien entendu est un nom de guerre, la suivante est déjà là – j'avais fait cependant mon choix sans hésiter, bien que deux ou trois autres eussent pu faire l'affaire

là-haut, je la regardai de plus près, n'étant pas tout à fait sûr que ce fût bien la bonne, mais elle avait toujours l'air aussi mignonne, très mignonne, ici dans notre chambre à coucher fastueuse, elle avait des cheveux souples, décolorés, coupés court, avec ce visage impertinent de Française au milieu duquel brillaient divinement des yeux rieurs et pleins de gentillesse qui vous offraient d'avance une charmante camaraderie, la bouche était séductrice, pleine sans être trop grande, avec des lèvres ourlées, *comme légèrement gonflées par une piqûre d'abeille*, ai-je lu quelque part, trouvant que c'était merveilleusement dit, je remarquai immédiatement que ses cheveux étaient teints ; en réalité c'est une brune, mon Dieu qu'elle est belle quand elle se tient ainsi, toute nue, occupée à retirer son étroite robe du soir noire et qu'en dessous elle ne porte rien d'autre ; elle est vraiment belle, me dis-je, quel galbe extraordinaire, quel moelleux, quel arrondi dans sa sveltesse, superbe, cette façon de cambrer le ventre, les fesses et les cuisses, sans exagération mais d'une manière enjôleuse, c'est le genre de corps qu'on aimerait boire – *vous avez un corps léger*, dit le bandit du roman de Robert Walser en s'adressant à sa logeuse, fichtre, c'est dit d'une manière si gentiment gauche et si peu érotique, alors que ce corps, lui, proclame malgré toute sa sveltesse le mot femme, c'est vraiment étrange chez une fille aussi jeune, ses seins étaient tendus de façon si provocante, durs et fermes, légèrement incurvés vers le haut, oui, une fille comme cela, on voudrait la lamper, la gober comme une huître ; pendant ce temps elle se lave sans la moindre retenue sur le bidet et moi, debout dans l'embrasure de la porte, je bavarde avec elle, lorsque nous nous retrouvons ensuite dans le vaste lit je prends possession de tout cela, tous nos membres sont unis dans cette merveilleuse preuve de confiance qui n'existe que dans l'amour, tu le vois bien à ma toison, dit-elle, que je ne suis pas une vraie blonde, et elle m'a raconté avec le plus grand naturel toute sa vie

Dorothée avait travaillé dans un magasin de mode, elle était à la vente, mais s'est également occupée des achats, et lorsqu'on s'était agrandi, qu'un étage supérieur était venu s'ajouter à la boutique et qu'elle en fut responsable, toute seule là-haut, elle s'était dit, maintenant il va y avoir une augmentation de salaire, elle ne gagnait pas même deux mille francs ; plutôt dans les mille, dit-elle, mais le chef ayant refusé, elle avait dans un mouvement de colère instinctif rendu son tablier ; elle n'a même pas travaillé une année là-bas, et désormais, elle est chez Madame Julie, elle a un petit ami, qui a vingt-huit ans et compose de la musique pour des chansonniers, il a même écrit pour Sardou, je ne connais pas, dis-je, quoi, tu écoutes tout de même la radio, tu regardes la télé, ce n'est pas possible que tu ne connaisses pas Sardou

une fois au lit, ces mille et une manières de se frotter l'un contre l'autre, de se caresser et de s'embrasser de plus en plus frénétiquement, et cette jeune fille, cette femme dans le corps d'une jeune fille nommée Dorothée, lorsqu'elle repose ensuite dans le lit, elle met les mains sur ses seins et sur son ventre, l'une en haut sur les seins, l'autre en bas sur le ventre, ce n'est pas vraiment un geste d'autodéfense car en dessous elle est nue, relaxée, les jambes écartées et détendues, qu'est-ce que tu fais avec tes mains, c'est mignon, lui dis-je, mais pourquoi le fais-tu. Ça, dit-elle, c'est toujours ainsi que je dors, en tout cas c'est ainsi que je me retrouve à mon réveil. Peut-être est-ce la posture que prend un tout petit enfant pour se caresser, je n'ai à vrai dire pas d'expérience dans ce domaine

mais *c'est* de l'amour, me dis-je, puisque tout est là comme dans l'amour véritable, les baisers sans fin, les mille manières de s'enlacer, sans oublier l'acte proprement dit, accompagné de toutes sortes de grognements, soupirs et petits cris, des halètements conjoints, c'est vrai qu'on s'aime quand on se plaît ensemble et que les membres et la peau des deux partenaires se désirent, autrement, on ne se laisserait jamais aller et

et à présent je suis à une table de café par un petit matin dominical, place Clichy, en septembre, une matinée rayonnante de clarté et mordante de froid, je regarde la rue d'Amsterdam avec son petit bout de ciel, si beau, strictement canalisé, circulation encore clairsemée, nous sommes assis à la terrasse, à l'abri de la marquise, Beat et moi, Beat porte son Burberry, qui lui va bien car il est grand et mince, l'imperméable anglais en tout cas lui va à la perfection, flotte même légèrement quand il marche ; nous sommes assis, Beat, avec son crâne de guerrier batutsi, ses yeux sombres et scrutateurs, vaguement ironiques derrière les lunettes à monture d'acier, lui le touriste, moi l'autochtone, mais que peut bien vouloir dire le mot autochtone dans une ville comme celle-ci, disons plutôt : je suis ici celui qui disparaît, une mouche, un pou, un atome, un fugitif, ah que je suis heureux Beat, dis-je, d'être parvenu à mes fins, d'avoir réussi à couper le cordon ombilical, à passer de l'autre côté, tu ne trouves pas, c'est comme un nouveau départ dans la vie, à près de cinquante ans, tu ne trouves pas, dis-je, je lui répète ce qu'en pensent certaines gens, à savoir que toutes ces déclarations de changement de résidence, ces formalités officielles, cette expatriation sanctionnée par la loi, que tout cela est en réalité parfaitement inutile, que ce ne sont que des simagrées, avec tous les inconvénients inhérents, tels que la perte de ma mutuelle, de mon assurance maladie, des points de retraite et du droit de réversion pour le conjoint survivant, des inconvénients indiscutables à les en croire, dis-je à Beat. C'est comme un acte de mariage, cela induit une situation irréversible, c'est un risque indéniable, dit-il, et cela crée une différence, aucun doute. Il veut parler de la différence avec le touriste qui, c'est vrai, garde un lien avec son pays, même si sa vie se passe à le quitter pour séjourner à l'étranger. C'est comme si l'on coupait les ponts, c'est l'aventure, dit mon cher Beat et je me dis soudain que c'est moi qui vais désormais l'accueillir et le régaler, moi qui suis maintenant sur l'autre rive, en liberté, *oh, pied désentravé*, écrivis-je un jour avec nostalgie

Beat avait les yeux encore collés par le sommeil, la peau blafarde et brouillée, le teint d'un noctambule, tu as fait la fête hier soir, hein, Beat. C'est en effet le cas bien que je ne réussisse à lui en soutirer que des bribes.

Je suis assis à cette table de café, comme s'il s'agissait du Nouveau Monde, comme un émigrant, je me sens libre comme l'oiseau sur la branche, j'éprouve de la gratitude envers ma mère nourricière, cette grande et antique cité qui s'étale sous mes yeux, une certaine fierté également pour l'extraordinaire spectacle qu'elle donne d'elle-même dans la lumière glaciale de ce matin de septembre, place Clichy, histoire de faire un peu le mariolle, je traverse la place et vais chercher des cigarettes. J'ai remis à la réception du respectable hôtel de Beat les deux lettres que j'ai écrites au milieu de la nuit, dans un état de joie insensée, tandis qu'un concert de jazz passait à la radio ; désormais, je me sens totalement disponible. Il va falloir que nous levions l'ancre, Beat, attends pour te goinfrer ; je me propose de l'entraîner dans la gargote portugaise que j'ai récemment découverte à la sortie de la ville, là-bas, presque à la porte de Clignancourt. Pour tuer le temps, nous faisons un grand détour par la place des Abbesses, descendons ensuite le boulevard Rochechouart, faisons en outre un crochet par les rues arabes, si décriées, mais si merveilleusement animées, avec ce brin d'étrangeté dû au fait qu'elles sont absolument hermétiques à notre sensibilité – elles affichent des noms comme rue de la Goutte-d'Or ou rue de Chartres, mais n'en sont pas moins de vrais morceaux d'Orient. Puis c'est le boulevard Barbès avec le grouillement de son marché dominical et, plus loin encore, le boulevard d'Ornano. Sauvé, je suis sauf. C'est le chant d'allégresse qui éclate et murmure en moi au long de notre flânerie

un peu comme cet autre chant d'allégresse, la clarinette de ce jeune homme, étudiant sans doute, qui, accompagné de deux gratteurs de banjo et d'un bassiste, jouait récemment, ce devait être la semaine passée devant le Printemps, une foule considérable, clouée sur place, se pressait sur le trottoir devant le grand magasin, jeunes et vieux, hommes de toutes couleurs, enfants, et de temps à autre quelqu'un s'avançait pour déposer une petite pièce dans l'étui de l'instrument placé sur le sol ; il y avait quelque chose de si touchant dans ces allées et venues individuelles, à la manière des entrées et sorties d'un comédien venant saluer sur le plateau, rien à voir avec un geste que l'on accomplit «comme ça en passant», ces individus, ces donateurs, s'empressaient en effet de rentrer dans le rang des auditeurs, c'était une action de grâces, oui, un acte individuel comme on s'incline à l'église devant un autel, c'était à la fois le dépôt d'une obole ou d'une couronne, une génuflexion, un acte de foi. Ces individus qui se détachaient soudain de la foule pour s'avancer ainsi vers les quatre jeunes musiciens ou artistes ambulants, les uns craintivement, parmi eux de très vieilles gens, d'autres avec précaution, comme s'ils avaient peur de déranger, mais tous venaient témoigner ; quoi au juste ? leur reconnaissance, leur complicité, leur solidarité ?

Un spectacle passionnant, la clarinette surtout, qui jaillissait de ce tout jeune type comme un appendice buccal, une trompe, et qui semblait liée, soudée à la joue gauche dilatée, gonflée par le souffle, et le petit mec faisait lui aussi corps avec la musique, avec cet air de clarinette, à la fois strident, exultant, merveilleusement filé, vibrant aux quatre coins du ciel, qui vous soulevait et vous emportait, le garçon tout entier n'était que musique, révolte, plainte et consolation, on voyait littéralement jaillir les cascades de notes de sa bouche, de son corps que parfois – comme s'il guettait quelque chose ou voulait s'exalter encore plus – il pliait soudain en deux, l'instrument tourné vers ses trois camarades, une provocation, un coup de fouet, et de fait, les gars aux banjos et le petit gros à la basse intensifiaient visiblement leur jeu

tout cela sonnait, geignait, exultait, fouettait, fouettait nos sentiments. Parfois, lorsque les banjos se mettaient de la partie, ou que le bassiste entonnait un solo, il s'asseyait sur le rebord de la vitrine, tout petit, penché en avant, battant la mesure avec son pied droit, et très doucement, presque dans un murmure, il plaçait sa propre partie dans le jeu des autres jusqu'au moment où celle-ci l'emportait à son tour et que l'air et nos cœurs se fussent mis à voler en éclats. Tous étaient cloués sur place, entre les musiciens et les spectateurs, il n'y avait point d'autres liens que celui, irrésistible, que créait la musique

plus tard, à l'intérieur du grand magasin, tandis que j'explorais les rayons en quête d'un sac à main pour ma mère, un cadeau que je voulais lui faire pour son proche anniversaire, le soixante-dix-neuvième, la musique me poursuivait toujours, mais je ne savais plus si je l'entendais réellement, ou si elle m'avait à ce point contaminé, pénétré, que c'était en moi que maintenant elle jouait, tonitruait, gémissait et triomphait

je ne ressentais plus qu'amour pour tous les autres, ceux qui avaient fait cercle avec moi, là dehors, ce matin

ma mère, je la vois sautillant vers la porte de son pas raide et court, elle s'est voûtée et tassée. Cette résidence pour personnes du troisième âge est son nouveau logement, moderne et froid, ce logement donne une impression de gri-saille à force d'être fonctionnel, mais peut-être n'est-ce dû qu'à la moquette grise et à la relative pénombre, bien que du côté de la terrasse la paroi soit entièrement vitrée, la salle de séjour n'est claire que lorsque le temps est vraiment radieux ; la maison est située en dessous du pont de la Halle aux Blés, au milieu des arbres il est vrai et dans un environ-nement absolument royal, mais on ne peut dire qu'il y fasse clair. Mère veille en outre à ce que son logement soit aussi propre et impersonnel que si, au lieu d'en être la propriétaire, elle n'y était que préposée au maintien du bon ordre et de l'hygiène ; dans la salle de bains, la cuisine avec tous ses placards et ses tiroirs incorporés, rien ne traîne qui permet-trait de conclure à une présence humaine ; en vérité, c'est la peur qui se lit sur le visage de ma mère et qui ressort de ses paroles, peur de faire du vacarme, peur du bruit en général. Avec cela une gentillesse appuyée, presque servile, envers les autres occupants de cette cité du troisième âge, je ne sais s'il s'agit de timidité, d'une forme d'avilissement. Chaque fois qu'elle s'approche à petits pas, toute raide et voûtée, qu'elle ouvre la porte de ce studio qui paraît vide en dépit de tout son mobilier, absolument aussi vide qu'un garage, sa surprise elle-même est ou semble mensongère ; je ne sais si elle se rend vraiment compte que j'ai fait tout ce voyage pour la voir, ou si elle s'imagine par hasard que je suis là à demeure ; ce serait tout de même affreux si tel était son état mental, ou serait-ce une délivrance ? Cette décoloration pro-gressive, ce limogeage, cette mise au rancart

c'est bien que tu sois venu, tu es vraiment mon seul rayon de soleil, dit-elle, et ses yeux s'embuent de larmes : tu sais, je n'ai plus qu'une envie, c'est de rentrer chez moi, ah, si je pouvais disparaître… Mais qu'est-ce qui te prend voyons, est-ce que tu as des problèmes ? Tiens, fais-moi un café, je m'efforce de plaisanter, mais la voilà qui revient déjà avec une cafetière pleine, quelle odeur, quel goût étrange il a, dis-je, et aussitôt je regrette ma phrase malencontreuse car déjà une sorte d'entêtement ou de colère monte en elle, la voilà derechef qui trottine vers la cuisine pour me montrer la boîte ; du Nescafé, mon Dieu, et elle n'a pas lésiné sur la dose, est-ce le grand âge, me dis-je, mère qui était autrefois si fière de son café ; elle revient maintenant avec une coupe garnie de biscuits à l'aspect poussiéreux, voire plâtreux, qu'elle pose à côté d'un horrible bouquet de fleurs séchées et du compotier où se ratatinent des oranges et des pommes

nous voici installés face à la baie vitrée, devant le joli petit guéridon aux pieds Biedermeyer, à côté des sièges Biedermeyer, et je remarque tout de suite qu'elle n'a pas l'habitude d'être assise à cette place ; tu t'obstines toujours à ne pas utiliser le coin-repas, mère, lui dis-je, voyant que tout a l'air si neuf, elle reconnaît qu'habituellement elle prend le petit et même le grand déjeuner à la cuisine, sur l'élément, tu sais, l'élément du bloc incorporé, comme ça je peux débarrasser immédiatement, je ne perds pas de temps ; mais tu as le temps ma petite maman, dis-je, pourquoi ne t'installes-tu pas confortablement, tu as vraiment tout le temps. Non, dit-elle, et son visage arbore à nouveau cette expression hostile, butée et méfiante, elle ne va pas tarder à se plaindre, à bouder : non, mais qu'est-ce que tu t'imagines, je me lève tous les matins à six heures pour nettoyer la cuisine et l'appartement, après avoir fait mon lit, ta mère est une personne qui a travaillé toute sa vie, beaucoup trop, l'entends-je dire ; et à présent, je me rends compte qu'une curieuse odeur de renfermé règne dans l'appartement, je me surprends à penser : elle ne doit pas avoir bien souvent l'occasion de se laver à fond, avec ses jambes à vif, ces jambes qui suppurent toujours un peu ; elle les emmaillotait soir et matin dans des bandages et des compresses à la pommade, c'est sûr, avec des jambes comme ça, elle ne doit guère utiliser la douche ultramoderne, pourquoi se doucher d'ailleurs, me dis-je, et voici que sur sa belle tête rapetissée, j'aperçois une sorte de protubérance, juste en dessous de la chevelure intacte et maintenue par un chignon, oui, j'ai l'impression de découvrir un embryon de corne sur son front, mais peut-être est-ce l'expression têtue, bornée, qui me suggère et me fait miroiter cette image je m'assieds sur le lit, le mot sofa conviendrait mieux, je ne sais plus quoi dire. Dans cette pièce couleur muraille, assis en face de ma petite mère muette, je me sers des biscuits poussiéreux, bois la lavasse dans les belles tasses anciennes, des tasses anglaises noires et ornées d'un décor doré, puis nous sortons sur cette terrasse inutilisée, vierge de toute fleur ou plante, devant la terrasse s'étale une pelouse avec de grands arbres séculaires et, dominant le tout, c'est l'envolée des piliers et des arches du vieux pont en fonte qui assombrit et enténèbre le paysage, au point que l'on ferait mieux d'allumer la lumière. Je mets la radio.

Se dégourdir la plume, tel est le nom que je donne à ce travail de notations qui est mon occupation quotidienne, je pourrais aussi bien employer le mot s'échauffer. Je m'échauffe pour ne pas me rouiller, pour me maintenir en état de marche. Ou s'agit-il simplement d'échapper à cette liberté, à ce vide atroce ? Je suis à Paris, mais je vis dans cette pièce étroite comme une alvéole et le temps s'écoule. Je guette. J'attends que quelque chose remue. Comme le busard qui tourne en rond au-dessus d'un paysage grisâtre et dès que quelque chose remue, fond dessus et s'efforce de le saisir dans ses serres. Il faut que cela aille vite, aussi vite que le fil de ma pensée, un peu à la manière d'un vol en piqué, sinon je ne me déciderais jamais à commencer. Je me fixe un but et je démarre. Au départ, cela se passe comme pour un sportif qui mesure ses forces afin de franchir, toute énergie déployée, le parcours d'obstacles. Je me saisis de mon petit tas de faits divers, d'expériences vécues, voire d'imaginaire, et je le lance à toute vitesse aussi loin que possible. Il cristallise dans le bouillon du langage. J'examine le résultat. C'est comme lorsque l'on fond du plomb ; je me coule en mille figurines dans le vide de mes journées, au milieu de ma chambre-alvéole et de ce Paris gigantesque qui s'étale autour de moi, ce Paris où «la vie» se terre ou se perd. Comme le sportif, je me précipite sur ma machine et je m'en délivre, si possible d'un trait, d'une seule phrase, peu importe laquelle. Peu importe ? Non, il faut bien qu'il y ait au départ une amorce. Un éclair ? Peut-être, mais à la manière du poisson qui jaillit hors de l'eau. C'est beau, le saut du poisson, un simple reflet argenté dans l'air et tout est terminé. Il peut s'agir également de quelque chose que j'ai glané dans la rue ; rentré à la maison je ne cesse d'y penser, je songe à ce que j'ai glané ou peut-être tout bonnement à ce saut de poisson qui s'est déroulé dans mes pensées, au cours de la promenade, cette sorte d'éclair, cela tout en m'affairant dans l'appartement ou en fourrageant dans la cuisine afin de repousser à tout prix le moment fatidique, celui où je devrai me mettre au travail, mais je finis par m'asseoir, je me précipite sur ma machine et sur ma feuille blanche. Si je procédais autrement, je ne commencerais jamais. L'angoisse ? L'angoisse, dans cette chambre-alvéole, avec vue sur la cour.

La cour. Elle me montre des murs crevassés, d'un blanc sale, des fenêtres. En dessous, séparées par des clôtures métalliques, des petites parcelles de cour, des jardinets cimentés avec des bacs de plantes, des bicyclettes en train de se rouiller, des détritus. En dessus, un morceau de ciel, découpé en forme de polyèdre. Mon vis-à-vis : le vieux aux pigeons.

J'entends les piaillements du nourrisson. Et les trilles, les gazouillis, le ramage des oiseaux en cage. Des oiseaux chanteurs, le registre de leur chant va d'une susurration rappelant celle des moustiques aux trémolos les plus vibrants en passant par toute la gamme des coups de sifflet, charmeurs, isolés et en série, des roucoulades et des airs de flûte.

Et dans les piaillements de ce nourrisson, il y a véritablement une sorte de râle désespéré ; on perçoit l'effort de volonté et l'impuissance du petit corps couché sur le dos, devenu cramoisi à force de trépigner, et dont l'unique moyen de défense est précisément ce râle que les sanglots finissent par étouffer.

Et tout à l'heure, l'homme aux pigeons a recommencé à vociférer contre sa vieille. On allait presque en venir aux voies de fait lorsqu'elle a fermé brusquement la fenêtre. C'est toujours lui qui commence, sous les prétextes les plus futiles, il est l'éternel ronchonneur, il ne s'arrête qu'au moment où elle se lance à son tour et lui donne la réplique de cette voix typiquement française que l'on connaît par les chansons, une voix qui semble sortir de sous les jupons. Il se donne beaucoup de mal pour couvrir le son de sa voix, mais on devine tout de suite que c'est elle qui aura le dernier mot.

Il est assis juste en face de moi, je peux voir tout ce qui se passe dans sa chambre, de l'autre côté de cette cour en forme de puits, et lui aussi me voit à ma table, il me voit même beaucoup mieux car, habitant un étage au-dessus, il plonge littéralement sur moi. Dès le premier jour, depuis que je vis ici, cela fait donc des années, je l'aperçois, toujours assis de profil à sa fenêtre ouverte ou mi-close, parfois derrière le rideau tiré, petit vieux tout gris avec ses cheveux couleur paille de fer, une chemise de laine d'un gris métallisé, le crâne carré, la cigarette au bec ou collée à la lèvre supérieure, tapi dans son coin, et se livrant à son petit jeu avec les pigeons. Longtemps, je me suis demandé à quoi rimait cette manière de répandre continuellement des graines, une poignée sur l'appui de fenêtre, il la reprend et l'éparpille sur l'appui de la fenêtre voisine, à peine les pigeons s'approchent-ils, qu'embusqué derrière la fenêtre, il brandit sa main ou un bâtonnet qu'il agite, afin de les chasser. Longtemps je fus incapable de saisir le sens de ce bizarre exercice où alternent la séduction et le rejet. Jusqu'au jour où j'ai compris. Un seul pigeon, son favori, a droit à la nourriture ; ces petits tas de graines ou de miettes qu'il dépose précautionneusement sur le rebord, qu'il déplace d'une fenêtre à l'autre, c'est pour son chouchou, il lui sert ses repas et veille à ce que lui seul puisse jouir de ses offrandes ; quant aux autres – à eux les coups –, eh bien, ils n'ont qu'à déguerpir.

Assis à sa fenêtre, du matin au soir, jour après jour, année après année : il lui arrive de lire, on le voit parfois arborer sur son crâne une casquette, un béret, j'ignore s'il est physiquement handicapé, il se lève sans peine apparente. Le manège avec les pigeons est son occupation exclusive, abstraction faite de ses conversations exacerbées avec sa femme ; tiens j'ai vu celle-ci en soutien-gorge, il y a quelques jours, l'après-midi, quand la température est suffisamment clémente, la fenêtre reste désormais grande ouverte et c'est ainsi que je l'ai aperçue pour la première fois en entier dans l'obscurité de son antre. Il lui arrive aussi d'étendre son linge à travers la pièce depuis l'armoire jusqu'à un autre meuble dissimulé à mon regard, tout est alors envahi de linge trempé et leurs repas se déroulent au-dessous d'un dais pavoisé. Bien entendu, la télévision marche sans arrêt, peut-être est-ce la raison pour laquelle il s'assied toujours de côté, la posture idéale pour ne quitter des yeux ni les pigeons ni l'écran de télévision. Nous ne nous sommes encore jamais adressé ne serait-ce qu'un signe de tête, mais il nous arrive de nous fixer des minutes entières, droit dans les yeux. Nous nous inspectons mutuellement. J'aimerais savoir ce qu'il pense de moi.

Les battements d'ailes des pigeons, qui retentissent comme une salve, puis se répètent à la manière d'un bruissement lorsque, effrayés par je ne sais quoi, ils s'enfuient d'une seule volée, font partie eux aussi du ragoût qui se mitonne dans cette marmite de cour. Sans oublier les roucoulades. Souvent, le battement des ailes claque comme un coup de fouet. Parmi les pigeons domestiques ordinaires, il y a aussi une tourterelle et celle-ci gémit à toute heure du jour et même de la nuit.

Beaucoup de Noirs se montrent aux fenêtres donnant sur la cour, jeunes ménages encombrés d'une nombreuse marmaille, les femmes et même les fillettes arborent la coiffure afro, faite d'une multitude de raies et de petites mèches qui se tire-bouchonnent en forme d'antennes.

Les rugissements de l'homme aux pigeons, les glapissements de sa vieille, un duo conjugal. Puis le silence. Le cheminement du soleil par-dessus les murs du puits de cette cour blafarde, l'éclipse partielle ou totale provoquée par des nuages invisibles à mes yeux, et à nouveau, la caresse des rayons du soleil, consolation.

L'attente, une façon de me mettre moi-même en état de siège. Je m'endors en pleine journée, l'après-midi de

préférence, sans en éprouver le moindre remords. Le sommeil, me dis-je, fait partie du travail. Oublier, oublier ce qui
est en train de se dérouler, de s'amasser, là-haut, dans mes
petites cellules cérébrales, dans ma tête. Laisser décanter.
Dans une fringale de rêve, je m'allonge sur le grand lit,
tandis que le vieux aux pigeons agace ses volatiles ou se
tient collé à son téléviseur et que le nouveau-né piaille, je
m'allonge, nature morte aux membres étalés, les jambes
écartées, je m'emmitoufle dans l'après-midi comme s'il s'agissait d'un duvet douillet et moelleux. Après quoi j'ai besoin
d'un certain temps pour retrouver mes esprits. Je commence
par me rincer la bouche avec mon eau de Botot favorite,
puis je furète dans mon courrier ou, mieux encore, j'exécute
dans la cuisine des travaux ménagers avec une applica
tion voluptueuse, comme si ce perfectionnisme pouvait me
rendre plus productif, me tenir lieu de travail. Je traînasse
jusqu'au moment où quelque chose commence à remuer,
qui sait, à se mettre en place dans ma tête, dans mon esprit,
où cette chose qui s'est peut-être amorcée pendant mon
sommeil commence à prendre forme, de minuscules pointes
d'un iceberg en train d'émerger à la conscience. Je m'y agrippe,
tout en continuant à fureter. Surtout ne pas les perdre des
yeux. Attendre.

Attendre, par exemple dans le métro, en compagnie d'autres
gens occupés également à attendre sur ce long banc gracile
et étroit. Vue d'ici, la station paraît spacieuse avec sa voûte
surbaissée et miroitante, son carrelage évoquant celui d'une
salle de bains – une baignoire à l'envers. On se croirait sur
les rives d'un fleuve, mais soudain les flots s'enflent et
mugissent comme si l'on avait ouvert les vannes et, émer-
geant des abîmes ténébreux, la rame entre en gare et se
range avec ses innombrables fenêtres brillamment illuminées devant l'arc semi-elliptique des murailles recouvertes
d'affiches géantes. Lorsqu'elle s'éloigne après un bref arrêt
et le coup de sifflet annonçant la fermeture automatique
des portières, nous sommes à nouveau dans un vaste hall
désert, une baignoire, le lit du fleuve réapparaît, profond
et tari, jusqu'au sillon des rails, une caverne. Et c'est de

nouveau l'attente, au milieu d'autres individus assoupis sur les bancs, clochards en train de cuver leur vin, de tuer leur temps, leur éternel temps libre.

Plantés face aux murailles miroitantes, les gens sur l'autre rive prennent des allures extraordinairement précieuses et insolites, parmi eux beaucoup de gens de couleur, Africains, Asiatiques, habitants des Caraïbes, Français des territoires d'outre-mer ; de très vieilles gens réduites à vivre de revenus incroyablement modiques, des jeunots, étudiants, touristes ; l'un d'eux, arborant en guise de chaussures de simples lambeaux d'étoffe enroulés autour des pieds, court sans arrêt à droite et à gauche, change de place, s'efforce d'attirer l'attention tout en faisant semblant de vouloir passer inaperçu, le voici installé près des distributeurs automatiques de cacahuètes, puis auprès d'un groupe de touristes. Des compagnons d'infortune rassemblés là sur la rive, des êtres en attente, dans cet univers des bas-fonds, ce royaume des ombres si joliment illuminé, ou embarqués en commun pour un petit voyage au bout d'une courte nuit qui les ramènera à la surface dans un tout autre lieu de la ville. C'est alors la redécouverte avec des yeux étonnés et tout neufs de la lumière du jour, on émerge au milieu d'une avenue, d'un boulevard tout grouillant de sa vie diurne ou éteint dans l'hostilité de pierre de ses hautes façades. La traversée dans les ténèbres et le retour à la lumière et à la clairvoyance. Parfois, lorsque je sortais de chez moi, après des heures pénibles passées à essayer de travailler, et que je franchissais le portillon, dévalais l'escalier menant à ma ligne, j'étais saisi, là en bas, dans le tunnel miroitant, à la vue de ces gens en attente, d'une telle émotion que les larmes m'en venaient aux yeux ; pourquoi, mais pourquoi donc ? Parce que j'étais parmi mes semblables et qu'il était évident que je les aimais, tous, sans distinction. Ou tout simplement parce qu'il y avait là une présence humaine, que j'étais de nouveau là, après un temps d'*absence*, dans ma cellule individuelle, me revoilà, je n'ai plus qu'à me laisser transporter.

J'aime le métro. La rue que je parcours en direction de la prochaine station est toujours pour moi le chemin de la liberté ; dès que je descends l'escalier, lorsque je me heurte à ce tourbillon d'air chaud, lourd et putride qui vous assaille, vous saisit au point qu'il faut s'arc-bouter, agripper les pans de son manteau prêts à s'envoler, quand je croise les quelques inconnus qui remontent à la surface et que j'ai envie de saluer – de fait, je les salue en secret –, dès que je descends l'escalier, disais-je, j'éprouve une sensation de bien-être, de légèreté.

Mon sentiment, là en bas, c'est toujours celui d'être solidaire, à force de courir, de me laisser porter par la foule, j'en arrive à oublier complètement ma propre existence, à me libérer de moi-même.

Plus encore que dans les stations, c'est dans les couloirs que je ressens cela, ces interminables couloirs pleins d'échos qu'il faut parcourir pour passer d'une ligne à l'autre. Il y règne une atmosphère de fraîcheur et de nudité, et moi je m'engloutis dans la masse, dans cette armée, à la fin je ne distingue plus que des jambes en train de se croiser, jambes de pantalons, collants, chaussures en tous genres garnies de talons, santiags, espadrilles, baskets, bottes, une forêt de jambes-ciseaux. Parfois, des notes ou des bribes de musique virevoltent çà et là à travers le dédale des couloirs souterrains, échappées de je ne sais quels musiciens, car on rencontre inévitablement en ces lieux des musiciens ambulants, avec, à leur pied, une soucoupe, un étui à violon ou même un simple morceau de papier, destinés à aguicher la charité. J'en connais quelques-uns. Par exemple, un petit vieux presque transparent, aussi invisible que ces encres sympathiques qui se diluent et s'effacent toutes seules, ne sachant jouer d'aucun instrument, il passe de vieux disques sur un phonographe. Egalement des accordéonistes, et souvent des jeunes gens qui raclent un violon ou jouent de la flûte, gravement, du Vivaldi ou quelque autre vieux maître, la partition ouverte devant eux. Tout compte fait, ceux que je préfère, ce sont les saxophonistes, sonnant un air de jazz dans leurs trompes reluisantes, cela vous poursuit le long des interminables couloirs, notes, bribes de notes, âmes égarées. Parfois, la musique tonitruante et confuse d'un de ces instruments à vent se mêle à la ritournelle d'un accordéoniste poussant sa valse musette et tout cela corne en même temps à vos oreilles.

Je suis assis dans ma chambre-alvéole, «comme à Paris», disait-on chez nous, à Berne, quand j'étais enfant, pour être plus exact, on disait : «une chose après l'autre, comme à Paris». J'ai utilisé moi aussi cette phrase, ignorant à quoi elle faisait allusion, mais un jour, on a fini par m'expliquer : il s'agit de la succession des plats à table, d'abord les hors-d'œuvre, puis le plat de résistance, la salade, le fromage, les fruits, éventuellement un entremets, le café, tout cela l'un après l'autre, comme à Paris : eh bien, me voici à Paris, en l'occurrence dans cette chambre-alvéole, avec vue sur la cour et l'homme aux pigeons qu'il m'arrive de haïr ; j'ai l'impression de me voir moi-même dans un miroir, comment expliquer autrement ma haine ? Mon ami Lemm qui est médecin, un peu psychothérapeute sur les bords, et que je considère comme un gourou, mon ami Lemm, disais-je, me l'a expliqué un jour : lorsqu'un de vos semblables vous irrite en l'absence de tout mobile, de toute cause de friction apparente, qu'il vous trotte continuellement par la tête, vous oblige semble-t-il sans raison à vous confronter avec lui, vous obsède au point de vous poursuivre dans vos pensées, vos monologues intérieurs, et cela alors qu'il devrait en réalité vous laisser parfaitement indifférent, que vous vous mettez à l'invectiver, à le maudire, eh bien il y a une explication selon Lemm ; en réalité, prétend-il, c'est d'une faiblesse personnelle que l'on s'irrite, faiblesse dont on refuse de prendre conscience et que l'on préfère se cacher à soi-même ; l'autre n'est, dit-il, que la révélation, la manifestation de la faiblesse en question, un reproche ambulant que l'on s'adresse à soi-même. A l'époque, il s'agissait de mon voisin d'immeuble, Florian B. Se pourrait-il que ma haine contre l'homme aux pigeons, toujours assis à sa fenêtre à ne rien faire, fût en réalité une haine de moi-même ; j'observe ce type jusqu'à ce qu'il me sorte par les yeux, j'observe la cour, puis telle ou telle chose dans la rue, lorsque je vais faire de menus achats. Ce matin, je suis descendu en vitesse rue Rodier, afin d'acheter chez Mme Tribolet un nouveau ruban pour ma machine à écrire et de faire photocopier quelques feuillets, j'ai pris l'autobus au lieu du métro, ce sont des occupations dérisoires que je m'impose afin de bouger un peu ; un cheval, une voiture doivent eux aussi sortir de temps en temps, il faut recharger les batteries. Sinon, je ne sortirais même plus de chez moi. Et cela me donne l'occasion du même coup de regarder les rues, les perspectives, le ciel comme canalisé, tout cela me touche toujours, j'aurais des choses à écrire là-dessus, mais par où commencer ? Ecrire *la vie*. Eh bien voilà, je me suis rendu ensuite chez la retoucheuse, simple prétexte, là aussi, je lui ai apporté ma vieille veste qui est déjà toute rapiécée, pour qu'elle dissimule les endroits ajourés. J'aimerais bien la conserver, cette veste, nous avons déjà passé tant d'années ensemble, mais la couturière, une Arabe aux cheveux décolorés, m'a fait remarquer qu'il faudrait faire stopper les nouveaux accrocs, les parties ajourées. Soit, mais cela coûte une fortune ; aussi m'a-t-elle conseillé de faire retourner ladite veste. Celle-ci est bleue à l'extérieur, l'intérieur a des carreaux et est encore en parfait état. Voilà matière à écrire. Est-ce ça la vie ? Où donc diable peut bien être la vie ? Tiens ça me rappelle que j'aurais dû depuis longtemps parler de Wertmüller à Zurich chez qui j'ai acheté jusqu'à ce jour quatre machines à écrire, d'anciennes et fort belles machines, modèle d'avant-guerre, mais à ce qu'il dit, d'une qualité, plus exactement d'une précision avec laquelle même les machines les plus modernes ne peuvent rivaliser ; il y en a une dont il soutient qu'elle mérite l'appellation de Rolls Royce de la machine à écrire. Y a pas à tortiller, il faudrait que j'écrive quelque chose un jour sur Wertmüller. «Wertmüller matériel de bureau, momentanément absent du magasin», claironne son répondeur téléphonique, il n'est jamais au magasin, on ne le trouve qu'au bistrot, n'empêche qu'il est, j'en ai bien peur, le dernier spécialiste qui s'y connaisse encore en machines à écrire, un artiste dans son genre, je me rends compte que l'idée de sa mort m'obsède, que j'appréhende cette perte.

Assis dans ma chambre-alvéole, à force de rester ainsi, les yeux fixés sur l'homme aux pigeons, ce personnage répugnant, et sur la cour en général, l'angoisse finit par me gagner. Quand je pense à cette ville gigantesque qui s'entasse autour de moi, à cette ville débordante de vie, et à ce temps qui s'enfuit. Je suis là à ma table, comme le vieux aux pigeons à sa fenêtre, et à travers moi aussi la vie s'écoule sous la forme de pensées, de sentiments, d'angoisses, d'infimes rayons d'espoir, de tristesses, elle coule et s'écoule. Aussi, je m'assieds à ma machine et fixe ma pensée sur quelque chose, ramassé par hasard au cours de la journée, dans le flot tiédasse et grisâtre de mon temps et que j'ai mis consciencieusement dans la poche de mon gilet ; je me mets en condition, comme pour un saut en longueur, mieux encore : une course d'obstacles, je me concentre sur le signal de départ, et je me lance sur ma machine, à l'aveuglette, d'un seul jet, avec pour seule préoccupation l'arrivée. Si tout marche bien, c'est toujours l'histoire du poisson, à cette différence près qu'au lieu de me contenter de le voir jaillir hors de l'eau, tel un éclair d'argent, je le ramène pour une fois à terre. Ramène à terre ? Est-ce moi, le poisson ? Un morceau de *moi-même* que je ramène à terre ? Ou que sais-je, une petite parcelle de vie ? Quelque chose de solide et d'achevé, enfin presque, une journée de travail bien remplie alors que le vieux aux pigeons, s'il lui venait l'idée de s'interroger sur ce qu'il a pu faire de sa journée, pourrait tout juste mentionner la nourriture qu'il a distribuée à ses pigeons.

Il te faut écrire ou ramener quelque chose sur la terre ferme, bref le mettre sur le papier, autrement ta liberté, cette liberté illimitée, finira par te faire tomber malade ; je n'aurais jamais cru que la liberté pût être une sorte de prison, la liberté, ça peut être une forêt vierge ou un océan, il peut t'arriver de t'y noyer ou de t'y perdre sans jamais plus retrouver le chemin du retour. Comment faire, avec cette liberté, pour regagner la terre ferme, comment en profiter ?

Il va me falloir la morceler, la planter, la cultiver, la reconvertir au moins partiellement en occupation : la liberté est un abîme, lorsqu'elle se présente sous cette forme totalitaire.

Combien ai-je langui après la liberté au temps où j'étais encore à Zurich. Il me semblait toujours qu'on m'avait volé ma journée. Déjà le soir qui revient, me disais-je. Commencer par aller sortir le chien. J'attendais avec impatience qu'il eût fini de flairer, ah ces petits zigzags à droite et à gauche, cette manie d'analyser longuement, minutieusement, de son museau, une tache pour moi invisible sur le trottoir, quelque repaire olfactif, ah la sale bête, songeais-je, bouillant d'impatience, perché sur un pied, puis sur l'autre, parfois je tirais sur sa laisse, je l'invectivais et lui me lorgnait comme par-dessus une paire de lunettes, d'un regard où il y avait à la fois du reproche et un appel à l'indulgence. Plus je tirais, plus lui, arc-bouté sur ses quatre pattes tendues, résistait à la laisse, à moi-même ; je me disais : quel esclavage ! En vérité, c'est moi que le chien tient en laisse et il me mène où bon lui semble, je l'en maudissais au fond de moi-même et ne pouvais m'empêcher pour autant d'avoir mauvaise conscience ; il n'a pas la vie facile avec moi, mais qu'est-ce qui m'a pris, pensais-je, d'aller me fourrer ce chien sur le dos ? Les passants traversaient la rue d'un pas énergique et moi je restais planté là à attendre que mon chien ait enfin renoncé à renifler, à flairer, et qu'il se décide à faire ses besoins. Je ne cessais d'être tiraillé à droite et à gauche, hésitais entre la gronderie, la rogne, la sévérité, la mauvaise conscience et l'amour. Cher petit chien, pensai-je, lorsqu'un jour il tomba malade et qu'à la clinique vétérinaire on redouta le pire, mon chien bien-aimé, pensai-je, au bord des larmes, j'avais la gorge serrée, je me rappelais tout ému cet air bourru qu'il avait lorsque, très tard dans la nuit, il s'était couché en boule comme un renard, le museau enfoui dans les poils hérissés de sa queue. Pas question désormais de lui parler, si je l'appelais, ou prononçais son nom pour le taquiner, il se contentait sans remuer d'un pouce de laisser échapper un soupir agacé, presque un grognement destiné à bien montrer son mécontentement. Je regrettais de l'avoir rudoyé, je revivais nos promenades, ces moments où pour une fois l'harmonie règne entre le maître et le chien, nous arpentons la rue côte à côte, et soudain il tombe en arrêt, occupé uniquement à flairer, il hume le vent à travers son museau, ses narines, il retrousse les babines et laisse l'air filtrer entre ses crocs, le mord littéralement, savourant mille et une choses fabuleuses d'un monde qui m'est à jamais fermé. Mais en revanche, alors que je suis pressé, que je courais à un rendez-vous qui me paraît important, surtout ne pas arriver en retard, plus vite, dis-je avec brusquerie et je maudis cette vie de chien, juste à ce moment-là, le plus mal choisi, le voilà qui revient vers moi avec un bout de branche qu'il présente dans sa gueule comme une flûte traversière, la queue fièrement dressée, toute l'attitude du chien est une invite au jeu. Comme s'il ne pouvait pas choisir son moment, me dis-je, et je ne sais si je dois hurler ou rire, tu me places toutes les fois devant le même dilemme diabolique ; et plus tard, tout en courant, il me donne de petits coups de son museau humide sur la main, hein, on est bien tous les deux, et je me sens fautif à son égard ; un chien racé, disent mes amis, *Flen* est un lord, disait Karel, l'ami éternellement saoul qui partageait alors mon atelier.

A Zurich, je soupirais après la liberté. Mes journées étaient toujours planifiées et gaspillées, je me débattais dans le filet des obligations, la journée finie, j'avais l'impression d'être passé à la moulinette, quoi, déjà le soir, je soupirais après la liberté, le loisir d'approfondir, de réaliser peu importe quoi, en toute tranquillité. Décamper, tout quitter, déguerpir de ce lieu où rien ne pousse, me transplanter ailleurs, pensais-je, il n'y a pas d'autre solution.

A une époque encore plus lointaine, étant alors assistant au musée de Berne, j'avais achevé mes études, cette corvée, et me rendais tous les jours au musée, mon bureau exigu se trouvait juste à côté de la porte d'entrée, aussi vaste que celle d'une grange, c'est à peine si l'on pouvait la faire tourner sur ses gonds. La fenêtre du réduit où je travaillais était garnie de barreaux, l'odeur qui régnait là-dedans rappelait celle d'une grotte, une exhalaison moite ; assis à mon bureau, je passais mon temps penché sur des fiches d'inventaire, en quoi ce fourbi me concernait-il, dehors la journée suivait son cours, remplie de rues animées et de flâneurs, alors que moi, je peinais sur ces travaux abrutissants. Ce musée sentait décidément le cadavre, la momie, une odeur douceâtre et répugnante ; tous les matins, mon cher M. Oleg faisait son entrée ; il avait plus de soixante-dix ans, émigrant russe, ingénieur agronome, il avait servi le tsar, puis les bolcheviks, parcouru toute la Russie, chargé d'importantes, des plus importantes missions, mais il avait fini par s'enfuir et travaillait maintenant comme dessinateur spécialisé au département de préhistoire. Pour des raisons de santé, il prenait son service à neuf heures et non à huit, comme nous autres, et commençait toujours par jeter un coup d'œil chez moi avant de s'installer à sa table à dessin. Il plissait son visage en un gentil sourire tandis que ses yeux prenaient une expression plutôt malicieuse, eh oui mon petit docteur, il m'appelait volontiers ainsi, j'avais vingt-sept ans mais on m'en aurait donné vingt ; il se mettait en devoir de raconter une histoire, tout était prétexte chez lui à se rappeler de vieilles histoires. Il sortait de sa poche une boîte en ferblanc, fourrait une cigarette dans son fume-cigarette, pas entière, oh non, un tiers, il les coupait à la maison en trois morceaux et garnissait la boîte de ces mégots. Il s'agissait moins de pingrerie que d'une recette hygiénique, une ruse, il était censé ne plus fumer depuis longtemps. «*Etais dans capitale gouvernement de Pschrrsssk...*» commençait-il, et on avait droit à l'aventure du couple de jeunes mariés si beaux, on ne peut plus amoureux, qui avait débarqué un beau matin dans cette ville, attirant les regards, un couple de contes de fées ; j'allumais à mon tour une cigarette, me tassais dans mon fauteuil pivotant, le couple en question était devenu l'événement du jour, il ne se passait apparemment pas grand-chose, tout le monde se connaissait, il fallait bien alimenter les commérages, et le moindre nouvel arrivant était une manne. Le couple eût été au demeurant vite oublié si un autre personnage n'avait fait son apparition, un bonhomme fort laid, *avec cheveux qu'on aurait dit eux léchés par une vache*, précise mon cher M. Oleg, et tordu comme Paganini, *lui véritable enfant de Satan* ; mais voilà bien que ce bonhomme commence à s'intéresser à la jeune mariée, à la poursuivre de ses assiduités ; évidemment ça ne pouvait échapper aux gens de la petite ville. Eh bien, pensions-nous, il pouvait toujours courir, les jeunes mariés n'avaient d'yeux que pour eux, la vie conjugale, tout leur paraissait encore merveilleux. Mais un beau jour, ça alors, quel émoi dans la ville, la femme s'est évaporée et avec qui, avec Paganini, croyez-moi ou non, déclare mon cher M. Oleg, *morale y avoir de l'histoire : les hommes aiment avec les yeux, mais les femmes aimer avec les oreilles : si vous mettre à femme violon dans les oreilles, elle devenir molle comme cire, et vous pouvoir prendre elle dans mains.* Avec ses belles paroles, l'enfant de Satan avait si bien réussi à l'enjôler qu'elle n'avait pas résisté, bref, elle s'était envolée avec lui. Bon, il faut que je m'en aille, disait M. Oleg et, prenant congé, il ébauchait à la porte une courbette, *vous souhaite vingt-quatre sortes de plaisirs.* Moi, je me pliais en deux sur mes fiches d'inventaire et sur le rapport annuel et de l'autre côté de la fenêtre à barreaux, le soleil poursuivait sa course invisible.

Enfermé dans ce bâtiment sinistre construit sur le modèle des anciens châteaux forts, je soupirais après l'air libre. Je regardais à travers les barreaux de mon dérisoire bureau, coincé dans une tour d'angle ; j'apercevais au milieu des arbres les promeneurs de l'après-midi, je sentais que le ciel s'éclaircissait ou s'assombrissait, et tout ce qui pouvait se passer, là dehors, me paraissait enchanteur : des promeneurs en train de flâner dans le proche jardin zoologique, le long de la lisière de la forêt, des petits vieux peut-être, cherchant appui et s'arrêtant continuellement, se tournant l'un vers l'autre afin de conclure avec emphase une petite discussion ; comme c'est curieux, la manière qu'ont les vieilles dames de marcher, de rester en arrêt, l'après-midi, au milieu d'un sentier moucheté de feuilles mortes. Elles font encore quelques petits pas, toutes cassées en deux, bras dessus, bras dessous, s'arrêtent une fois de plus. J'imaginais en même temps le bruit sec, floc, floc que font les balles de tennis lorsqu'elles rebondissent sur une raquette, je voyais la terre rouge, roulée, des courts de tennis derrière leur treillis. Mes vieilles promeneuses pendant tout ce temps ont à peine parcouru quelques mètres, elles tournent à présent le cou à cause d'un grand oiseau qui passe au-dessus d'elles, survolant le sentier forestier à tire-d'aile ; une corneille ? La forêt embaume et il y a quelque chose qui craque dans les buissons, de petits oiseaux, ce n'est rien. J'aurais voulu être là-bas, j'aurais rattrapé en quelques enjambées les deux vieilles dames, ma tête se serait grisée de l'air paisible de l'après-midi, des senteurs de la forêt et de la terre, de l'odeur légèrement pourrie des feuilles mortes. Je me tordis derechef la colonne vertébrale sur mon fastidieux rapport annuel, confiné dans cette tourelle exiguë où il allait falloir que j'allume la lampe. La journée de travail tirait à sa fin mais ce ne serait pas pour autant une délivrance. Au milieu de la foule attendant le tramway, je constaterais une fois de plus que j'avais perdu ma journée, que je n'avais même pas remarqué le temps qu'il faisait. La météorologie elle-même m'échappait. Une page arrachée au calendrier.

Les deux vieilles dames – peut-être y en a-t-il une qui marche un peu voûtée, elle est certainement fortunée, charmante, et l'autre, est-ce que par hasard elle serait plus jeune ? Une infirmière, dame de compagnie ? Une jeune parente ? Lorsqu'elles se penchent l'une vers l'autre, au milieu de ce chemin forestier, sous la voûte de verdure, de loin on dirait une conspiration ; mais peut-être la dame fait-elle une simple remarque : c'est comme cela, ma chère, et je tiens à te le dire... Le vieux aux pigeons s'est fait couper ou rafraîchir les cheveux, je m'en suis aperçu au moment où il s'est penché par la fenêtre ouverte, avec ce ridicule bâton, recourbé à l'avant, une barre métallique garnie d'un crochet, afin de distribuer des coups à un pigeon, ah le mauvais berger. Il porte son machin de laine grise, la cigarette lui pend au bec. On dirait maintenant un bagnard ou un vieux échappé d'un hospice. Les cheveux gris coupés court, le gilet tricoté en laine grise… Décidément, c'est un pensionnaire de maison de retraite ou de cabanon, un sale type, un juteux. Toujours en train de frapper les pigeons qui n'ont pas trouvé grâce à ses yeux et qu'il estime en conséquence passibles d'une sanction. De temps en temps, il se penche en se hissant à la fenêtre et hurle quelque chose à quelqu'un dans la cour, naturellement ça commence par le mot *merde**. Lorsqu'il est assis, c'est toujours de côté, afin de pouvoir surveiller en même temps le téléviseur, les pigeons et *moi-même*. On voit qu'il n'a pas, lui, de problème avec sa liberté, avec son temps libre. Le matin, en attendant que commence le programme télévisé, il lit le journal, on voit rarement dans ses mains un objet qui pourrait passer pour un livre. Un type vraiment répugnant, souvent il me semble lire sur son visage un air de supériorité sarcastique ou de sadisme sardonique. Je me dis : ce fumier, cette canaille, ah le parfait parasite, le scélérat, vermine, ordure. Il empeste l'air de sa présence et de ses vociférations. Serait-ce un retraité avant l'âge ? Il ne peut tout de même pas être si vieux. Invalide ? Je ne vois pourtant chez lui nulle infirmité physique. Il n'y a pas de quoi rire, c'est proprement scandaleux, ce manège auquel il se livre sans doute depuis des années, qui sait, des dizaines d'années ? Nourrir et frapper les pigeons, baver son venin contre sa vieille, brailler dans la cour. Je n'arrive pas à saisir pourquoi il me met dans un tel état de folie, toujours pas. Chaque fois qu'il hisse ainsi son corps pour se pencher à la fenêtre ouverte et qu'il laisse traîner son regard baveux, sournois, égrillard, dans ma direction – en fait, sa dernière tactique consiste à m'ignorer, disons, à faire semblant de m'ignorer –, j'ai l'impression qu'une limace est en train de grimper sur moi. Ce qu'il veut, je crois, c'est que je l'observe, il a besoin de mon attention.

Dernièrement, il a disparu plusieurs jours. C'était la première fois qu'il s'absentait un certain temps, la fenêtre est restée grande ouverte et l'on pouvait apercevoir un antre noir et béant. L'un des pigeons, le favori, est resté longtemps

---

* En français dans le texte.

perché sur l'appui, puis je l'ai vu – je ne raconte pas d'histoires – pénétrer en sautillant dans la pièce et y disparaître. Peu après, il était de retour à la fenêtre, il m'a semblé désemparé. Deux ou trois autres pigeons se tenaient eux aussi perdus, déconcertés, sur l'appui de la fenêtre voisine, garnie entre-temps d'un rideau qui bouffait au vent. Finis les braillements, le venin, plus un son. Je me suis demandé si l'homme aux pigeons était mort, cette pensée m'obsédait sans relâche, j'étais hypnotisé par cette fenêtre vide. Normalement, j'aurais dû être soulagé. Or c'était le contraire qui se passait, l'inquiétude me gagnait. Pourvu qu'il ne soit pas mort ou parti pour toujours, me surprenais-je à penser. Tout plutôt que ça. Je m'étais habitué au bonhomme. Une vie sans homme aux pigeons – c'est comme s'il m'avait fallu affronter soudain la pauvreté –, pourvu qu'il revienne, lui et ses maudits braillements, marmottais-je, pourvu mon Dieu qu'il revienne, ne me l'enlevez pas.

Le soir suivant, la vieille apparut soudain à la fenêtre. J'attendis. Elle fit plusieurs allées et venues. Il y avait quelque chose de sinistre dans ces apparitions derrière l'orifice noir et béant de la fenêtre. Puis elle s'installa et se mit en devoir d'invectiver quelqu'un, qui donc ? Il n'y avait personne à l'horizon, je m'en assurai, sa voix était stridente et avait un soupçon de démence. Espèce de salaud, criait-elle, salaud de merde, fils de pute, enfant de putain, ça fait des années que je te torche le cul, pas la peine de te cacher, je te vois, criait-elle. A qui peut-elle bien parler ? me demandais-je, consterné. S'adresserait-elle par hasard au vieux aux pigeons, mais il est mort et elle est toute seule, ou serait-ce que là en bas, quelque part dans la cour, elle lui parle, je veux dire à son fantôme ?

Mais le lendemain il était de retour, tout frais, tout beau, assis à sa fenêtre dans sa posture caractéristique, avec ce regard à la fois rusé, sarcastique, méprisant, presque obscène à force d'autosatisfaction, m'a-t-il semblé. Et moi je pense : espèce d'animal, pourquoi n'es-tu pas parti une fois pour toutes, je le pense, le répète à haute voix et me sens en même temps soulagé à l'idée que ce calice amer m'ait été *une fois encore* épargné.

Espèce de fumier, murmurais-je chaque fois qu'en montant l'escalier je passais devant l'appartement de Florian ; je n'arrêtais pas de penser à lui, c'était une sorte d'obsession.

J'habitais dans la vieille ville de Zurich une chambre que l'on eût pu qualifier d'atelier, l'un des murs ne comptait pas moins de quatre fenêtres ; celles-ci donnaient sur les toits de la vieille ville et entre les toits et les façades j'apercevais, en allant à la fenêtre, un petit bout de rivière. Mais j'allais rarement à la fenêtre, le dos tourné au mur en question, je passais le plus clair de mon temps assis devant une table gigantesque, une table à repasser du siècle dernier, aussi vaste qu'une prairie, le plateau tout luisant à force de repassages était maintenant jonché, constellé de feuilles de papier. C'était une époque où je travaillais énormément. Contrairement à toutes les idées reçues, je ne me sentais pas l'âme d'un romantique et encore moins d'un amoureux de la vieille ville. Je ne prêtais aucune attention à ce qui m'entourait, écrivant dans une sorte de course contre la montre, contre chaque heure qui passait ; je travaillais souvent la moitié de la nuit. C'est pour cela que je me tenais le dos tourné aux fenêtres, que j'ignorais celles-ci. Ce que je voulais, c'était me libérer par l'écriture, m'évader, retrouver l'air libre à force d'écrire. Je vivais dans un état de fureur concentrée, secouant mes chaînes pour m'en débarrasser.

A l'étage au-dessous habitait le dénommé Florian Bündner qui possédait lui aussi une grande table rustique aux traverses tarabiscotées, une table Renaissance repeinte en noir. Ce meuble croulait littéralement sous les piles de journaux, les livres, les publications, voire même les prospectus publicitaires, s'empilant les uns sur les autres jusqu'à former de hautes tours vacillantes. Invitait-il quelqu'un à le voir, ce qui n'arrivait que trop souvent, il était obligé de transbahuter deux ou trois tours sur une autre table ; mais comme cette dernière, un meuble également rustique, quoique un peu plus exigu, était encombrée elle aussi de tours de papier, ce transbordement constituait chaque fois une aventure. Florian était plus ou moins professeur. En réalité, il était étudiant en rupture de ban, ayant un beau jour, je ne sais plus au bout de combien de temps et dans quelles circonstances, laissé tomber ses études de germanistique ; depuis lors, il se consacrait, semble-t-il, à des projets d'ordre privé et donnait, histoire de subvenir à son existence et auxdits projets, quelques rares cours d'allemand en qualité de professeur auxiliaire, dans une école plus ou moins commerciale où ce genre de matière, voire la littérature proprement dite, n'est prise au sérieux que dans la mesure où elle permet à de futurs négociants de rédiger correctement une lettre d'affaires sans oublier les points et les virgules. Peu importe la lecture, ces cours ne visaient pas au-delà d'un simple vernis culturel. Mon voisin enseignait donc là et se dépensait, disait-on, sans compter, tel un orateur sur une barricade, avec une impétuosité, une fougue, un talent d'agitateur qui n'étaient pas prévus par son contrat de travail mais grâce auxquels les élèves semblaient apprécier ce maître qui, autant par son allure bohème que par ses talents d'éloquence, tranchait sur les autres représentants du corps professoral.

Ces cours d'allemand étaient l'unique activité de Florian, ils lui procuraient un revenu, certes modeste, mais apparemment suffisant. En tout cas il ne manifestait pas l'intention d'en faire plus dans ce domaine, tenait à garder sa liberté intérieure, sa disponibilité. Ce n'était pas pour rien qu'il avait coupé les ponts avec le bagne de l'université.

Dès la fin de l'après-midi, il quittait l'école pour rentrer chez lui, mais sa chambre étant littéralement envahie par les livres et les publications, il ne pouvait être question d'y rester ou d'y commencer un travail ; il s'empressait donc de la quitter pour se réfugier dans un café, où il entrait, un journal, une revue ou un livre de poche sous le bras, essayant de se donner l'air de quelqu'un plongé dans la matière imprimée. Court plongeon en vérité. A peine voyait-il entrer une connaissance de l'un ou l'autre sexe qu'il ne pouvait s'empêcher d'inviter à sa table la personne en question. Un observateur superficiel l'eût pris pour un intellectuel jovial, ne serait-ce qu'en raison des livres et des écrits qu'il ne cessait de trimbaler avec lui, mais dont, empêché de lire et surtout de lire jusqu'au bout par sa sociabilité congénitale, il repoussait sans cesse la lecture, si bien que chaque livre, journal, essai ou prospectus finissait par atterrir sur les hautes tours vacillantes.

Le problème de mon voisin consistait dans le fait qu'il ne pouvait même plus faire place nette sur sa table, il aurait fallu pour cela qu'il réussît à séparer l'essentiel de l'accessoire, à introduire un peu d'ordre et de méthode, travail illusoire, à la portée d'Hercule, mais pas d'un Florian ; il le remettait donc continuellement à plus tard, et ce n'était pas un hasard si son premier geste en entrant était, à peine débarrassé de ses affaires, de filer dans la rue, au café, ou d'inviter des gens chez lui. Florian avait la passion de recevoir ; il avait toujours quelques bouteilles de vin ou d'alcool en réserve ; il aimait également faire la cuisine ; sa spécialité était l'émincé de veau à la crème et au riz, un plat rapide qu'il vous apprêtait à n'importe quelle heure en un tour de main, et tandis que les bouteilles se vidaient, notre maison branlante retentissait du vacarme des festivités diurnes et nocturnes de Florian ; de mon atelier, là-haut, devant ma table à repasser, je prenais part à toutes les réjouissances.

L'immeuble consistait essentiellement en une ténébreuse cage d'escalier qui engloutissait le nouvel arrivant comme la panse d'une vache. A mesure que celui-ci gravissait les marches en bois, grinçantes et geignantes, cette impression de se trouver dans des entrailles se renforçait, les sécrétions variées le prenaient à la gorge, émanations culinaires et domestiques, relents d'amertume et de sueur. Lorsque je grimpais péniblement cet escalier, ce n'est pas seulement les odeurs de mes voisins que je sentais, c'était toute leur vie intime, leurs petites infirmités, leurs bonnes et mauvaises manières qui s'étalaient sous mes yeux. Les portes ne donnaient pas sur des appartements mais sur des chambres ; celles-ci débouchaient directement sur la cage d'escalier.

Chez Florian, la porte de la cuisine était perpétuellement ouverte et il s'en exhalait, à flots ininterrompus, une odeur nauséabonde de sueur et de cuisine.

Il s'était présenté le premier jour comme étant mon voisin du dessous et m'avait invité à prendre une tasse de café. Je découvris ainsi les tables qui ployaient sous les piles et les tours de livres, je remarquai combien l'atmosphère était enténébrée. Nous bûmes le café sur un coin, débarrassé en vitesse, de la plus grande des tables ; j'observais alentour, n'en croyais pas mes yeux, cessais de prêter attention aux discours de Florian sur je ne sais quel thème vaguement littéraire ou culturel.

Dès le deuxième jour, il s'arrangea pour me happer au passage dans l'escalier sous prétexte de m'inviter à boire un café, un verre de vin, ou à manger quelque chose et il en fut ainsi jusqu'au jour où je me rebellai en lui faisant remarquer que j'avais du travail, c'était vraiment le cas ; je ne sortais que pour promener mon chien ou effectuer les achats les plus indispensables.

Nos rencontres ne tardèrent pas à dégénérer en une guerre de positions. Au début, Florian venait régulièrement me voir, soi-disant en passant, pour me demander s'il pouvait m'aider.

Il faut que je m'en aille tout de suite, me dit-il. Puis-je en profiter pour t'acheter quelque chose ? Préfères-tu que je te fasse en vitesse un café ? Très vite parce que j'ai autre chose à faire.

Impossible, je dois travailler, dis-je ; une autre fois, bien volontiers. Merci beaucoup.

Il n'y a pas de quoi, réplique Florian ; lui aussi justement est terriblement occupé ; il a à écrire. Je dois juste sortir un moment, quelque chose à acheter. Je l'entends qui furète un peu dans sa chambre, j'entends toujours le bruit de ses pas tandis qu'il descend d'un pied alerte les escaliers, tout en fredonnant une chanson. J'entends la lourde porte qui se referme et ses pas qui s'éloignent en toute hâte. Mais le voilà déjà de retour en joyeuse compagnie, la cage de l'escalier tremble sous les piétinements.

J'entends la voix hilare, tonitruante, de mon voisin, des éclats de rire féminins, le tintement des verres et, par intermittence, le pas rapide de Florian allant et venant, tel un serviteur empressé, entre la chambre et la cuisine ; des nuées s'élèvent entremêlées à la fumée épaisse des cigares. La nuit, les visites et les festivités se prolongent jusqu'aux premières lueurs de l'aube. A midi, elles se déroulent plus discrètement, voire à huis clos ; un tête-à-tête ? Il arrive à Florian de ramener chez lui de fort jolies femmes. Les premiers temps, il s'obstine à monter chez moi pour m'inviter à boire, juste un petit coup, avec ses hôtes. Je refuse énergiquement.

Va-t'en au diable, Florian, dis-je sans ménagement ; je te l'ai répété mille fois, je n'ai pas le temps, j'ai des délais à respecter. Fous-moi la paix. Lorsque nous nous rencontrons dorénavant dans l'escalier, Florian affiche une nouvelle attitude. Il est devenu bourru.

Faut que je travaille, dit-il sans fioritures ; faut que j'écrive.

Ça ne va pas être facile, dans ton foutoir, avec la vie que tu mènes. Puis-je savoir quel genre de travail tu comptes faire ? ne puis-je m'empêcher de remarquer.

Ne te fais pas de souci, dit-il. Faut juste que je range ; ça fait longtemps que j'aurais dû commencer.

Nouvelle rencontre dans l'escalier ; il se contente de marmonner :

Suis pressé ; faut que je range.

Je ne réponds rien. Mais, là-haut, à ma table, je guette avec impatience le retour de Florian. Il gravit en hâte les escaliers, deux marches à la fois, tourne la clef dans la serrure. Je guette toujours. Frottement des pieds sur le plancher, silence. J'ai l'impression d'assister à la scène, je le vois comme si j'y étais, le manteau sur le dos, les cahiers de classe ou les livres sous le bras, debout au milieu de sa chambre embouteillée, saisi de panique tandis qu'il contemple de ses petits yeux fouineurs tous les sédiments constellés de miettes, maculés de vin, saupoudrés de cendre, puant le fromage et les vieux restes, ces témoignages d'années entières de fainéantise. Faut que je fasse un peu de place. Mais par où commencer ? Où trouver soudain la force, la patience, la volonté, la discipline, le courage et même cette sorte de folie, nécessaires ? Je sais, non : je sens qu'en ce moment même, il se rend compte que je l'observe, que je le *vois*, à travers toute l'épaisseur des murs, que je l'ai à l'œil. Chacun de nous épie l'autre. Silence de mort. Mais la porte s'ouvre encore et il descend l'escalier, la démarche plutôt hésitante, s'efforçant de marcher à pas comptés ; surtout ne pas courir, se dit-il ; il se met à siffler, il siffle je ne sais quel air ; ça ressemble plutôt à un murmure, à un fredonnement imperceptible ; il essaie d'avoir l'air d'un homme qui sort juste faire un petit tour.

Son absence se prolonge. Journées avec et journées sans festivités florianesques. Absences intermittentes, durant parfois des jours entiers.

Ah ! Vous habitez là, dans cette maison d'écrivain ? me demande-t-on; c'est bien là qu'il y a ce… mais comment s'appelle-t-il ? … Ce professeur qui écrit un livre, c'est ça, il s'appelle Florian.

Je ne puis m'empêcher de l'imaginer, essayant de faire croire avec de grands gestes à un quidam pêché je ne sais où, qu'il est, pour parler franchement, terriblement occupé, il travaille à un livre, oui, depuis des années, mais ça tombe bien, il a juste un petit quart d'heure de libre ; alors on pourrait, en vitesse, aller boire un café ou un petit coup, pas vrai ?… Ça lui ferait du reste tellement plaisir, si vous passiez le voir un de ces jours. La maison est facile à trouver, un vrai cabinet de travail, cette maison ; le type au-dessus écrit aussi, vous le savez sûrement, dit-il. Impossible de manquer la maison, même de nuit, on la reconnaît aux fenêtres du haut éclairées à giorno, un vrai phare.

Nos rencontres dans l'escalier prennent un caractère plutôt guindé, Florian garde prudemment ses distances, plisse les yeux derrière ses lunettes, réussit enfin à s'arracher un sourire douloureux tandis qu'il s'efface pour me laisser passer. Visiblement il me fuit.

Je fais installer devant mon lieu de travail une double porte. Je rêve que je mets des barrières entre Florian et moi,

que je lui interdis l'accès de ma vie. Mais je me surprends
– assis à ma table géante, le dos tourné aux fenêtres, les yeux
rivés sur la double porte – à songer : alors, c'est comme ça
qu'il se promène partout en racontant qu'il écrit un livre, ce
menteur, ce type qui n'est même pas capable de rester une
seconde en tête à tête avec lui-même. Lavette, déserteur,
faut toujours que tu ailles te réfugier dans les jupons des
autres, qu'on te tienne la main, parasite à la triple puissance,
sangsue, vampire, goinfre, bâfreur, ruminant, pique-assiette,
vieux dégoûtant, bouc puant, espèce de charogne. Il est
libre, lui, il peut faire ce qui lui chante, il a autant de loisir
qu'il veut et qu'est-ce qu'il en fait ? Et me revient à présent
à l'esprit qu'au début de nos relations, il se promenait partout, paraît-il, avec un de mes livres dont il récitait et déclamait des passages entiers, on me l'a répété, avec son
intonation romanche, comme si nous l'avions écrit en colla-
boration. Je me le représente soudain s'occupant de ma pro-
motion, comme si nous formions un tandem, moi le scribe,
l'exécutant, et lui… récitant ce que j'écris ; comme si j'étais
son copiste ; parbleu, me dis-je, il a dû pousser un soupir de
soulagement lorsque j'ai emménagé, il allait enfin pouvoir
prendre de vraies vacances. Je lui servais d'alibi, nuit et
jour, la machine à écrire cliquetait, notre machine, tandis
que lui déclamait, cueillait les lauriers, faisait marcher la
boutique, veillait à l'ambiance. Quelle joyeuse rigolade,
toujours de bonne humeur. Sers-toi donc un café, ne puis-je
te faire cuire quelque chose, un verre de vin, je t'en prie ? Il
engloutirait des armées entières, rien que pour se faire
chouchouter et cajoler ; il lui faut continuellement annexer
de nouveaux territoires ; ça s'use si vite, les gens, ça finit
toujours par vous percer à jour. Arrête donc de pérorer, ai-je
entendu je ne sais qui lui dire un jour.

Je me jetais sur ma machine en pestant de rage : c'est ça,
la vie ? Il faut que je me libère par l'écriture, encore ce
livre… Et de songer : un écrivain, j'imaginais tout de même
cette vie autrement : sortir le chien en vitesse, une petite
station par-ci, l'œil en biais, tirer sur la laisse, tu as bientôt
fini de renifler, sale bête ? La mère de Florian : une grande

femme sèche et à l'aspect sévère, il lui rend visite de temps à autre. Je ne sais si j'ai mentionné que Florian avait des mains énormes et chaudes, on les découvre toujours avec surprise lorsqu'il vous les tend, coupe un morceau de pain ou pourfend le fromage ; quand il sert le vin, on se dit, médusé, comme il a de grandes mains indécentes et ma foi fort vigoureuses, si je ne m'abuse voilà des mains beaucoup trop grandes pour couper du pain ou du fromage, on oublie soudain la miche de pain pour se les représenter en action sur le tendre corps d'une jeune fille. Si ces mains font un si drôle d'effet, c'est aussi il est vrai parce que les yeux, eux, sont si petits. Parfois il y a dans son regard quelque chose qui me dit qu'il n'est pas dupe, une sorte de lucidité, qui sait, d'imploration qui vous fait brusquement honte. Toute sa personne est du reste étrange, il est d'une taille imposante, robuste et grassouillet, mais sa corpulence passe inaperçue, il a au demeurant une tête relativement petite et une chevelure noire partagée par une raie. N'oublions pas enfin les lunettes et derrière celles-ci les petits yeux, toujours sur le qui-vive et qui se rétrécissent encore lorsque par hasard, moi ou un autre, nous le blessons. Il a l'air d'un moine défroqué ou tout simplement d'un évadé de prison. En le voyant marcher, j'ai parfois l'impression d'avoir affaire à un jeune gars costaud et grassouillet, pour un peu, me dis-je, il se mettrait tout à coup à sautiller sur une jambe, tout joyeux parce que l'école est finie. Il y a chez lui une sorte de familiarité, un besoin d'affection. Dès qu'il aperçoit quelqu'un de connaissance, il le salue avec exubérance. Au moindre geste pouvant être interprété comme une invite, on le voit rappliquer tout en restant cependant sur ses gardes, prêt à regagner son coin en rampant, comme si la vie ne lui en avait que trop fait baver. Un de ces jours, il étranglera quelqu'un, avec ses énormes mains ; tous ses bavardages lui tiennent lieu de droit d'entrée ; depuis le temps qu'il essaie de s'introduire, il finira par en avoir assez.

Juste ciel, me dis-je à présent, dans ma chambre aussi exiguë qu'une alvéole, et si c'était moi qui lui avais mis toutes ces idées en tête, et s'il n'avait nourri aucun projet avant que j'aie débarqué dans cette maison, peut-être est-ce comme l'histoire du barbu qui a toujours dormi du sommeil du juste jusqu'au jour où quelqu'un lui demande s'il place en se couchant sa longue barbe au-dessus ou au-dessous de l'édredon et qui, depuis lors, ne trouve plus le sommeil, eh oui, il n'en avait aucune idée, il ne s'était jamais posé la question ; peut-être Florian ne s'est-il lui non plus jamais soucié de l'emploi de son temps libre, peut-être est-ce moi, en lui demandant un jour en passant quelles étaient ses occupations, qui lui ai mis dans la tête ce besoin d'un projet, il s'est mis à y penser, à y croire, à broder là-dessus et de fil en aiguille, ce projet est devenu pour lui un devoir.

Ma présence dans cette maison lui a-t-elle tenu lieu de reproche, suis-je le responsable de son incommensurable, irrésistible et dérisoire obsession d'une tâche à accomplir ? Il est devenu mon double, ma copie conforme en quelque sorte, et s'est pavané avec ces plumes volées – est-ce là ce qui m'avait tant irrité ? Ne pouvais-je supporter l'idée qu'il empruntât mon maudit travail et le cliquetis de ma machine à écrire, en vue de se faire valoir ? Il ne s'en servait finalement qu'à des fins innocentes, purement rhétoriques, et pourquoi pas ? Il se glissait, c'est tout, dans l'une des manches de mon habit, et moi qui le lui faisais payer si cher. O Florian, n'est-ce pas plutôt ton éternel temps libre et ta liberté que je jalousais, moi qui, pour d'obscures et pitoyables raisons, ne pouvais y accéder, enchaîné que j'étais à ma machine, à ma table à repasser, à l'obsession du rendement ?

Florian habitait au-dessous de chez moi ; au-dessus, dans une mansarde attenante directement au grenier, vivait un autre voisin, lui aussi professeur de latin si je ne m'abuse, et dont les allées et venues n'avaient, hélas, aucun secret pour moi ; je n'arrivais pas à me faire à la présence de ce monsieur.

Il avait l'habitude, disons plutôt la mauvaise habitude de monter l'escalier en se glissant à la manière d'une belette ; c'était généralement en fin d'après-midi, parfois le matin, et plus il se donnait de mal, cela se voyait, pour se faufiler aussi précautionneusement que possible, pour se rendre quasiment invisible chaque fois qu'il passait devant chez moi, moins je pouvais m'empêcher d'épier et de me représenter ce type, je ne pouvais le souffrir, son physique lui-même était repoussant, il arborait cette ombre bleutée caractéristique qu'ont, même après s'être rasés, autrement dit perpétuellement, les individus à la barbe dure, et cette ombre soulignait l'aspect cireux de son visage où, derrière les lunettes, les yeux sombres étaient aux aguets, tour à tour teintés d'ironie, craintifs, réprobateurs. Il avait beau s'efforcer de marcher sans bruit, si possible sur la pointe des pieds, lorsqu'il passait près de chez moi, ces précautions, ces opérations de camouflage résonnaient plus fort à mes oreilles que le pire vacarme.

Il y avait encore autre chose qui m'irritait chez ce monsieur, à savoir le fait qu'il utilisait mes cabinets. J'avais, en effet, loué tout l'étage et les cabinets en faisaient partie ; il s'agissait d'une pièce très étroite, plutôt d'un boyau, d'une sorte d'étranglement garni d'un trône situé sous l'imposte et d'une prise d'eau sur le mur latéral. Un de mes prédécesseurs avait punaisé sur la porte une affiche qui accaparait mes regards et mes pensées, lors de mes stations dans ce lieu ; je ne sais plus quel était son sujet et peu m'importait, en revanche ce qui m'importait et m'irritait excessivement c'était l'habitude qu'avait ce monsieur de s'attarder des heures entières dans mes cabinets, la pièce en était entièrement inondée ; il y avait fort à parier qu'il s'y lavait entièrement, qu'il ne lui suffisait pas de s'y raser ou de s'y laver les mains ; ah mais non, qu'il s'y mettait tout nu et s'y livrait à des ablutions intégrales.

Ces séances indûment prolongées dans mes cabinets n'avaient fait qu'accroître mon antipathie pour ce voisin. Au début j'avais essayé de lui faire comprendre poliment qu'il serait souhaitable qu'il fît un usage moins généreux desdits cabinets ; le mieux, dis-je, serait qu'il renonçât complètement à les occuper car ceux-ci, lui fis-je remarquer, étaient partie de mon étage et figuraient même dans mon contrat de location. Il m'objecta que ces cabinets, compte tenu qu'il n'y en avait pas, là-haut sous les toits, et qu'il les avait toujours utilisés, en fait, bien avant mon arrivée, devaient être considérés d'une certaine manière comme des cabinets communs et son droit comme un droit coutumier ; bref, je me résolus à aller consulter la propriétaire qui proposa de me louer directement la mansarde en question dont j'eusse trouvé facilement profit et usage ; en ce qui la concernait, elle ne voyait aucun inconvénient à mettre à la porte le monsieur à la mansarde qu'elle ne semblait guère apprécier elle non plus.

Puis un beau jour, le professeur de latin se présenta chez moi ; il avait, me dit-il, entendu dire que j'essayais de le faire déguerpir en lui rendant la vie impossible ; c'était la raison de sa visite et de l'entretien qu'il me priait de lui accorder. Assis sur mon vieux sofa acheté jadis en Angleterre, les jambes croisées, avec de grands yeux effarouchés, il m'expliqua, après m'avoir demandé la permission de commencer par le commencement, que son problème était qu'il était attaché à cette mansarde, là-haut, et cela parce que, gamin, ses parents étaient des paysans, pas des gens de la ville, de pauvres hères, une famille nombreuse, si j'ai bien compris, il avait vécu dans une mansarde située elle aussi près d'un grenier ou d'un galetas obscur, et que cette mansarde de son enfance, il l'avait retrouvée dans la mansarde d'ici, qu'il occupait depuis longtemps, depuis bien avant mon arrivée, et qu'il lui était de toute façon impossible d'imaginer qu'il pût habiter une autre mansarde, si tant est, ce qui est douteux, qu'il réussît à en trouver une autre que celle-ci qui, précisément, était beaucoup plus à ses yeux qu'une simple mansarde, car elle personnifiait son enfance, un lieu spirituel, et en outre, il était un petit peu dur d'oreille et le médecin l'avait dernièrement averti qu'il risquait de devenir complètement sourd, un processus irréversible, je dois comprendre, et aux conséquences dramatiques, car c'est son métier de professeur qu'il perdra par la même occasion, tôt ou tard, et c'est bien là pourquoi la mansarde a une si grande importance pour lui, une importance vitale, oui, de vie ou de mort, c'est là qu'il écrit, oui il écrit un roman, et quand il aura renoncé à l'enseignement, il sera dans l'obligation de vivre de son roman et de sa plume, ce qui signifie, je dois essayer de comprendre, qu'il doit continuer et achever ce roman, et ça, il ne peut le faire que dans une mansarde comme celle-ci, qui, de façon tout à fait personnelle, réincarne la mansarde de son enfance, car là aussi, la pièce voisine était un grenier, et il a besoin de cette réincarnation pour écrire et donc pour survivre, bref il ne peut être question pour lui de quitter cette mansarde, c'est impensable et il faudrait, pour le faire partir, employer les grands moyens ; cependant, et il tenait à le souligner avec la plus grande insistance, il considérerait un tel acte comme une violence morale, or je ne souhaite tout de même pas avoir un jour à me vanter d'avoir exercé un acte de violence morale, pas contre un homme qui risque de devenir sourd…

Ainsi, songeai-je, nous avons un nouvel écrivain et romancier chez nous, curieux que je n'aie jamais eu l'occasion de lire une seule ligne de ce monsieur l'écrivain à la mansarde, jamais ouï dire qu'il ait publié quoi que ce soit, à mes yeux il était et restait un simple professeur de latin, et dans cette mansarde, il recevait des petites filles, on y voyait entrer et sortir des élèves de sexe féminin, peut-être leur donnait-il des cours de rattrapage, ou qui sait, y avait-il un lien entre ses ablutions et les visites en question. Il me fallut continuer à supporter sa présence.

Je ne sais pourquoi j'écris ceci, je suis désormais à Paris, ce ne sont pas seulement des centaines de kilomètres, mais toute une vie qui me séparent de ce monsieur et de mon logement d'alors, n'empêche qu'en ce moment même, l'homme aux joues bleuies par la barbe est présent dans cette chambre-alvéole et qu'il continue à m'irriter, tout comme le vieux aux pigeons qui se donne en spectacle assis là en face; il y a toujours eu des gens qui m'ont agacé et irrité. Ce n'est pas un roucoulement que font les pigeons dans cette cour; c'est plutôt une sorte de gémissement, oui un gémissement indiscret et obscène. Mais le pire, c'est encore la tourterelle dont le cri rappelle un chant du coq inachevé ou l'appel du coucou, un cri réduit à trois notes interrompues et étouffées, une mini-gamme répétée deux fois, vingt fois de suite, exactement sur le même mode, sans la moindre variation, si bien que je me mets instinctivement à compter les coups, comme s'il s'agissait d'une horloge, j'ai l'impression qu'une force irrésistible, une nécessité me force à compter. Et à nouveau, les braillements du vieux, la voix stridente de la vieille, est-ce ça la vie ? Et que dire du bonheur d'être libre; le bonheur, c'est une banane jaune, m'écrivait je ne sais plus qui. D'Amérique du Sud, si je me souviens bien.

Dans la maison aux deux professeurs qui se prétendaient écrivains, demeurait au premier étage, dans un réduit exigu ou plus souvent dans la minuscule cuisine attenante, notre Demoiselle Murz. Je me demande pourquoi je parle de son réduit, alors qu'elle passait en fait le plus clair de son temps dans l'escalier. Employée jadis comme femme de ménage chez la propriétaire, elle avait obtenu, à soixante-dix ans passés, le droit de finir ici ses vieux jours par charité.

Mlle Murz était bossue, elle marchait carrément pliée en deux, arborait en outre un goitre et ces deux infirmités, s'ajoutant au fait qu'elle était déjà, de par sa nature, fort petite, faisaient d'elle une sorte d'être fabuleux. On aurait pu la prendre pour une petite sorcière, pour un gnome, mais en aucun cas pour une personne humaine, vivant à notre époque. Assise sur l'une des marches de bois grinçantes et gémissantes, elle passait ses journées à trier les papiers, les journaux ainsi que les brochures publicitaires qui s'entassaient à côté des boîtes à lettres. Ses rapports avec les journaux et, d'une manière générale, les vieux papiers, étaient d'une nature maniaque, elle les collectionnait avec rage et, étant pratiquement analphabète, jouait comme un enfant à faire semblant de lire dans l'escalier. Cette occupation avait il est vrai un mobile accessoire car en se postant, véritable obstacle vivant, au milieu de l'escalier, elle avait tout loisir de surveiller ce qui s'y passait ; l'escalier était son domaine réservé, si un étranger pénétrait dans la maison, elle tenait à savoir chez qui il se rendait; elle se considérait comme la gardienne des lieux.

Elle sentait mauvais, sa cuisine dégageait elle aussi une odeur si nauséabonde que l'envie de vomir me prenait régulièrement à la gorge. Ce n'étaient pas seulement les émanations culinaires qui empestaient, mais quelque chose qui évoquait irrésistiblement les excréments ; lorsqu'elle allait aux provisions, elle achetait avec prédilection des déchets de viande ou d'autres produits du même genre, non pas, nous le savions, qu'elle fût pauvre, mais par avarice. Elle se faisait, en outre, mitonner de petites soupes et lorsqu'on passait près de chez elle, on l'entendait parfois s'écrier, de but en blanc : m'suis fait cuire une bonne petite soupe de pommes de terre, y a pas meilleur pour la goutte.

Elle disait cela d'un ton péremptoire, pour la galerie, et l'on se trouvait chaque fois devant l'alternative ou de se taire, en l'occurrence de continuer son chemin sans plus lui prêter attention, ou de se pencher sur le thème en question, ce qui ne manquait jamais de m'irriter. Car lorsque j'avais la faiblesse de répondre, il arrivait parfois qu'elle me couvrît d'insultes. Elle avait la lèvre charnue et ayant, de surcroît, perdu depuis longtemps toutes ses dents, elle postillonnait. Je ne pouvais m'empêcher, tandis qu'elle parlait, de fixer ce chancre mou, mon regard obliquait ensuite vers le goitre bringuebalant, et pendant ce temps, ça ne ratait pas, elle me dévisageait d'un regard qu'on ne peut qualifier que de lubrique avec ses petits yeux où se lisaient tour à tour un désir timide de contact, une tentative caractérisée de racolage et l'envie de vous envoyer grossièrement promener. Non seulement elle avait le génie, sous prétexte de vous parler de son menu, de vous entraîner dans une conversation dont vous n'aviez que faire, tout en vous faisant bien comprendre, si vous aviez le malheur de céder à ses avances, que vous l'importuniez; mais en outre elle affectionnait de parler de sa beauté ou de son apparence physique d'antan. Elle disait : j'avais de bien plus belles jambes que celle-*là*, et de désigner ta compagne qui franchit si ça se trouve pour la première fois le seuil de cette maison et n'a jamais entendu parler de Mlle Murz. Ce faisant, sa bouche en forme de tumeur remue en gargouillant, pour souligner son propos, elle pointe derechef ses doigts crochus en direction des jambes de la dame qui se tient là, consternée, gênée ou amusée, selon les circonstances, et sur ces entrefaites Mlle Murz vous tourne le dos, avec ce geste de condescendance qui lui est cher et qui veut dire qu'elle est excédée ; elle incline la tête où les cheveux plats sont tirés en arrière et noués en une boule minuscule, pousse un soupir et vous donne à entendre que la conversation est close pour aujourd'hui. Ou encore, elle lève vers moi des yeux pleins d'espoir. Enfin, voyons, voyons, Mlle Murz, dis-je alors, et pourvu que j'aie pris soin de prononcer ces mots d'une voix de basse sur le ton d'un gentleman farmer, d'un patron d'entreprise, ou encore d'un professeur, il arrive qu'elle file doux. Si, en revanche, absorbé par d'autres préoccupations, j'omets de réagir, elle use d'arguments frappants ou, qui sait, coupe court à la discussion. L'important c'est toujours d'être le plus fort avec notre bonne Demoiselle Murz qui se prétend allemande, fille de paysans du pays de Bade, et m'a raconté comment elle avait été placée à treize ans à Marseille. C'est ainsi qu'avait débuté sa carrière et à l'en croire elle avait, du côté maternel, des ancêtres japonais.

A l'époque où je venais d'emménager, ignorant encore tout des accointances et surtout des rapports de force qui régnaient dans cette maison, Mlle Murz avait pris l'habitude d'entrer chez moi à l'improviste. Je me tenais comme toujours à ma grande table à repasser, le dos tourné aux fenêtres, soudain, la porte s'ouvrait et Mlle Murz entrait en trombe, armée d'un balai et d'une pelle, la tête et le nez vissés au sol, elle surgissait, sans avoir frappé ni dit le moindre bonjour, et s'approchait de ma table, tout en tapotant et en époussetant. Elle a, ma foi, perdu la raison, pensais-je, en lui indiquant énergiquement la porte. Pas question, piaillait-elle, y a pas à discuter, il faut qu'elle nettoie partout, toute la maison; elle braille, ronchonne, résiste obstinément à tous mes arguments. Je vous l'ai dit *une fois pour toutes*, je ne veux pas, je ne me laisserai pas faire, une fois pour toutes, qu'elle se le tienne pour dit. De ce moment, elle ne fit plus que de courtes apparitions, comme pour voir, ou se contenta de simples tentatives d'approche, annonçant de loin sa venue en pianotant au fur et à mesure sur les marches avec son balai. C'était là sa spécialité, le balai et la pelle constituaient les insignes de son pouvoir et la baguette magique grâce à laquelle elle ouvrait toutes les portes. Souvent, elle s'entêtait au pas de ma double porte, plantée là à épousseter et à tapoter autour du seuil. Si j'ouvrais, elle entrait. Si je ne donnais pas signe de vie, elle finissait au bout d'un certain temps par se retirer.

Elle aimait les détritus, les détritus les plus divers, on disait que sa chambre, en fait de lit ou d'autres meubles habituels, était bourrée de papiers froissés, Mlle Murz couchait, passait les nuits dans un vrai nid à souris. Cette pièce était toujours soigneusement verrouillée et cela non seulement parce qu'elle considérait son contenu comme un bien précieux et personnel, mais également parce que sous les loques et les journaux, elle dissimulait de l'argent, elle entassait, disait-on, des espèces sonnantes, des pièces d'argent dans de grands sacs en papier. Chaque fois qu'elle quittait sa chambre pour aller faire des achats ou un simple tour, elle commençait par verrouiller la porte avec sa grande clef, puis elle s'éloignait de quelques pas et soudain, changeant d'avis, elle revenait en tapinois jusqu'à la porte et se mettait à secouer le loquet comme pour s'assurer que ni lui ni la serrure ne lui avaient joué un mauvais coup dans son dos. Craignait-elle d'être pigeonnée, escroquée ? Je l'ignore, ce qui est sûr c'est qu'elle croyait cette porte capable de toutes les fredaines, des pires incartades. Ses allers-retours furtifs étaient destinés à prendre cette sale porte ou ce verrou sur le fait. Elle ne se rendait jamais en ville sans avoir pris soin de prévenir longtemps à l'avance toute la maisonnée, revêtait alors un manteau noir qui tombait jusqu'à terre, par-derrière recouvrait la protubérance que formait sa silhouette, par-devant flottait jusqu'à ses pieds ; elle tenait probablement ce manteau d'une de ses employeuses et, ayant pris la décision de sortir, elle se coiffait soigneusement, arrangeait ses cheveux sales et raides, serrés dans leur petit tubercule. Pour aller avec le manteau noir, elle se munissait d'une canne, décorée en l'occurrence d'un pommeau d'argent, mais peut-être s'agissait-il après tout d'un parapluie. La voilà donc en route, appuyée sur cette canne ou sur ce manche de parapluie, jetant continuellement de petits regards lascifs à droite et à gauche, s'arrêtant tous les trois pas, se contorsionnant, et s'il se trouvait un couple d'amoureux au bord de l'eau – la maison était en effet située près du fleuve et on accédait à celui-ci par des marches qu'il arrivait à Florian d'emprunter, de son étrange démarche sautillante – si donc, disais-je, comme cela arrivait fréquemment, des amoureux se trouvaient là, se tenant par la taille, ou occupés à s'embrasser, Mlle Murz aimait se planter à côté d'eux et les aborder à l'improviste, pas pour leur poser une question, ou leur faire un signe de connivence, ne croyez pas cela, juste pour leur déclarer de but en blanc, et comme on peut l'imaginer, à la plus grande frayeur des intéressés arrachés à leurs baisers : m'suis fait une bonne petite soupe de pommes de terre aujourd'hui, y a pas meilleur pour la goutte, et ainsi de suite.

Lorsqu'elle sortait, c'était certes pour faire ses courses mais surtout afin d'aborder les gens, je crois qu'il y a chez ce genre de cinglés un côté exhibitionniste, j'ai l'impression que le vieux aux pigeons lui aussi surgit plus fréquemment derrière sa fenêtre et qu'il frappe à coups redoublés sur ses pigeons quand il y a chez moi de la visite.

En me voyant passer Mlle Murz s'écriait, par exemple : les Hongriens ont encore lancé trois chiens sur le soleil. Que puis-je bien lui répondre : enfin voyons, Mlle Murz, les *Hongrois*, ils n'ont pas de fusées, vous voulez parler des Russes, ou voulez-vous dire les Américains ? D'ailleurs eux non plus ne lancent pas de fusées sur le soleil. Et pourquoi, fichtre, trois chiens à la fois, c'est une plaisanterie ; mais à peine ces mots me sont-ils venus à l'esprit que j'en saisis le ridicule, en vérité il n'existe pas de réponse à ce genre de remarques. Si prenant malgré tout la chose à la légère, je lui fais une réponse de ce genre, elle ne manque pas de se cabrer : on me l'a assuré, c'est strictement exact, untel me l'a dit. Si je me tais, j'ai droit alors à son grand geste condescendant. Ses sujets de conversation préférés sont les histoires d'assassinats. Il y en a un qui s'est fait *régler son compte*, dit-elle, *régler son compte*, c'est un mot qui lui plaît, j'ai *réglé mon compte* au rat, déclare-t-elle.

Un jour, c'était un dimanche, j'étais en train d'actionner ma machine à écrire et j'avais laissé ma porte ouverte, le professeur de latin s'étant absenté, lorsque j'entendis Mlle Murz qui fouinait en chantonnant dans l'escalier. J'ai oublié de mentionner que dans ses bons jours, elle chantait volontiers, d'une voix grêle et fêlée qui, parfois, ne semblait tenir qu'à un fil impalpable, avec une prédilection pour les chansons enfantines ou les cantiques de Noël, même si l'on était en plein été ; quelle que fût la saison, elle entonnait par exemple : «O douce nuit, ô sainte nuit», pour le moment, elle fredonnait : «Ne t'en va pas, oh reste près de moi, mon cœur est ton seul point d'attache». Je prêtais l'oreille, pensais à autre chose, écoutais mieux, cela semblait se rapprocher, et soudain, j'écarquillai les yeux : comme surgie par enchantement, elle était là en personne, dans l'embrasure de la porte, à moitié nue, arborant, là-haut, sous le goitre bringuebalant, deux petits seins de vieille femme, ricanant, brandissant ses bras décharnés, eux aussi nus, pardessus son torse et ses flancs comme pour un exercice de gymnastique. Elle entra ainsi chez moi. Je restai un moment pétrifié d'horreur puis, prenant mon courage à deux mains, je lui criai : allons, allons, Mlle Murz, voilà qu'on fait du naturisme, vous allez prendre froid, vite, allez vous rhabiller, déguerpissez, ouste ; vous ne voulez tout de même pas tomber malade ? Barricadé derrière ma table, je me mis à hurler toutes les locutions qui me vinrent à l'esprit.

Suis-je incapable de garder suffisamment mes distances ? Est-ce parce que tout me touche de trop près que je me heurte ainsi aux choses et aux gens ? C'est comme avec les Arabes, ici, dans le quartier, tu commences par avoir pitié d'eux, non, disons plutôt que je trouvais exotique, au début, d'habiter un quartier peuplé en grande partie, sinon en majorité, d'Arabes ainsi que de Noirs. Les Noirs se tiennent à un coin de rue, on dirait qu'ils s'appuient à un javelot, ils semblent perchés sur une seule jambe, ils sont à l'affût et ne voilà-t-il pas que cette rue parisienne, si civilisée, se métamorphose en une steppe infinie. Dans ce quartier, on voit partout des Noirs et des Arabes, en train de traîner dans les rues. N'ayant ni travail, ni logement digne de ce nom, ils habitent je le sais des galetas, au fond des hôtels meublés les plus délabrés. C'est la raison pour laquelle ils passent leur vie dehors dans la rue ou dans leurs bistrots attitrés, que pourraient-ils faire d'autre. Je suis conscient de cet état de fait et pourtant dans mon for intérieur, cet assombrissement, cette négrification progressive de mon quartier me met peu à peu mal à l'aise, me dérange, c'est un encerclement. Lorsque je fais la queue à la poste, et qu'il y a là, devant ou à côté de moi, un Noir, vêtu si ça se trouve de manière extravagante, de coloris, de combinaisons de couleurs absolument inusitées, et naturellement, les couleurs ressortent de manière tout à fait différente sur une peau sombre ou noire que sur une peau blanche (cette dernière ne tarde pas à paraître sale, usée, bref le contraste n'est pas le même) ; certains Noirs se promènent dans leur costume national, d'amples manteaux, ou plutôt des chapes souvent blanches, garnies ou non de capuchons, tombant jusqu'au sol, des habits de parade qui évoquent les rois mages, les types qui arborent ces costumes sont presque toujours des types gigantesques, ils doivent bien mesurer dans les deux mètres ; je fais donc, disais-je, la queue et tandis que j'attends mon tour, je m'effraie moi-même de penser que l'homme noir en question est en train de remplir un récépissé, un formulaire, comme tout un chacun, et qui plus est avec un stylo en or ou doré qui, dans sa main noire, à la paume claire, d'une clarté blanchâtre, prend une apparence tout particulièrement précieuse : me suis-je imaginé par hasard que l'homme noir était un *sauvage* costumé, un sauvage qui ferait seulement semblant d'écrire ? Y a-t-il en moi – dans mon subconscient – ce genre de pensées, de préjugés, de clichés racistes ? Le physique lui-même, je veux parler de l'apparence générale, est radicalement différent chez les Noirs, il y a dans leur aspect une troublante étrangeté, je ne puis par exemple regarder, peu importe qu'il s'agisse d'un homme ou d'une femme, leur postérieur musculeux, souvent aussi proéminent que le bec d'un oiseau, sans éprouver un saisissement ; il y a aussi leur voix qui est tellement plus ou autrement physique que celle des Blancs. La voix des Noirs est gutturale, bon enfant, elle a une sorte de roulement, de grondement interne, on dit qu'elle est sexy, en tout cas elle est ostensiblement corporelle ; enfin il y a cette passion qu'ils ont pour le rire, tout leur est prétexte à rire, ils se tapent sur les cuisses, se tordent le cou de rire. L'écho de leur hilarité résonne et se répercute parfois des heures entières dans ma cour ; une ou deux fois, ces temps derniers, il y a eu une petite fête chez une famille noire, ça s'est prolongé, le matin, jusqu'à trois heures ou plus, d'abord le récitant, puis le chœur des rieurs, c'était bon enfant et contagieux ; qu'est-ce qui peut bien les faire rire ainsi, me demandais-je, quel culot, et je me surpris à songer : qu'est-ce qui leur prend, ils n'ont tout de même pas de quoi rire, comment font-ils bon Dieu pour rire à ce point malgré tout ?

Leur manière de marcher, en balançant le corps, la paume des mains tournée vers l'extérieur, comme sur une caricature ; parfois dans le métro, lorsque je rêvasse, et que soudain je remarque, prends conscience de la présence de l'homme ou de la femme noire en face de moi, dans cette promiscuité indécente qui est celle de deux êtres assis l'un en face de l'autre, qui sait si nos genoux ne sont pas en train de se frôler, je me perds alors dans le visage noir, étranger, je me délecte dans la contemplation de cette face sombre, parfois d'un noir luisant, comme le corbeau ou l'ébène et que l'on croirait couverte de rosée, de ces prunelles merveilleusement étincelantes, baignant dans l'écrin d'albâtre de la sclérotique, de cette bouche, avec son reflet rosâtre que révèle la face postérieure des lèvres ; je ne puis détacher mes yeux de la casquette ou du béret, de la toque follement délurée, du chapeau, du melon, de la calotte, ou tout bonnement de la chevelure crêpelée en une multitude d'antennes capillaires ou ornée de milliers de petits nœuds ; quel invraisemblable habillement, déguisement – qu'est-ce qui me suggère cette idée de déguisement ? –, il existe au demeurant des vestes d'une coupe tout à fait particulière et que l'on ne voit jamais sur les Blancs, elles ressemblent à des vestes de frac, excessivement cintrées et si rembourrées aux épaules qu'on dirait des moignons d'ailes. Elles me font un curieux effet d'ingénuité, de gentillesse, de douceur. Naturellement, il y a aussi une variété de Noirs arrogants, provocants, qui déambulent en tenue de cuir garnie de rivets, chaussés de ranchos renforcés de fer et arborent sur le visage l'agressivité à l'état pur. Et les balayeurs des rues, appuyés sur leur balai comme sur un javelot.

L'encerclement du quartier par les Noirs progresse irrésistiblement et l'on se surprend soudain à songer : pourquoi spécialement ici ? Qu'est-ce qui leur prend de s'installer tous ici ?

Ils sont différents, y a pas à dire, et puis ils rappliquent avec une telle marmaille, dit la concierge. Jadis, il n'y a pas si longtemps, à ce qu'elle prétend, la rue était complètement blanche, tandis que maintenant, elle devient de plus en plus sombre. Si ça continue on verra bientôt place Vendôme, au lieu des Rolls-Royce et des Maserati garées devant le Ritz, des chameaux accroupis, en train de ruminer. Ça finira par devenir un marché aux chameaux si ça continue comme ça, dit la concierge. Et alors, me dis-je, tout en pensant : tout de même dommage.

A l'inverse des Noirs, les Arabes sont taciturnes, sombres, moroses, fatigués. La différence transparaît déjà à leurs bistrots et cafés, le quartier en est rempli; si on me demande où j'habite à Paris, je réponds : au quartier *couscous* ; ce plat national est aussi familier ici qu'en Alsace la choucroute.

Les bistrots arabes sont nus, leur couleur rappelle celle du sable, j'ai l'impression que l'air même y est chargé de sable, ambiance du désert, les individus qui s'y tiennent debout autour du comptoir passent parfois des heures entières dans ces refuges, sans rien consommer, avec sur le visage un mélange de fausse humilité, de méfiance et de haine, une expression de parent pauvre. Ce sont toujours évidemment des lieux strictement réservés aux hommes, à la différence des cafés fréquentés par les Noirs qui rappliquent avec leurs femmes, leurs sœurs, leurs concubines, des tribus au complet, riant et palabrant, électrisant l'espace exigu de tout le rayonnement de leur corps : ils vous aspirent comme un tourbillon, la voix est à elle seule une véritable exhibition corporelle.

Les Arabes ne sont pas seulement une minorité, certes très importante, ils sont les parents pauvres de la nation, les travailleurs étrangers, et on ne les aime guère, me semble-t-il. La plupart, n'ayant ici ni famille ni femme, se trouvent plus que doublement isolés. J'allais volontiers et fréquemment, au début, dans un de ces cafés, chez Saïd, qui insistait sur le fait qu'il était kabyle ou berbère, et pas simplement algérien, voulant montrer par là qu'il appartenait à une race supérieure, bien que, râblé et grassouillet, son aspect extérieur ne suggérât guère l'idée d'élite. Je me sentais bien chez Saïd, le poêle en fonte répandait une agréable chaleur, peut-être que j'éprouvais un besoin de m'abriter, de me cacher. Pour rien au monde je n'aurais voulu fréquenter les milieux culturels ou les artistes, les intellectuels du Quartier latin ou de Saint-Germain, à aucun prix je ne voulais voir ces gens-là. C'était également chez moi une sorte de fierté ombrageuse, un respect humain, pourquoi, je l'ignore, mais j'avais l'impression d'être une sorte de paria, assis dans ma chambre-alvéole, la honte me prenait en pensant à cette façon que j'avais de me claquemurer, à toute cette liberté, à ce temps que je gaspillais, à mon mal à l'âme, à mon angoisse, pour y échapper je courais vite chez Saïd qui m'accueillait toujours avec le même rire gêné, il était gêné, parce qu'il me prenait pour un monsieur, j'étais le plus souvent l'unique non-Arabe, il était aussi gêné à cause de ses frères de race. Chez Saïd, j'allais me mettre à couvert, de surcroît j'appréciais les plats que l'on préparait dans un cagibi indescriptible, un trou indicible qui tenait lieu de cambuse, la cuisine ne péchait pas, c'était le moins qu'on puisse dire, par excès de variété : couscous (mouton, bœuf, merguez) ou côtelettes d'agneau aux pommes de terre, exceptionnellement des pâtes, tout cela me plaisait. Saïd passait les commandes en criant «chef» en direction de la cambuse où il y avait effectivement quelqu'un au fourneau, un petit vieux à l'air las. J'appréciais les égards, la gentillesse, le respect que l'on avait pour moi ; au fil du temps, j'avais fini par avoir mes entrées chez Saïd, j'étais devenu son hôte de marque. C'est ainsi qu'il m'arrivait d'aller chez lui dès le matin, pour prendre un verre, l'après-midi, pour lire, et tout compte fait, mon comportement ne différait guère de celui de mon pauvre Florian, le déserteur, je fuyais la prison de ma chambre-alvéole, où j'étais censé créer une œuvre, importante, si possible, et où en réalité je ne faisais qu'avoir peur, *et l'âme s'entrouvrait comme une braguette*, écrivait je ne sais plus qui. Dans le regard de Saïd, il y avait un mélange d'amusement et de joie sincère. Au fil des jours, j'avais pris l'habitude de venir même après la fermeture. Saïd n'avait rien dans la vie, en dehors de son commerce, il couchait dans un appentis au-dessus du bistrot, avait toujours l'intention de faire venir très bientôt sa famille, dans un mois, ce sera fait, disait-il, la famille m'aura rejoint. Mais elle ne venait toujours pas, qui sait s'il avait même une famille. Et un beau jour, de retour à Paris, après une semaine d'absence, voulant selon ma bonne vieille habitude faire un petit tour, plus exactement me mettre à couvert chez Saïd, voilà qu'il y avait à sa place derrière le zinc un grand type à l'air sombre et qui louchait de surcroît. C'était le successeur de Saïd, celui-ci avait vendu le bistrot, l'*affaire**, comme on dit ici, pendant mon absence, il n'est jamais réapparu et c'en fut fait de mon abri.

Qu'est-ce que je fais ici, en définitive, me disais-je, je n'ai tout de même pas prononcé mes vœux, c'est le genre

---

* En français dans le texte.

de pensées qui finissaient par me trotter dans la tête, à force de ne voir personne, de ne parler à âme qui vive, dans ces moments où l'isolement me devenait insupportable, où la honte de ma solitude me chassait dans les rues ; j'avais honte de mon désespoir, peur que l'on pût lire mon état d'âme sur mon visage. Ah si seulement, pensais-je, je vivais dans un quartier plus gai, plus amusant, ailleurs que dans ce *quartier couscous* que les Noirs et les Arabes et surtout leurs problèmes enténèbrent chaque jour davantage.

C'est l'appartement de ma tante, c'est son appartement qu'elle m'a légué, il est l'une des raisons de ma présence ici.

J'ai connu plusieurs des appartements de ma tante parisienne, ma mère aussi avait d'ailleurs une tante parisienne qu'elle allait voir de temps à autre, nous étions alors encore enfants et ma mère une jeune femme. Il était de bon ton à l'époque d'être obligé d'aller faire, eh bien, un petit tour à Paris pour des raisons familiales et quand elle revenait de ces voyages, ma mère prenait à mes yeux l'allure d'une élégante étrangère, c'était une jeune dame de Paris.

J'ai connu, disais-je donc, plusieurs appartements de ma tante, celui-ci était le pire. Elle en était depuis longtemps propriétaire, mais l'avait loué et habitait un appartement un peu plus confortable, du côté de Daumesnil, dans un *quartier résidentiel**, comme elle disait volontiers avec un brin d'exagération. Peu avant sa mort, elle avait vendu l'appartement confortable, en l'occurrence à un musicien, un compositeur ; et grâce à cet argent, elle avait pu emménager dans ce logis minuscule où elle comptait finir ses jours de retraitée, elle avait plus de soixante-dix ans, Montmartre, qui s'étend sur le 18e et le 19e arrondissement, avait toujours été son quartier, il s'agissait, en somme, d'un retour au bercail.

Parti à la recherche de l'appartement de ma tante, j'avais mis le cap, par cet après-midi d'été de l'année 1973, sur la rue Simart, ma curiosité était grande, mais j'avais vite déchanté. Cette rue, c'est vrai, ressemble à des milliers d'autres rues

* En français dans le texte.

parisiennes, n'empêche qu'elle me parut un peu plus sombre
– oui, la pierre y est plus sombre – ou plus sale ? Elle n'a pas
cette blancheur ocrée d'un effet précieux, ces couleurs de
toiles cubistes, qui s'étalent sur les façades comme des des-
sins à la craie en train de se déliter, qui absorbent et réver-
bèrent la lumière de la ville-lumière d'une manière si
incomparable et qu'on ne peut qualifier que d'immatérielle,
ou de spirituelle. La grisaille avait ici un aspect brunâtre ou
gris sale, bref, j'avais l'impression de pénétrer à l'intérieur
d'un tunnel. Les boutiques, les échoppes là aussi s'alignent
l'une à la suite de l'autre, mais ces magasins dépourvus
d'auvent, un réparateur de vélos un marchand de papiers
peints, un épicier, un quincaillier, un bureau de placement,
raccommodeur de flippers, restaurateur de meubles anciens,
fourreur, spécialiste en produits diététiques, agent immobi-
lier, sont refermés sur eux-mêmes comme si leurs proprié-
taires eussent été des troglodytes, et non, comme presque
partout à Paris, des patrons du trottoir, ils auraient pu tenir
boutique au fond des catacombes. Le ciel lui-même était
pour ainsi dire invisible, comme s'il s'était déroulé ailleurs.

Dans le clair-obscur du hall d'entrée, une bonne femme
m'interpella, alors que je m'enquérais de l'appartement de
ma tante, elle me précisa que celle-ci demeurait au fond,
dans le bâtiment sur cour, deuxième étage, porte à droite. Je
frappai, manipulai, après une attente prolongée, la sonnerie
moyenâgeuse qui réagit par un bruit de crécelle ; des grognements et des aboiements de chien se firent entendre,
suivis de la voix méfiante de ma tante qui, sans ouvrir, de-
mandait à travers la porte si c'était le facteur. C'est moi,
répondis-je, ton neveu, ton neveu de Suisse, oui, moi en
personne, vrai de vrai, ouvre-moi, je t'en prie, *ma tante**, je
prononçai ce mot comme on dit «*mon général*»*.

Enfin, la porte s'ouvrit et elle apparut, encore en peignoir,
n'ayant pas eu le temps de s'arranger, c'était bien elle,
impossible de s'y méprendre, peut-être un peu plus maigre
que je ne la voyais dans mes souvenirs. Elle était toute

* En français dans le texte.

menue, ma tante, elle trimbalait sur ses jambes maigrelettes une sorte d'éperon, un buste en forme de proue, et exhibait un fort grand nez effronté au milieu de son visage, en temps normal incroyablement maquillé, sous la chevelure qu'elle s'obstina jusqu'à la fin à teindre en blond, ses petits yeux formaient un contraste étrange avec ces évasements et ces protubérances. On aurait pu croire ses mains douées d'une pensée autonome, sa tête, elle, était toujours ailleurs. Elle portait volontiers celle-ci inclinée sur l'épaule, ce qui lui donnait une expression rêveuse, et comme absente. Pendant que ses mains s'activaient de leur côté, faisaient la cuisine, mettaient le couvert, distribuaient entre la table et la desserte les différents objets, serviettes, carafe de vin, baguette de pain, salière, poivrier, son visage ne se départait jamais de son expression songeuse. A quoi peut-elle donc rêver, se souvient-elle de son passé, nourrit-elle des pensées moroses ? me demandais-je. L'appartement avait alors un tout autre aspect, étant bourré de meubles d'un luxe plutôt bon marché, le téléviseur trônait comme un monument sur son socle. Tandis que ma tante courait à petits pas, au milieu de l'encombrement des meubles, Jimmy, le fox-terrier, devenu avec l'âge replet et teigneux, trottinait autour d'elle en faisant d'encore plus petits pas mais avec une singulière célérité et force trépignements. Ma tante était perpétuellement entourée de chiens, ceux-ci répondaient toujours aux noms de Jimmy ou de Tob. Le dernier en date, Jimmy le je ne sais quantième, était fantasque, n'acceptait de manger qu'en présence de témoins et, dans ses derniers temps, ne mangeait plus qu'à la condition que l'on fît semblant de se préparer à sortir. Ma tante allait chercher son manteau, se livrait aux préparatifs usuels ou encore décrochait le téléphone pour annoncer à une amie imaginaire l'importante nouvelle, à savoir qu'on se proposait d'aller faire un tour, et aussitôt Jimmy se précipitait sur sa pâtée. Ils passaient tous les deux leur temps à se chamailler comme un vieux couple, l'indifférence leur était un sentiment inconnu, Jimmy était tour à tour couvert de caresses ou rabroué, voué à tous les diables : ces deux tons de voix se succédaient sans transition et c'est pourquoi le Jimmy en question, comme d'ailleurs tous ses prédécesseurs, était non seulement bizarre, mais légèrement dérangé.

La dernière fois que je vis ma tante, elle reposait dans une bière, à la morgue de l'hôpital d'Evian, ville où elle passait ses vacances et où, transportée dans cet hôpital par ordre du médecin à la suite d'un léger malaise, elle était décédée à peine entrée. Elle gisait, tel un condottiere insolite, au milieu de la neige carbonique, longtemps son corps reposa là, faute de chambre froide à l'hôpital, et dans l'attente des papiers permettant de l'inhumer.

La police m'avait prévenu et convoqué afin que j'amène ceux-ci et accomplisse les différentes démarches ; ma tante portait, semble-t-il, constamment mon adresse sur elle, en cas d'accident. C'est ainsi que je la vis donc pour la dernière fois, à l'hôpital d'Evian ; Jimmy était resté à l'hôtel, je me le fis livrer par le portier, la police me remit les clefs, les quelques effets ainsi que les valises, je m'en fus à Paris, en emportant le tout. J'entrais cette fois dans l'appartement de ma tante en qualité d'exécuteur testamentaire, il fallait que je trie les papiers, que j'accomplisse toutes les formalités, que je raye la vie de ma tante, disons, ce qui en restait, cela prit des semaines et finalement il me resta cet appartement que je vidai de fond en comble et où je m'installai.

La rue qui m'avait déjà paru déprimante lors de ma première visite me semble toujours aussi lugubre, elle n'évoque rien, ne débouche nulle part sinon sur elle-même, et son aspect est aussi négligé qu'un visage mal rasé, elle a l'air sale, d'une saleté due au dénuement ou à l'abandon, c'est une rue sacrifiée, laissée pour compte ; la rue Simart doit son nom, ai-je lu, à un sculpteur, Monsieur Simart, un personnage fort fringant, très occupé, tout comme le romancier populaire Eugène Sue, les deux – je veux dire les deux rues – se croisent au coin, mais c'est bien la seule particule de culture ou d'art qui flotte ici dans l'air.

Je me demande depuis un certain temps ce qui caractérise le cri de la tourterelle, celui-ci résonne comme la sonnerie indéfiniment répétée d'une horloge à coucou et vous force à prêter l'oreille, à compter les coups. C'est un cri qui commence à la manière d'une flûte de Pan, un sanglot sur trois notes, une lamentation, à coup sûr ; comme il retentit à toute heure du jour ou de la nuit, il en devient souvent insupportable. Tout compte fait, c'est ici l'unique bruit qui me dérange vraiment. Le locataire du dessous avec ses leçons de guitare et les concerts d'orgue retentissants de son tourne-disques, qui font trembler mon appartement, me dérange moins, il n'y a aucun doute, que l'appel désespéré de cette tourterelle.

Je veux aller dans le vaste monde, sortir d'ici, vivre ailleurs, quitter Zurich, songeais-je autrefois ; une fois pour toutes en finir avec ces rues et ces places, toujours les mêmes où je promène mon chien et suis connu moi-même comme le loup blanc, c'était à peu de chose près les pensées qui s'agitaient alors dans ma tête, lorsque cet appartement s'était présenté, ce coup de chance dont ma tante m'avait gratifié, je m'étais dit *maintenant ou jamais*. J'étais persuadé, j'espérais, dans mon inconscience, que j'allais repartir de zéro, c'est ainsi que je m'étais mis en route.

J'avais pris une couchette à partir de Zurich et m'étais endormi instantanément. Je m'éveillai à Bâle, ayant entendu appeler mon nom à haute voix, oui cela ne faisait aucun doute, une voix dans le haut-parleur venait, avec les distorsions, les crépitements, les détonations propres à tous les haut-parleurs des gares, de prononcer mon nom. Je sursautai, baissai la vitre, scrutai l'horizon, m'attendant à tout moment à voir surgir, confirmant mes appréhensions et mes angoisses, des hommes en uniforme. Qu'avais-je donc à craindre ? Je voyageais en toute légalité, ayant remis comme prescrit mon passeport et mon billet au contrôleur du wagon-couchette, je n'en étais pas moins envahi par l'angoisse, était-ce à cause de ma désertion, pour avoir pris congé de la Suisse et m'en être allé dans le *vaste monde*. Je veux découvrir le monde, il y avait si longtemps que cette voix retentissait en moi, à croire que Zurich n'eût pas fait partie du monde. Tandis que le train manœuvrait interminablement entre les gares suisse et française, que j'étais poussé d'un côté, puis de l'autre de la frontière, dans un va-et-vient indécis, je guettais l'arrivée des argousins, mais le train s'ébranla enfin ; longtemps encore je restai éveillé, ayant peur, maintenant, que le train ne déraille, je sentais les roues vibrer et trépider sur les voies, le convoi aller de plus en plus vite, il me semblait que le conducteur avait succombé à un accès de folie, on doit bien faire du deux cents à l'heure, du fond de ma couchette, je sentais que les rails maintenaient à grand-peine les roues emballées, jusqu'à quand ? C'est dans ce sentiment de panique que je finis par m'endormir, rêvant dans mon sommeil que j'étais également dans un train et que celui-ci filait à toute allure, mais à présent, dans mon rêve, j'aurais voulu qu'il allât plus vite encore, je me mettais à accompagner sa marche, de mon corps, comme on s'efforce de mettre un chariot en mouvement en projetant le buste tour à tour en avant et en arrière, j'essayais d'accélérer la course du convoi en folie, je m'y appliquais de toutes mes forces et, comme si cela ne suffisait pas, je baissai complètement la vitre, me penchai très loin en dehors, tendis les bras, pendant presque à l'extérieur, dans le tourbillon déchaîné par la vitesse ; moi aussi, j'étais déchaîné de plaisir et soudain, j'aperçus une fille debout sur une place que nous longions, la grand-place d'une bourgade avec son hôtel de ville, son église, ses maisons patriciennes et son monument public, cette fille se tenait seule, abandonnée, au milieu de la place déserte et plongée dans la nuit, seule avec un saint-bernard, je me retournai pour regarder cette enfant solitaire qui frissonnait, cette orpheline, et voici que ses yeux se mettaient à rayonner, qu'une véritable pluie d'étoiles jaillissait de ses prunelles, une fille dont les yeux font pleuvoir une pluie d'étoiles, jamais vu, ni cru que ce fût possible, me disais-je dans mon rêve, et c'est alors que le contrôleur me réveilla afin de me rendre mon passeport et mon billet. Nous étions à Paris, le train entrait en gare. Le compartiment était bourré de joyeux alpinistes et ils portaient tous la même chemise à carreaux rouges, les mêmes pantalons de grimpeurs en velours côtelé, les mêmes chaussettes de laine, tandis que je les contemplais avec étonnement, la voix du haut-parleur me revint à l'esprit et je m'aperçus, soulagé, que j'avais réussi à m'échapper, que j'étais arrivé au but… Ce n'était pas la voix d'un policier, ce n'étaient pas des argousins, c'était LA VOCATION*. A nous deux, Paris.

Prends-moi, fais-moi naître à la vie, clamais-je en déambulant à travers les rues, je ne te quitterai plus, je veux découvrir le monde. Je me frayais un chemin parmi les milliers de corps étalés autour de moi, je vagabondais, traînais, marchais à grandes enjambées, courais, les pieds collés au sol et les yeux au firmament qui apparaissait entre les toits ; dans l'enfilade des rues, sous ce ciel merveilleusement canalisé, le ciel le plus lumineux du monde, j'avais l'impression de traverser une succession ininterrompue de nefs d'églises, je voyais les bas-côtés s'envoler dans l'ensorcellement de la lumière, les rangées d'immeubles blanchâtres s'écartaient, disparaissaient, clignotaient de tous les interstices de leurs contrevents, je courais le long des trottoirs, sous les marquises des cafés, les auvents des magasins, les yeux éblouis de beauté, je m'en délectais, je m'y baignais mais n'en restais pas moins à l'extérieur, un étranger.

Il arrivait que l'un de mes amis, de passage à Paris, se souvînt que désormais j'y habitais. N'ayant pas alors le téléphone, j'eus plusieurs fois la surprise de voir débarquer inopinément chez moi des gens depuis longtemps oubliés. Ils se tenaient soudain là, assis dans ma chambre avec vue sur cour, et leur visage reflétait tout le plaisir qu'ils avaient d'être à Paris, une soif d'aventures qu'ils avaient apportée de Suisse avec eux, ils étaient enfin vraiment libres, prêts à commettre *toutes les vilenies*, comme le disait en parlant de lui-même mon oncle Alois lorsqu'il était de bonne humeur, remarque qui convenait vraiment mal au brave bourgeois qu'il était. C'était précisément le genre d'idées que mes visiteurs, eux, avaient en tête, je leur faisais faire un tour pour leur montrer le quartier. Nous passions par les rues arabes, ce morceau d'Orient égaré du côté de Barbès-Rochechouart et je leur faisais remarquer les files, les grappes d'hommes devant les bordels,

* En français dans le texte.

car on trouvait encore dans ce coin de véritables bordels, et en jetant un coup d'œil à travers la porte-fenêtre grillagée, on distinguait au fond du vestibule obscur des putains dépoitraillées de toutes les races et de toutes les couleurs de peau, visages violemment maquillés, chairs débordant des lingeries intimes, images à la Fellini. Privés de travail et de femme, les hommes s'entassaient devant les guichets ; au début je croyais toujours qu'ils faisaient la queue parce qu'ils ne pouvaient faire autrement, parce que l'offre ne suffisait pas à la demande ; il était rare que quelqu'un se détachât de la file pour pénétrer à l'intérieur, la plupart, c'était frappant, se contentaient de rester plantés là et de s'imaginer ce qui se serait passé s'ils avaient eu l'argent pour entrer. Nous buvions un coup de blanc ou un Ricard au bistrot du coin et tandis que nous bavardions, tout aussi excités par l'étrange manège que par les retrouvailles, je me disais dans mon for intérieur, ah, si seulement j'étais resté chez moi. Ma porte avait trois serrures, deux Yale, une, ordinaire, au milieu, et en outre une chaîne de sûreté. Ma tante avait fait poser elle-même ces serrures, je la vois encore, cherchant les différentes clefs dans son trousseau – afin de verrouiller la porte, dans l'autre main elle tient son petit sac en croco ainsi que la laisse du chien, le verrouillage de la porte constituait chaque fois une cérémonie que j'observais avec attendrissement, attendant quelques marches plus bas qu'elle eût fini. Dorénavant, chaque fois que je me vois fouillant parmi toutes ces clefs, l'image de ma tante se superpose à la mienne, comme si l'une occultait l'autre, et j'ai soudain l'impression de me livrer à une action interdite, c'est comme si j'avais dépouillé, dupé ma tante, comme si je lui avais ôté son appartement et, pourquoi pas, la vie. Elle n'avait pas imaginé un moment qu'elle pût mourir, lorsqu'elle était partie en vacances à Evian ; elle caressait encore moins le dessein de me laisser son appartement garni de tous ses effets et affaires personnels, elle n'avait pas envisagé de succession, pas fait de testament, elle était ultra-méfiante, se claquemurait, se barricadait avec tous ses biens derrière sa triple serrure, ne laissait pénétrer aucun intrus. Et moi, qui m'étais approprié tout cela.

Ma tante avait une certaine générosité – sur le plan des sentiments – mais elle ne jetait pas son argent par les fenêtres, elle était économe, regardante, méfiante. Il est vrai qu'elle vivait seule, qu'elle n'avait pu compter toute sa vie que sur elle-même, c'est ainsi qu'elle avait appris à se débrouiller toute seule, *elle sait se défendre**, comme on dit ici, l'une de ses méthodes consistait à ne jamais découvrir son jeu. Lorsque j'eus achevé mes études, elle me fit savoir qu'elle souhaitait me faire un présent pour fêter ce grand événement ; mon cher petit, m'écrivit-elle, ta tante n'est pas précisément ce qu'on appelle une personne fortunée, mais elle a le sens de la famille, bref, en l'honneur de cet examen que j'avais passé honorablement, ou sans trop de mal, elle avait l'intention de me gratifier d'un acompte, d'une première mensualité, ou que sais-je, pour me permettre d'acheter une petite voiture d'occasion. Lors d'un de mes passages à Paris, elle évoqua à nouveau sa promesse, elle se proposait, déclara-t-elle avec force soupirs, de m'offrir, au moment du départ, mille francs. J'étais ému et ravi, tout au long du repas que nous prenions toujours très tard, si bien qu'il ne me restait plus guère de temps pour attraper le train de nuit, je ne cessais de me demander si, par hasard, elle n'avait pas oublié, elle ne faisait pas mine de me remettre l'argent promis. Je bus mon café, pris après le café un dernier verre de vin, puis fis mes bagages et toujours pas la moindre allusion à la petite somme en question. Je ne vais pas, me dis-je, lui rafraîchir la mémoire, elle y pense d'elle-même, ou faisons une croix là-dessus. Enfin, au dernier moment, alors que j'avais déjà enfilé mon manteau, elle revint avec une enveloppe et un visage courroucé : voici, déclara-t-elle, ce que je t'avais promis, prends-le mais ne va pas t'amuser à le perdre.

Je réponds, qu'est-ce que tu t'imagines, *ma tante**, il n'est pas question que je perde quoi que ce soit, je suis vraiment assez grand pour savoir ce que je fais, nous allons profiter tous les deux ensemble de cette voiture. Ma tante

* En français dans le texte.

restait toujours plantée là, l'enveloppe à la main. Elle se décida enfin à parler : mets ça bien à l'abri, mon petit, mets-le dans la poche intérieure de ta veste, et la voilà qui commence à déboutonner mon manteau et ma veste pour s'assurer qu'il s'y trouve bien une poche adéquate. Le temps pressant, je fourrai l'enveloppe dans la poche intérieure et fis le geste, cependant que ma tante m'observait d'un œil songeur, de reboutonner manteau et veste. Soudain elle s'écria : non, pas comme ça, on va te prendre cet argent, je vois ça comme si j'y étais, tu te le feras piquer dans la cohue, les pickpockets ont un sixième sens, ou bien on te le subtilisera pendant ton sommeil, allez, donne-moi ça, dit-elle. Elle m'enlève alors elle-même le manteau et la veste, les emporte dans la pièce à côté, sa chambre à coucher ; et, observant avec une certaine impatience ce qui se passe, je la vois qui s'affaire avec du fil et une aiguille et se met en devoir de coudre ma poche intérieure où se trouvent l'enveloppe et l'argent.

Voilà, mon petit, dit-elle, nous avons trouvé la solution, ça devrait aller comme ça, *voilà**.

Elle est satisfaite, elle sourit de son sourire voilé d'une légère mélancolie et moi je l'embrasse, je l'embrasse sur les deux joues à la fois pour la remercier et pour lui faire mes adieux, ah mais non, dit-elle, je t'accompagne à la gare, je ne serai tranquille que lorsque je t'aurai vu dans le wagon et que le train sera parti. Dépêchons-nous.

Non, ma tante ne m'aurait pas fait cadeau de son appartement, elle n'eût pas apprécié non plus la façon dont j'ai pris possession de tout cela. Chaque fois que je manipule mes verrous, ma tante surgit devant mes yeux et en même temps, c'est Mlle Murz que je vois, la petite bossue, postée comme une skieuse qui s'apprête à dévaler une pente, avec son manteau qui lui tombe jusqu'aux pieds, s'acharnant contre le loquet, tournant le dos à la porte, faisant semblant de s'éclipser, puis, dans une brusque volte-face, se ruant derechef sur la porte et la serrure.

* En français dans le texte.

ME VOICI AUSSI LÉGER QU'UNE PLUME DE PIGEON, me disais-je parfois au fond de ma chambre-alvéole, lors de mes premiers temps à Paris ; et aussi tranchant, ajoutais-je, qu'un stylet. La légèreté, c'était mon état de non-appartenance, de non-existence, j'aurais pu me laisser emporter par l'eau du caniveau, je n'avais ici aucun passé, avais-je un avenir ? J'étais pure disponibilité.

Le tranchant, c'était ce que j'espérais acquérir, ce que j'attendais de cette ville : qu'elle m'aiguisât et me polît à son gré, pour la vie ou pour la mort, peu m'importait, qu'elle m'égalisât comme un galet. Je poserais sur ma langue le galet que je serais devenu et me mettrais à parler. A m'arracher à ce silence léger comme pierre.

Au cours de mes soliloques, car j'avais pris l'habitude, c'est inévitable lorsqu'on vit absolument seul, de me parler à moi-même, au cours de mes soliloques, disais-je, j'avais l'impression d'être devenu insensible, résistant par conséquent et, je l'espérais, réel. Ce n'était pas l'apitoiement sur moi-même mais au contraire la fierté qui me faisait parler : comme si j'avais enfin réalisé ce dont j'avais toujours rêvé : être une simple plume, l'objet volant le plus léger du monde, prêt à être emporté par le souffle le plus imperceptible. Mais le bec, lui, le bec de la plume, devait être aussi tranchant qu'un stylet.

Je palpais ma boîte crânienne, je me pinçais le bras, levais les yeux vers le vieux aux pigeons, louchais en direction du lambeau de ciel que la cour me permettait d'entrevoir, je me disais, je suis ici chez moi, cette chambre-alvéole est la mienne, je suis à ma place et j'y reste. Je n'étais plus que moi-même, rien d'autre ne m'importait. J'étais heureux, heureux à en pleurer, tout seul à Paris. *Libre.* Libre par exemple de me rendre dans des établissements comme celui de Madame Julie, je me demande comment j'ai fait pour dénicher cette adresse. Je crois bien que c'est Brisa qui me l'a procurée, une Brésilienne que j'avais connue il y a long-temps dans un bar et qui m'était à sa manière restée fidèle. Brisa était call-girl, ses bases, ses terrains de chasse chan-geaient souvent, Paris était l'un de ceux-ci. Elle m'avait ap-pelé un beau jour, le téléphone faisait partie, comme je devais par la suite le constater, de ses méthodes de travail. Elle avait dans diverses villes du monde une clientèle d'habitués avec naturellement leurs numéros de téléphone respectifs notés dans un minuscule carnet d'adresses dont elle ne se séparait jamais et, dès qu'elle arrivait, peu importe que ce fût à Paris ou à New York, à Zurich ou à Rio, elle faisait à tour de rôle, j'ignore selon quel critère, un certain nombre de numé-ros, afin d'avertir qu'elle était là et, le cas échéant, dispo-nible. Elle ne faisait ni le trottoir ni les bars ou les clubs, du moins pour le boulot, ne travaillant que sur une base stricte-ment privée et confidentielle, chez elle, à la maison. Elle avait à Paris un petit pied-à-terre dans le 15e, la rue por-tait le nom d'un général, j'ai été moi aussi dans cet apparte-ment et il se trouvait que Brisa ce jour-là n'était pas seule, mais en compagnie d'une amie à la peau très sombre, avare de paroles, et à l'aspect peu engageant, dont j'ai oublié le nom ; je crois qu'elle venait d'arriver à l'improviste. Nous allâmes au restaurant, puis nous revînmes à trois dans l'appar-tement de Brisa. Celui-ci était situé au sixième étage et com-prenait une pièce assez vaste avec cuisine, plus une salle de bains et des toilettes ; on m'installa dans le grand lit, Brisa tenait absolument à m'ôter elle-même les chaussures, on me fourra des oreillers dans le dos, j'avais l'impression de jouer le rôle du mari surmené ; couché ainsi, un grand verre de whisky à la main, je lorgnais avec un sentiment d'euphorie le téléviseur qui diffusait un programme tardif, tandis que les deux filles chuchotaient dans la salle de bains voisine.

Finalement je m'étais retrouvé allongé entre les deux, si j'étais resté, c'était plutôt par paresse, par un besoin indolent de prolonger cet état de bien-être. Brisa me demanda à voix basse si j'en avais envie, et je répondis que oui, ça ne me déplairait pas, dis-je, et remarquai alors que l'amie à la peau très sombre ne dormait pas, qu'elle était éveillée ; sur ces entrefaites, Brisa disparut sous la couverture afin de contrôler le degré d'intensité de mon désir ; nous nous glissâmes l'un dans l'autre et ce faisant, je percevais toujours à ma droite la présence de cet autre corps, ça ne me gênait absolument pas, je me sentais aussi à l'abri qu'un gamin dans le lit de ses cousines, pendant les vacances, j'étais submergé par un merveilleux sentiment d'innocence, par un amour débordant pour l'humanité entière, nous étions couchés là tous les trois, dans la différence de nos corps et de nos peaux, au fond de cette chambre inconnue, au sixième étage, dans une rue dont le nom était celui d'un glorieux général, c'était comme si nous nous étions partagé un morceau de pain, nous étions des étrangers réunis par hasard sous la bâche d'un camion et qui auraient soudain découvert un langage commun, j'étais en visite sur un autre continent, et pendant tout ce temps, la phrase : «nous remontions le courant du fleuve et n'avions rien à manger» me trottait par la tête, d'où venait-elle, je ne l'avais jamais lue, en ignorais jusqu'à la signification, mais elle me plaisait bien.

Brisa n'était pas pour moi une maîtresse, plutôt une amie, et un beau jour, voilà qu'elle se mit en tête de me persuader d'aller vivre avec elle. Je pris tout d'abord cette suggestion pour une innocente plaisanterie, mais au fil des jours, je me rendis compte que bien qu'entortillé, son discours était sérieux. J'aimerais savoir, lui dis-je, comment tu te représentes la situation, et pourquoi moi spécialement ? Je suis rien moins que solvable, plutôt un propre à rien, Brisa, je ne vois pas de toit qui soit fait pour nous deux. Comme je multipliais les arguments, Brisa prétendit que j'avais mal interprété la proposition, que pour rien au monde elle ne voulait m'être un poids, qu'elle continuerait à mener la même vie qu'auparavant, qu'à Rio elle avait une petite maison, et qu'elle n'exigeait au demeurant aucune fidélité, au contraire, elle me présenterait ses amies. Mais comment t'imagines-tu la situation, disais-je, que serai-je censé faire à Rio, dans ta maison qui est sûrement fort belle, devrai-je par hasard tenir la caisse ?

Tu es exaspérant, disait-elle. Pourquoi tu joues les idiots. Ne te fais pas plus bête que tu n'es. Mais pourquoi spécialement moi ? Pourquoi diable as-tu jeté ton dévolu sur moi ?

Je te trouve, dit-elle, intelligent et gentil et puis, tu me fais rire. N'oublie pas en plus que, comme ça, tu pourras faire la chose jusqu'à ce que mort s'ensuive. Alors pourquoi pas toi ?

Sans cesse, à chacune de ses visites, chacun de ses coups de fil, Brisa revenait à la charge, il lui arrivait souvent d'appeler de très loin, en pleine nuit, une fois même d'Amérique, et sans relâche, elle commençait par demander si je vivais toujours seul, elle voulait dire sans petite amie, sans femme. Après que j'eus répondu par l'affirmative, elle répétait qu'il fallait que je vienne la rejoindre à Rio, elle m'avancerait l'argent du voyage. C'est par l'intermédiaire de Brisa que j'avais eu l'adresse des *maisons de rendez-vous** et de Madame Julie. Un jour où elle avait débarqué une fois de plus à l'improviste, juste en coup de vent, précisat-elle, *amor minho*, cela ne me plaît pas du tout, dit-elle, cette idée que tu couches à droite et à gauche avec n'importe quelle petite dinde, elles vont te plumer ou alors tu n'arriveras plus à t'en dépêtrer, les femmes sont mauvaises, prends garde. Soudain elle brandit son minuscule carnet d'adresses et nota un ou deux noms sur un bout de papier. Voilà, ditelle, des adresses que tu n'auras pas à regretter, n'oublie pas de préciser que tu viens de ma part, c'est un peu plus cher que le tarif habituel, mais tu seras en bonnes mains et à tous points de vue hors de danger.

---

* En français dans le texte.

L'*amour en chambre* : je connais bien ce genre de chambres, après coup je me demande chaque fois comment j'ai atterri là, je ne sais plus où se trouvent la chambre et la rue en question, dans ma mémoire ce n'est plus qu'une simple chambre au milieu d'un continent inconnu, je me souviens du lit, éventuellement du lavabo, du rideau loqueteux que le vent gonflait, j'ai remarqué un certain bruit juste au moment où je pénétrais dans cette chambre, une chambre de passe, louée à l'heure, ce bruit était-il un rire d'enfant ou un gazouillis d'oiseau, oui, une fois, je me le rappelle très bien, c'était un gazouillis, il m'a fait je ne sais plus pourquoi sursauter, un gazouillis à cette heure-ci, me suis-je dit, non, ce n'est pas possible. J'allais à la fenêtre et c'est alors que j'aperçus, tout en bas, dans la cour déserte, une vieille femme avec une voiture à bras. C'étaient les roues mal huilées, grinçantes, qui produisaient cette sorte de gazouillis et m'avaient donné un instant l'illusion d'entendre un chant d'oiseau. Ces roues gazouillantes appartenaient désormais à cette chambre au même titre que la charrette et la vieille femme qui poussait celle-ci à travers la rue désolée. Une chambre et au milieu de cette chambre, moi et la femme, occupée si ça se trouve à écarter les cheveux de son visage, à rejeter en arrière sa longue chevelure, on dirait une vague qui se brise, et je pense : des cheveux comme une vague, une vague de cheveux ; mais peut-être est-ce elle qui parle : viens, assieds-toi là, assieds-toi près de moi, dit-elle en désignant le lit et la place à côté d'elle et moi je suis debout dans cette chambre exiguë, bien trop exiguë pour deux personnes qui ne se connaissent absolument pas, j'allume une cigarette, ôte mon manteau, m'assieds sur le lit légèrement défoncé ; tandis que je prends place, je sens la dureté ou la douceur duveteuse du matelas.

Comment t'appelles-tu, dis-je ; je donne mon nom, peut-être répond-elle ; tu n'es pas d'ici, toi, tu es de passage, ou peut-être une autre remarque de ce genre ; j'écoute le son de sa voix, j'essaie de savoir si le timbre me plaît, me révèle ou me dit quelque chose, je guette au plus profond de moi-même, j'écoute ce que l'écho de cette voix fait naître en moi, un plaisir, un souvenir, une image. Ensuite, lorsque Ada se déshabille, que nous nous déshabillons, ôtant, dépouillant nos déguisements, je m'abreuve du spectacle de ses cuisses, ces cuisses de femme qui saillent des fesses comme une voûte me paraissent gigantesques même s'il s'agit d'une très jeune femme, c'est un spectacle dont je me délecte, je ne sais pourquoi, au point que j'en oublie d'avaler ma salive; et les seins – pas si vite, je n'arrive plus à faire la transition entre l'image encore lointaine de l'étrangère, élégamment vêtue, bichonnée, nippée, ceinturée, habillée de pied en cap, juchée sur ses talons hauts, et celle de la femme nue. Tout va beaucoup trop vite, l'image lointaine est déjà oubliée, perdue, nous sommes maintenant nu-pieds, dans cette chambre prosaïque, et nous nous rendons au lavabo pour nous laver, c'est vrai que la chute de la chevelure est différente, lorsque celle-ci tombe sur la croupe nue, sur l'arrondi des épaules d'une femme dévêtue, au lieu d'épouser les formes d'un manteau, d'un col de fourrure, nous voici donc tout nus, nous nous asseyons, nous allongeons sur le lit, chacun occupé à palper le corps de l'autre, la voix m'est devenue entre-temps familière, ce léger enrouement, cette sorte de grasseyement, de roucoulement qui fait partie de cette voix ; sous la pression de mes doigts, les cuisses prennent des dimensions colossales. C'est comme avec la langue lorsqu'on a la fièvre, la chambre et mes facultés de perception ne suffisent plus, face à cette dilatation de tous les membres, des cuisses, du fessier, tandis que je m'enfonce dans le creux des cuisses, que je m'enfouis, que je suis là-dedans et que je me démène dans ces entrailles dont je ne sens plus que la chaleur et l'humidité, que de mes mains j'explore les rotondités du corps, tout en essayant une fois encore d'entr'apercevoir les lèvres et leur sinuosité particulière avant qu'il ne soit trop tard, que la bouche n'ait été définitivement scellée par la mienne, qu'il n'y ait plus rien d'autre que les langues, et que soudain tout s'écroule sur moi, sur nous, dans cette sensation, cette jouissance qui s'enfle jusqu'à nous faire oublier que nous existons, tandis que les deux êtres nus, étroitement enlacés, luttent dans l'enchevêtrement inextricable des corps, que, de la gorge de l'étrangère, s'échappent de petits soupirs de volupté, des gémissements, que ma sueur jaillit, se mêle dans l'échauffement à la sueur d'Ada, tout cela dans cette chambre, où la réalité s'abolit, balayant les derniers lambeaux de gêne mutuelle dans un cri à deux voix, issu du plus profond de la gorge, oui le temps des pudeurs ou des réserves n'a plus cours pour ces deux êtres qui ne se connaissent pas mais sont pourtant plus intimement soudés que quiconque au monde, que s'échange-t-il, que se crie-t-il en cet instant ?

Ensuite, une cigarette ou non entre les doigts, elle lui caresse les cheveux, sur son front, avec la tendresse des couples qui se connaissent depuis la nuit des temps. La chambre est toujours une chambre de passe avec son lit anonyme, son lavabo, son rideau déchiré, mais elle possède désormais un parfum, une touche, comme un reflet de leur présence, c'est une sorte d'euphorie qui baigne leurs pensées, les accompagne, cependant qu'ils quittent la chambre, rhabillés, rechaussés, elle, maquillée, pomponnée, qu'ils descendent l'escalier, se séparent dans la rue. Ada, ciao, Ada, dis-je, lui dit-il, mais cette scène ne fait pas partie de Paris, elle s'est déroulée ailleurs, partout, et si j'y reviens, c'est à seule fin d'évoquer les barrières qui existent entre les êtres et l'abolition brutale de ces barrières que constitue la plongée dans cette chose. Lorsque cette chambre réapparaît dans mes souvenirs et dans mes rêveries, je l'appelle toujours la chambre rose, ou couleur de roses, et en fait, il me semble qu'elle se situe à Rome, ou peut-être bien ailleurs.

Je ne sais plus quand cela a commencé, chez moi, cette convoitise insatiable, ce besoin de courir après les femmes, cette véritable obsession, j'étais parfois si envoûté qu'il me semblait connaître intimement chacune des parties du corps de toutes les femmes qu'il m'arrivait de croiser. Entouré de femmes nues, je me laisse emporter à la dérive par le flot de la foule, dans les interminables couloirs du métro, le long des rues, c'est à peine si je réussis à me contenir tant il y a en moi de bonheur, de «sur-compréhension». Cesse de te dominer, me dis-je, oui, mets ta main sur ce derrière qui te fait signe, te fait de l'œil à travers les plis du jean, pourquoi donc tant de préambules, de cérémonies, de chichis, viens. Couchons-nous, voilà ce que je pense, ou ce qui se pense en moi, tout en marchant. En société, quand je suis dans cet état, au lieu des formules usuelles : «enchanté, je m'appelle Tartempion, je me présente : machin, truc, belle soirée, n'est-ce pas ?», j'ai envie de dire : «viens, déshabillons-nous. Allons, pas besoin de nous présenter». Ah cette conversation avec les mains sur le corps de l'autre, tout ça, sans oublier l'autre chose, cette abolition de toutes les barrières, ce plongeon soudain dans l'étreinte, comme si c'était l'unique moyen de communiquer, le seul langage existant sur terre, pas plus difficile que de partager un morceau de pain. Une harmonie entre les corps, un sentiment de bonheur, comme si je disposais d'une baguette magique, je sens le corps qui se dilate et à travers cette dilatation, j'ai l'impression de donner la vie, cela peut se comparer à ce que j'éprouve pendant l'écriture lorsque enfin ce n'est plus moi qui écris, mais que *cela* écrit en moi, un débordement.

J'ignore comment tout a commencé et si cela a quelque chose à voir avec ma mère ou avec mon père, cela tient, il n'y a aucun doute, au fait d'être renfermé sur moi-même, d'être exclu, isolé, solitaire, à l'angoisse de la mort, à la mort.

L'angoisse de dépérir ne cessait de me poursuivre les premiers temps à Paris, elle m'ôtait jusqu'à l'envie de sortir. Je refusais de sortir étant supposé travailler, mais la notion de travail devenait de plus en plus abstraite, ce simple mot suffisait à déclencher chez moi un sentiment de panique. Travailler, cela voulait dire écrire et que pouvais-je bien écrire dans ma chambre-alvéole et dans cet état d'exception qui était le mien. J'étais coupé du monde et quand me prenant par la main j'avais fait ma promenade matinale et me retrouvais chez moi en train de contempler le spectacle du vieux aux pigeons, je constatais que j'étais pétrifié, enseveli, atteint de rigidité cadavérique. J'étais devenu un retraité, ma maison de retraite était cette ville tentaculaire qui avait cessé de me plaire et de m'ensorceler comme naguère, elle me faisait penser à ces somptueuses plantes carnivores des tropiques qui, après vous avoir fasciné de tout l'épanouissement de leur splendeur, se replient, à peine effleurées, se recroquevillent en un petit machin quelconque et minuscule. La ville elle aussi se dérobait à moi, devenait inaccessible. Perdant jour après jour toute notion du travail quotidien, ne participant pas non plus à l'existence laborieuse des autres, de la foule innombrable, le goût même de flâner m'était passé, je me morfondais dans le piège de ma chambre-alvéole et ne prêtais plus l'oreille qu'à ma panique. La question de savoir si j'étais malheureux ne me préoccupait plus depuis longtemps, je me contentais de constater qu'il y avait quelque chose qui clochait. Je fuyais ma table de travail, me livrais à des rangements fictifs ou passais des heures entières à faire mon ménage. Si par hasard il m'arrivait de sortir, c'était une sorte de fuite, où aller, je m'efforçais de me fixer en hâte un objectif, trop heureux d'avoir un prétexte comme ce peintre à qui j'avais promis d'aller voir son exposition, ce qui m'avait obligé à partir à la découverte de la rue de Lille qui se greffe sur la rue des Saints-Pères, près de la Seine. Après quoi, retour en autobus direction de la gare de l'Est, puis en métro jusqu'à chez moi ; comme il n'y avait rien à manger à la maison, je pris le parti d'aller au restaurant grec de la rue Marcadet. En entrant, je m'aperçus que j'étais l'unique client, tout seul dans cette salle vide, arrangée avec un soin attendrissant et à l'aspect tout à fait avenant, couverts joliment disposés sur les tables, nombreuses bougies, allumées sur la nappe rouge, plantées dans des bouteilles, recouvertes de véritables cataractes de cire autour du col, j'avais emporté le manuscrit d'un philosophe que m'avait refilé le peintre, il s'agissait d'un essai alambiqué consacré à l'œuvre de celui-ci, à sa vision et à l'invention dans ses toiles dont la forme kaléidoscopique évoquait une sorte de Champs-Elysées vus dans une optique de science-fiction ; le philosophe concluait qu'il était impossible dans ces tableaux de voir ou plutôt d'identifier de manière objective et indubitable la moindre chose concrète, que ceux-ci étaient en réalité des pièges subtils destinés à capter l'imagination, comme on attrape une souris, de simples espaces béants tout compte fait, telle était à peu près sa conclusion. Je n'avais pas tout compris ni cherché d'ailleurs à comprendre, mais je pouvais fort bien imaginer le penseur en question d'après ce que m'en avait dit le peintre, et je crois qu'il m'aurait plutôt déprimé qu'exalté. Un vieux garçon dans les soixante à soixante-dix ans, émigré d'origine pragoise, soi-disant apparenté à Kafka, ayant longtemps vécu en Amérique latine mais végétant maintenant, apatride et déraciné, dans le Midi de la France, un vrai Béotien mais il n'a pas son pareil pour échafauder des théories, prétendait le peintre, avec une pointe d'envie ; et moi, je me représentais le quidam en question comme une sorte de calamité publique sévissant sur la Provence et le petit monde des artistes provençaux, voilà ma foi un type qui doit aimer la polémique, commentais-je à mi-voix. Je n'avais, hélas, que ce manuscrit sous la main, rien d'autre à lire en attendant, dans la lueur des innombrables bougies, qu'on m'apporte ma commande. Le philosophe habitait paraît-il un appartement en location dans un minuscule bled provençal et nourrissait toutes sortes de projets littéraires. Je me plongeai derechef dans ses arguties ; un magnétophone diffusait un enregistrement de musique folklorique grecque, un de ces airs de cithare popularisés par le film *Zorba* et que l'on entend dans tous les bistrots grecs ; le patron grassouillet, au français chuintant et zézayant, s'affairait derrière le comptoir où avait pris place entre-temps un nouveau client, occupé à bavarder avec la patronne, une Française portant lunettes, replète, assez jeune, l'air fort occupée mais qui accourait au moindre geste avec une surprenante gentillesse ; quelqu'un d'autre téléphonait sans interruption, au bout du comptoir, non loin de la sortie. Quant à moi, je buvais mon résiné et dégustais les excellents plats que m'apportait le patron et dont il était très fier, ça se voyait à sa façon d'éviter toute familiarité, par intermittence je me replongeais dans la phraséologie philosophique du Pragois provençal, et soudain une flopée de jolies filles débarquèrent, avec leurs compagnons, le patron les guida vers la longue table où il les plaça, il y en avait une qui me plaisait tout particulièrement, elle aussi me lança en entrant, puis à nouveau, en passant près de moi pour se rendre aux toilettes, un regard effronté, ce qui ne fit qu'accroître mon déplaisir, je me demandai ce que le patron allait penser de moi. Je sortis d'un air raide, raide et guindé me disais-je, me revoilà trottinant le long de la rue Marcadet avec ses trottoirs en partie éventrés qui lui donnent un aspect encore plus sinistre qu'à l'accoutumée. Je m'efforçai, en passant devant chez Saïd, de ne pas me faire remarquer et, arrivé chez moi, je m'allongeai sur le sofa, un film de minuit figurait justement au programme télévisé, encore eu du pot, pensai-je, mais il s'agissait de *Théorème* de Pasolini que j'avais déjà vu et que je n'avais pas envie de revoir, pas en ce moment, j'éteignis le poste et essayai de lire pour m'endormir.

Je ne dirais même pas que j'étais triste, en fait je n'éprouvais rien, ma tristesse avait atteint une telle intensité que j'étais littéralement chloroformé, devenu insensible à toute douleur. Je songeais à la fille qui m'avait plu dans le restaurant grec, et brusquement, le désir d'une femme s'empara de moi. C'est comme si j'étais drogué, je crois qu'un jour, j'en arriverai comme un joueur à sacrifier ma dernière chemise afin d'assouvir ma convoitise. Celle-ci remplissait brutalement mon vide intérieur, oui ; il me semblait que j'allais trépasser si je ne trouvais pas une femme à l'instant. Je me levai donc, descendis les escaliers et me retrouvai dans la rue. Le Chunga Bar, rue Victor-Massé, dans le 9e arrondissement, est un établissement qui ne manque pas d'attirer le regard du flâneur, à travers les fenêtres ou la porte entrouverte on y aperçoit toujours, assises au bar comme des oiseaux sur un perchoir, une rangée complète de filles de toutes les couleurs, à demi dévêtues, au décolleté généreux et aux jupettes retroussées ; elles se qualifient elles-mêmes d'hôtesses et, pendant la journée, quand il y a peu de passage, elles contemplent la rue de loin, le visage bariolé, guettent les hôtes, les éventuels clients, d'un air rêveur, tout en fumant. Le mec, à l'entrée, qui faisait fonction de rabatteur et au besoin de videur, m'avait indiqué une place ; comme j'étais encore indécis, je me laissai faire en marmonnant n'importe quoi : ça va, pas la peine, je connais la maison. Une fois à l'intérieur, dans le bar aux lumières tamisées, qui irradie, qui sent la femme, je pris à son plus grand étonnement un ton très professionnel et lui réclamai Cathy. Celle-ci surgit alors d'un de ces coins faits pour les chuchotements et le péché, assieds-toi à côté de moi, dit-elle en me désignant au premier plan une table très éclairée et déjà servie où elle s'assied sans façon et se met à manger – Rien eu à me mettre sous la dent depuis midi, dit-elle, et il est déjà minuit passé. Avec des mouvements de mains et de la bouche légèrement affectés, des gestes soigneusement mesurés afin de ne pas souiller ses belles lèvres graisseuses, et son étroite robe délicate, elle enfourne de petits morceaux d'omelette. N'étant plus venu ici depuis longtemps, je lui demande à tout hasard, tu te souviens bien de moi, hein ? Non, dit-elle, espiègle, entre deux bouchées, pour ajouter aussitôt : alors, où en est-on avec les livres ? Tout en mangeant, elle s'est emparée de ma main et l'a mise sur sa hanche : c'est ça, mets ta main là, dit-elle, sans s'arrêter de manger. Et soudain, elle s'écrie, en regardant un grand gars au physique avantageux qui se tient accoudé au bar, la mine sombre, dans son trench-coat : tu vois ce type, ça fait un bon bout de temps qu'il attend, il est complètement fou de moi, mais ça ne me dit rien.

Pourquoi, dis-je, il n'a pourtant pas l'air mal. Bah ! déclare-t-elle, tout en mâchant, il ne me plaît pas, un point c'est tout.

Je sens la douceur du corps à travers l'étoffe scintillante de sa robe, ma main se souvient, il y a une sorte de familiarité, d'intimité dans ce contact et maintenant je nous revois assis jadis à la même place, en face de nous il y avait un vieux dont Cathy disait qu'il était leur papa à elles toutes, il venait, paraît-il, chaque semaine et ce qu'il préférait, c'était se faire mordiller derrière l'oreille, cela l'excitait, m'avait-elle confié en m'invitant à danser, nous avions alors dansé serrés l'un contre l'autre devant la table de l'homme en question, en faisant du sur-place, toujours devant ses yeux, puisqu'il aimait ça, paraît-il, pourquoi ne pas lui accorder ce plaisir.

Plus tard, j'avais déjà pris congé, je m'attardais cependant encore un peu à ma place, Cathy avait fini par aller avec l'homme au trench-coat ; il faut bien qu'elle travaille, et tandis que celui-ci – vu de profil, il donnait l'impression d'être complètement saoul, ou simplement mélancolique – couvrait de baisers ses lèvres, ses joues, sa chevelure, son cou, elle me lançait par intermittence un clin d'œil. Elle se laissait faire et ne me quittait pas un instant des yeux.

J'aime ce qu'il y a de confidentiel dans ces rapports, au demeurant si faciles, et prêtant si peu à conséquence. J'en apprécie le caractère de solidarité ambiguë ; en ces lieux où tout est placé sous le signe de l'offre et de la demande, les extras, les petites preuves de confiance prennent tout de suite un air de gentillesse chatoyante. Toute ma vie, j'ai eu un rapport très particulier à l'égard des filles prétendument légères, un rapport impliquant une complicité immédiate. Quand cela a-t-il bien pu commencer, c'est parfois ce que je me demande.

J'ai toujours été environné de femmes, j'ai grandi dans une maison où il n'y avait que des femmes, ma sœur, ma mère, ma grand-mère, ma grand-tante, nos bonnes ; depuis que nous avions été obligés de reconvertir la maison en pension de famille, en foyer d'étudiants, il y avait toujours sous notre toit plusieurs pensionnaires du sexe féminin dont certaines m'excitaient tout particulièrement, enfin m'attiraient. L'une d'elles surtout, nommée Colette ; dès que j'évoque ou prononce ce nom, celui d'un autre personnage me vient immédiatement à l'esprit, un jeune homme du nom de Gerhard Kummer.

Gerhard Kummer était un jeune homme excessivement sûr de lui et en même temps un révolté ; il avait un peu moins de vingt ans et travaillait comme correcteur dans une imprimerie mais son rêve était de s'élever dans l'échelle sociale. Il avait grandi à la campagne et n'était citadin que de fraîche date lorsqu'il s'était installé chez nous, un bouseux, un péquenot, il essayait de se donner un air digne, convenable, peut-être croyait-il que ce comportement compassé lui donnait l'allure d'un homme du monde. Il avait pris l'habitude de me coincer dans l'escalier afin de m'entraîner avec force simagrées dans je ne sais quelle conversation ; ses entrées en matière étaient parfois d'un comique irrésistible : «hum, commençait-il, ce que je tenais à vous dire», ou encore : «hum, il vient de me venir à l'esprit», «hum, je pensais à l'instant», ce disant, il s'efforçait de prendre un air solennel, j'ignore qui il cherchait à imiter, il se mettait à danser d'un pied sur l'autre, mais le plus étrange, c'était la manière dont il braquait en même temps ses yeux sur mon ventre, les baladait comme deux petits insectes à droite et à gauche de mon nombril, cela m'était d'autant plus pénible que voulant éviter d'ouvrir la bouche en parlant, il donnait l'impression de réciter des monologues d'une voix étouffée et avec un accent nasillard. Les premiers temps, je pouvais à peine dissimuler mon agacement, ses manières de tourner autour du pot, la haute opinion qu'il semblait avoir de lui-même m'étaient insupportables. Gerhard Kummer lisait beaucoup, c'était indéniable, il se chargeait d'ailleurs de vous le faire savoir, ne cessait de pontifier et de pérorer avec force digressions et ratiocinations, inutile de préciser qu'il n'était pas facile à suivre dans ses discours, il lisait indifféremment les classiques et les sciences ésotériques, l'occultisme en particulier semblait le fasciner. Qu'il ne fût pas un simple fanfaron, un vulgaire coupeur de cheveux en quatre, mais également un jeune homme en détresse, un individu fort solitaire et qui ne cherchait à sa manière qu'à trouver une âme sœur, cela ne m'était pas venu à l'esprit, sinon mes réactions auraient été moins distantes. Les efforts de Gerhard Kummer pour lier connaissance, ses manœuvres d'approche emberlificotées finirent pourtant par triompher de mes réticences, et cela grâce à l'arrivée d'une nouvelle pensionnaire qui accapara bientôt notre attention.

La nouvelle s'appelait Colette et fit son apparition un soir dans notre appartement, l'heure était avancée, la *table d'hôtes** était déjà débarrassée, nous étions en hiver et je la vis en compagnie de ma mère, toutes les deux discutant sous la lampe, près de la grande table de la salle à manger ; j'avais surpris cette conversation par hasard, ayant jeté en passant un regard dans la pièce où j'avais entendu des voix, ou plutôt remarqué une voix qui m'était inconnue.

Elle avait les yeux les plus félins, indolents et humides que j'aie jamais vus et en outre sentait très fort la poudre et le parfum ou plutôt un mélange de poudre, de parfum et de sexualité à l'état pur. Sa bouche était large et charnue, large surtout et si humide qu'elle en brillait, ses yeux de chat brillaient eux aussi, tout collés d'humidité, bref, tout, et surtout ces odeurs particulières contribuaient à conférer à son visage quelque chose d'irrésistiblement sexuel. Elle était assise, affalée dans une attitude nonchalante, à la fois présente et absente, purement corporelle, comme si la pensée lui était inutile, qu'elle n'eût besoin pour vivre que de son corps.

Ma mère devait avoir remarqué la même chose, je m'en aperçus à son attitude critique, et tout compte fait foncièrement hostile ; mais Colette ne paraissait pas en prendre ombrage, c'est à peine si elle regardait ma mère en face, on eût dit qu'elle se parlait à elle-même, l'air légèrement somnolent. Elle obtint la chambre et prit place dans notre appartement, et dans la vie quotidienne de notre pension ; nous ne pouvions à l'époque refuser la clientèle, les temps étaient rien moins que souriants.

M. Kummer ne tarda pas à amener la conversation sur la nouvelle et j'appris ainsi au fil d'une des harangues coupées comme il se doit de diverses fioritures oiseuses qu'il me tint dans l'escalier, de sa voix étouffée, que lui aussi s'intéressait à sa voisine de palier. Gerhard Kummer, cela sautait au visage, était troublé et même fort excité par celle-ci, il essayait surtout d'insinuer que Colette avait une vie sexuelle

---

* En français dans le texte.

exceptionnellement mouvementée. Elle avait, ça je le savais, un ami, un fier-à-bras à la mine gaillarde, pour ne pas dire brutale, âgé d'une trentaine d'années ; mais il n'était pas le seul au dire de Kummer, d'autres messieurs semblaient jouir des faveurs de Colette. Ce qui me troublait, ce n'était pas tant la chose en soi que la source d'où il tirait ses convictions. Comment pouvait-il être aussi au courant, me disais-je ; après bien des hésitations, il m'avoua qu'il les avait pris sur le fait. Sur le fait ? Parfaitement, il avait l'habitude de se faufiler le long du toit jusqu'à la fenêtre de Colette et de guetter, blotti là, quand elle avait de la visite. Du même coup, mon intérêt s'accrut pour ce pensionnaire détective que j'avais toujours tenu pour un provincial et un blanc-bec ; au cours de nos nouvelles relations, j'appris qu'il se promenait la nuit sur les toits, un jeune homme inhibé peut-être, mais qui ne manquait pas de curiosité, un voyeur ; s'il agissait ainsi, c'était de manière tout autant intentionnelle et réfléchie qu'inconsciente, car il était également somnambule, ainsi qu'il se révéla, des voisins l'avaient surpris un soir ou une nuit au cours de ses pérégrinations sur les toits et avaient averti la police. Des explications eurent alors lieu avec ma mère, on fit venir les siens, on tint force conciliabules, et un beau jour il disparut de l'horizon. Il profita de l'occasion pour laisser tomber son métier de correcteur, pour jeter son froc aux orties comme il me précisa, il avait l'intention de parfaire sa culture en suivant des cours du soir, avait mis de côté l'argent nécessaire et, beaucoup plus tard, quelqu'un m'a raconté que notre ancien M. Kummer avait obtenu son diplôme d'instituteur, qu'il s'était même marié ; parfaitement, on le voyait de temps à autre au bras de sa femme, jeune couple respectable rentrant à la maison, fort civilement, après un concert ou une conférence, cela se passait il est vrai beaucoup plus tard, car entre-temps, nous l'avions perdu de vue.

Colette resta chez nous. J'étais lycéen et n'avais pas encore l'expérience des femmes, mais la sensualité de ce personnage m'ensorcelait, j'étais littéralement fou d'elle. Je ne cessais de chercher de nouveaux prétextes pour l'approcher, à la longue une certaine familiarité s'était établie entre nous, une camaraderie plus jouée que sincère et sous la surface de laquelle, en ce qui me concerne tout au moins, le feu couvait. Grâce à ces rapports, j'avais l'autorisation d'entrer chez elle, au lieu d'attendre simplement sur le pas de sa porte, lorsque je venais la prévenir pour les repas ou lui faire part d'un appel téléphonique. Un soir, je ne me souviens plus sous quel prétexte, je pénétrai dans sa chambre. Colette était en négligé et fort occupée à sa toilette, et je sentis à l'instant qu'elle était dans des dispositions plus propices, plus accommodantes, bien plus abordable que d'habitude, son ami lui avait peut-être posé un lapin ou bien il venait de la quitter. Nous restâmes un moment sans rien faire, moi par gêne, elle parce que ma présence l'empêchait de poursuivre ses soins corporels et, également, de se mettre au lit. Prenant enfin mon courage à deux mains, je tentai de l'embrasser. J'avais vraiment besoin de tout mon courage, j'étais un peu plus jeune qu'elle, n'avais aucune expérience, c'était la raison pour laquelle elle avait réussi si facilement jusqu'alors à me tenir à distance, mais ce soir, elle paraissait métamorphosée, pleine d'indulgence, aspirant à s'épancher. Elle commença par repousser mes avances, mais d'une manière qui ne fit que m'émoustiller davantage. Mes tentatives maladroites firent place à une poursuite en règle autour de la table, à travers la chambre, et soudain, je ne me souviens plus si l'initiative vint de moi ou si je le fis sous ses directives, je m'écroulai avec elle sur le lit et me retrouvai couché sur elle de tout mon long. Nous étions étendus, Colette, toute suave, créée, semblait-il, pour les seules joies du lit, embaumant la poudre et la sexualité, lançant de tous ses pores mille appels à l'intention de mon sexe, pour l'instant consentante, elle était étendue de tout son long sous mon corps, je me lovai dans sa chair, couvris de baisers son visage, caressai ses cheveux, j'avais la face cramoisie, soufflais comme un beau diable, mais je pris un peu trop mon temps, la situation s'éternisait, on en était toujours au point mort et Colette ne faisait rien pour m'aider, bref, nous finîmes par nous lasser. Elle prit mon visage dans ses deux mains et, tout en me caressant, comme on le fait avec un enfant et non avec un homme, elle me repoussa sur le côté et me fit retomber de son corps. C'était une chance unique et je l'avais ainsi gâchée, plus jamais je ne réussis à l'approcher et j'eus beau essayer, chaque fois que l'occasion s'en présenta, de revenir à l'attaque, désormais elle resta toujours aussi gentille mais inexorable. Elle m'avait réexpédié dans le royaume de l'enfance et des petits garçons.

Avec la petite Oïla, je fus il est vrai plus chanceux. Elle fréquentait une école de secrétariat, et me rendait visite la nuit ou le soir dans ma chambre mansardée dont j'étais très fier car je l'avais peinte et arrangée moi-même. Si fier que j'avais essayé à diverses reprises de la dessiner au fusain, avec son poêle en fonte et, sur les murs, les reproductions des femmes de Gauguin. Dans cette mansarde, pour être plus précis, sur le divan de cette turne, nous nous couchions souvent côte à côte, Oïla et moi, et j'éprouvais un sentiment de béatitude, dans cette douce chaleur répandue par le poêle de la petite pièce dont l'une des parois du côté de la fenêtre s'inclinait et sous la lumière, irisée par l'abat-jour, je me disais qu'il y avait une fille couchée près de moi, je pensais à tous ces trésors féminins, rassemblés là sur ma couche, les seins avec leurs tétons, le ventre et le mont de Vénus, les cuisses, les bras, les mains, les doigts, les pointes des doigts et les ongles, tout cela réuni sur mon lit, offert à mes caresses, à mes investigations, à mes regards et à mon amour ; mais ce qui me fascinait le plus c'était la tête d'Oïla, avec sa chevelure noire et bouclée, ses yeux sombres eux aussi, sa bouche toujours en mouvement, les yeux surtout, qui vous disaient tantôt : «continue, continue encore un peu, ne t'arrête pas», et tantôt : «non, pas comme ça», tout en surveillant la situation, cette chair d'Oïla si joliment étalée, et bien entendu ma propre personne. J'étais sous le charme, j'aimais surtout cette concentration, cette vigilance de gardeuse d'oies veillant à ce qu'aucun des chers petits ne s'égare ou ne se fasse du mal.

Oïla reposait à la manière d'Olympia ou d'un nu de Modigliani, offrant aux regards son jeune corps allongé dans une pose charmante, ses bras croisés derrière la tête, ses seins encore en boutons et qui sautillaient de droite à gauche, le triangle friselé, et surtout ses yeux aux aguets qui, tour à tour, m'enflammaient et me provoquaient, puis soudain m'ordonnaient de m'arrêter.

J'étais à la fois radieux et grave, absorbé par ce jeu et pressentant que ce qui se jouait annonçait autre chose d'indiciblement plus profond, qu'il s'agissait d'un examen de passage ; et je chuchotais : un jour, je partirai en chasse, je trouverai, j'y mettrai le prix mais je trouverai.

Cette tentation irrésistible de la femme est souvent présente à mon esprit, il s'agit d'un culte respectueux, voué à la beauté, oui il y a de l'adoration dans ce sentiment qui me porte à identifier la beauté avec le corps de la femme, avec l'épine dorsale, cette entaille qui descend jusqu'à la saillie généreuse des fesses, avec la tendre coulée des jambes – c'est une sorte de culte antique ou archaïque. Puis, sans transition, la convoitise la plus furieuse : m'immerger dans ces splendeurs. C'est alors une obsession de contacts charnels, de fusion de tous les membres, mettre l'angoisse au rancart, ne plus converser «qu'avec les mains sur le corps de l'autre», poursuivre jusqu'à l'anéantissement de tous les sens cette petite mort. Hallucinations, obsessions. Cela me semblait parfois la seule lueur d'espoir, un moyen de me raccrocher à la vie, quand, dans l'isolement de ma chambre-alvéole, je craignais de sécher sur place, que l'horreur du vide me gagnait, l'image du continent féminin et, ce qui revient au même, de sa conquête s'identifiait en moi à l'espoir d'échapper à la peur, surgie des abîmes et qui s'incrustait dans mon cerveau, et c'est à la violence même de mes fantasmes que je mesurais le degré de ma solitude, de mon mal à l'âme, de mon angoisse. Il m'arrive pourtant d'avoir l'impression d'être capable de changer les pierres en pains, j'éprouve une sorte de débordement, un peu comme un sentiment de toute-puissance. Et puis, de nouveau, quelque chose qui ressemble à l'écriture ou à la prière.

Ecrire. Je crois que le sentiment érotique, plus exactement sa naissance, se confond avec l'apparition du besoin d'écrire. Ce fut dans les deux cas une vague de volupté, une confusion de tous les sens. J'étais encore un jeune garçon, à l'âge de la puberté, et parfois, afin d'échapper au verbiage scolaire, d'être seul à seul avec moi-même, je faisais l'école buissonnière. Toutes les deux ou trois semaines, un besoin irrésistible d'isolement me prenait et, après avoir baissé les volets verts devant ma fenêtre, je m'allongeais pour rêver. A travers les fentes du volet, surtout au printemps, en été ou pendant l'arrière-saison, une lumière verte s'infiltrait à l'intérieur de la pièce, j'étais un peu comme dans une serre et me laissais emporter sur ma couche par le flot des fantasmes érotiques. Ce n'était pas seulement une activité purement cérébrale, imaginaire, c'était l'irruption soudaine d'un bien-être indéfinissable, une déchirure et un engorgement, je jouais avec mon membre, me masturbais et ne tardais pas à sombrer dans une sorte d'état inconscient au cours duquel des images ou des embryons d'images, en attente d'une forme définitive, naissaient et se précisaient. Je nageais à travers des corridors d'images, elles n'avaient rien d'érotique, c'étaient purement et simplement des images d'états euphoriques et ceux-ci étaient toujours liés au bonheur qu'on éprouve en contemplant ou en parcourant des jardins, à la vue des irisations verdâtres du soleil, petites taches de lumière, sensations, perceptions esthétiques, beauté, le paradis ? C'est dans cet état très particulier qu'un jour, pour la première fois, des phrases apparurent devant mes yeux, je me voyais couché là sur mon lit et en même temps j'entendais quelque chose qui parlait en moi, la voix était étouffée, mais les paroles n'étaient nullement confuses, phrase après phrase, à longueur de pages, elles s'échappaient de moi, ou défilaient sous mes yeux, je pouvais entendre et même lire distinctement ce qui se disait, tout était d'une netteté, d'une précision absolue, toujours couché, oubliant de respirer à force de concentration, j'écoutais les phrases qui jaillissaient ou défilaient, je les entendais, je les voyais mais ne pouvais ni en orienter le cours, ni en enrayer le processus, uniquement attendre, prêter l'oreille, regarder. Cela dura ainsi jusqu'au moment où, terrassé par la fatigue, je m'endormis. Après coup, un vague souvenir persista en moi, comme dans un rêve. Bien que sachant parfaitement que je m'étais entendu et vu parler, longtemps et comme sous la dictée, je fus incapable à mon réveil de reproduire le phénomène. Seul son souvenir persistait.

C'est selon le même processus, celui des discours, des phrases, des pages qui se déroulaient en moi à l'orée de la puberté, que tout se passa, plus tard, lorsque, faisant l'amour, je quittais immédiatement après l'orgasme ce monde-ci pour celui des images, des fantasmes et de la contemplation. Un jour, je me vis entrer furtivement dans un sous-bois, pénétrer à travers des halliers ruisselants de pluie à l'intérieur d'une forêt, je voyais et sentais sur mon visage les lourdes branches mouillées, je humais le parfum aigrelet des rameaux gorgés d'eau, il y avait quelque chose d'âpre dans ce parfum, l'âpreté d'un contact glacial, je me faufilais toujours plus loin et voilà que j'aperçus un arbre qui se dressait solitaire au milieu d'une clairière et soudain se mit à gesticuler, à s'ébrouer comme s'il se pliait en deux de rire. Il faisait des bonds de joie, j'avais l'impression qu'il dansait. Je regardais et songeais : un arbre qui frissonne et qui s'agite sans le moindre souffle de vent ? J'ignorais décidément que les arbres avaient le pouvoir de bouger et encore moins de danser tout seuls ; c'est à quoi je songeais, allongé près de cette femme couchée à mes côtés, tandis que nos membres apaisés se touchaient, que nos souffles se mêlaient avec de petites bouffées de buée impalpable. C'était une vision d'une précision absolue, mieux encore : une image réelle, jamais aucun mot ne pourra la créer, l'exprimer ou la retrouver, c'était une vision à l'état pur, irrésistible, et moi, j'étais couché là avec de grands yeux innocents et regardais l'image.

C'est, je crois, ma frénésie érotique qui me servait de moteur et de guide au cours de ces rêves éveillés qui constituent le stade préliminaire de l'imagination créatrice et correspondent en fait à l'irruption d'une autre réalité, d'une vie parallèle – très tôt, j'ai éprouvé un sentiment de honte face à ce monde des profondeurs qui est la source de cette réalité.

J'ai possédé dès le jeune âge une bicyclette du modèle dit : demi-course et nous étions littéralement soudés ensemble. Sur ce vélo je filais en trombe à travers la forêt de Bremgarten, descendais jusqu'au Wolensee où pour cinquante centimes je louais une barque de pêche à fond plat dans laquelle je passais mes après-midi de loisirs à traîner sur le lac. Non loin de moi, il y avait toujours quelques vraies barques de pêche avec de véritables pêcheurs qu'on aurait crus enracinés sur le miroir immobile, de temps à autre l'un d'eux enroulait le moulinet d'une de ses lignes, un autre lançait la sienne, je voyais tressauter les flotteurs, et le soir ils tuaient les poissons qu'ils avaient pris en les frappant sur le sol. Ce bruit retentissait comme celui que font les moissonneurs, cela n'évoquait pas une mise à mort, c'était un bruit paisible, comme le tintement des cloches vespérales, un souvenir venu du fond des âges. Quant à moi, je restais étranger à tout cela, je ne faisais rien sur mon bateau, je rêvais, je me transportais par la pensée très loin du Wolensee, au milieu d'un fjord norvégien, je m'imaginais là-haut dans le Michigan. Le Wolensee n'était pas un véritable lac, plutôt une simple échancrure de l'Aare. Il était envahi de roseaux, de véritables îlots, et le long des rives il y avait des huttes sur pilotis qui appartenaient à des pêcheurs, la forêt enserrait le lac comme un écrin et l'assombrissait, je me frayais un chemin à la rame à travers les champs de roseaux, remontais le courant, me laissais parfois dériver ; j'accostais, m'amusais à effectuer de savantes manœuvres d'abordage, un débarquement en règle, je foulais une terre nouvelle, c'était l'aventure, je vivais par l'imagination d'autres vies empruntées à mes lectures ou à ma fantaisie, il s'agissait toujours de vies rudes, ancrées dans le réel, pleines de risques et de périls, jamais de farniente, de sport ou de détente. Le Wolensee était le lieu de mes pensées, de mes rêves et de mes nostalgies, j'y vivais, par anticipation, la vie absente de la Länggasse de Berne où je me morfondais parfois d'un ennui mortel. Je me créais là une vie parallèle et celle-ci dans ma tête se déroulait très loin, dans ce vaste monde qui me fascinait tout autant que l'amour et les aventures amoureuses. C'est sur ce lac que j'ai écrit mon premier et unique poème, je l'ai conçu «sur le motif» et fus abasourdi, stupéfait, en constatant qu'il m'était venu apparemment sans que j'y fusse pour rien. Lorsque, le soir venu, j'avais rangé ma barque le long de l'embarcadère, qu'elle était solidement amarrée et que j'enfourchais mon vélo pour rentrer à la maison, j'avais l'impression de revenir du travail, d'avoir accompli mon labeur quotidien et de m'en retourner, les bras chargés de mon butin, de ma cueillette. Mes vêtements gardaient l'odeur de l'eau croupissante, des roseaux, de la terre et de la pluie. Le lac était le lieu de tous les rêves, une antichambre, j'y attendais l'arrivée de la vie, une vie grandiose et incommensurable qui m'ouvrirait les bras, espérais-je, dès que j'en aurais fini une fois pour toutes avec l'école.

Il y a une période dans ma vie, plusieurs années où je me revois perpétuellement vissé à mon vélo, je savais même m'y tenir debout, un art qui consistait à tourner continuellement la roue avant, de droite à gauche, comme pour disloquer l'engin, et pendant ce temps à le maintenir en mouvement, en se balançant sur la selle en mesure, de manière acrobatique ; j'ai en mémoire d'avoir tenu des conseils de guerre avec d'autres élèves, qui tous se trémoussaient et se désarticulaient sur leur vélo comme des hommes-serpents. Cette bicyclette me servait au demeurant de moyen de transport quand j'allais à l'école et, toujours avec ce vélo, j'ai fait plus d'une fois d'assez longues randonnées, mais c'est une autre histoire et je ne veux évoquer ici qu'une seule de mes escapades, celle que j'entrepris avec Lara.

Lara et moi, nous nous étions rendus de Berne à Oberhofen sur le lac de Thoune, c'était l'été, il éclatait de chaque côté de la route, dans les champs de blé, il bourdonnait dans l'air engourdi et toute cette chaleur jetait des éclairs sur les rayons de nos vélos, l'été nous appartenait, nous roulions, le cou tendu en avant sur nos guidons, le visage enflammé, nous nous penchions radieux l'un vers l'autre, nous avions la peau duveteuse et nos corps exhalaient une odeur de jeunes veaux, ce n'était pas seulement l'été et l'effort accompli pour pédaler qui nous enflammaient, mais aussi l'excitation, nous nous aimions et chaque fois que nous faisions halte et nous allongions sur l'herbe, nous nous taquinions, nous roulions l'un sur l'autre, nous nous cajolions et nous embrassions mutuellement et il y avait cette odeur de jeunes veaux qui se mêlait dans l'été à celle, plantureuse, amère et merveilleuse, de l'herbe. Nous étant couchés un moment dans un jardin, nous nous aperçûmes soudain qu'il s'agissait d'un cimetière militaire, américain si ma mémoire est bonne, et nous nous enlaçâmes au-dessus des morts.

Je portais à l'époque des lunettes de soleil spéciales qui masquaient la moitié supérieure de mon visage à la manière d'un domino lorsque j'attendais Lara devant le portail de fer de l'école des filles, en faction sur mon vélo, une jambe appuyée à terre ; j'avais l'impression d'être là incognito, protégé en tout cas, je voyais les filles s'échapper comme un essaim, se réunir en petits groupes caquetants, et caché derrière le masque de mes lunettes noires je guettais Lara, ne savais même pas si elle me plaisait, comment aurais-je pu me poser la question, j'étais sous l'emprise d'un état amoureux, d'un microclimat, c'était comme une drogue, ma volonté n'y avait nulle part, mais sans nous deux, j'étais incapable d'exister. C'est pour cela que je portais des lunettes de soleil.

Je me souviens vaguement de l'asphalte clair et pâle, peut-être était-ce parce que j'étais au seuil de la vie que l'asphalte me paraissait si clair, si pâle et vide d'un trop-plein d'attente, d'impatience de vivre. Pour l'instant, j'attendais Lara et elle apparut, se détacha d'un des groupes, et se dirigea précipitamment vers moi, peut-être était-elle un peu gênée, elle devait sûrement se rendre compte de tout le mal que se donnaient les autres filles pour faire semblant de ne rien voir et de ne rien savoir, pour afficher une insouciance d'autant plus exagérée qu'elles se rapprochaient du portail.

Lara avait l'air un peu embarrassée, mais il y avait autre chose dans son attitude, dans cette manière qu'elle avait de prendre congé du groupe des autres filles, et d'accourir, toute seule, à ma rencontre : une curieuse retenue, une pudeur féminine. C'était je pense le prix de l'amour, ce fardeau, cette chose sérieuse, une sorte de résignation qui n'excluait pas le risque d'être blessé, outragé, de souffrir. Elle me devançait de loin à cet égard, elle s'était, elle, *entièrement* donnée tandis que moi, je me retenais comme s'il s'agissait de me garder pour quelque chose de plus grand, de plus beau, de me préserver pour plus tard.

C'est avec cette sorte de résignation, cet étrange sentiment de plénitude que Lara venait vers moi, nous nous adressions un bonjour timide et nous nous empressions de décamper hors du champ de vision des autres écolières, ces spectatrices. Nous marchions côte à côte, moi poussant le vélo, tout nous était prétexte à nous serrer l'un contre l'autre, avidement, voracement. Mais elle ne perdait jamais ce sérieux qui la mettait à cent coudées au-dessus de moi, quelque chose d'incommunicable.

Lara avait la peau, les yeux et les cheveux bruns, elle avait dix-sept ans et on aurait pu la prendre pour une Italienne du Nord ou pour une Sud-Tyrolienne. J'avais fait sa connaissance lors d'une petite fête à laquelle les filles d'une classe de l'école commerciale avaient, Dieu sait pourquoi, convié notre propre classe. Lara n'était pas la plus jolie, mais elle était la plus mûre et aussi la plus exotique. Bien que suissesse, elle venait de l'étranger, d'un pays qui avait fait la guerre et elle avait vécu celle-ci avant de s'installer à Berne où elle n'habitait pas, du reste, chez ses parents, mais chez des proches. Elle avait un passé différent, un mystère, une réserve et on l'eût prise pour une adulte parmi des enfants. A la suite d'une sorte d'épreuve éliminatoire, elle m'était échue comme cavalière, je l'avais reçue en partage et évitant les radotages et les simagrées habituels, nous étions entrés en dansant dans l'amour, cet espace grisant, triste et beau. Avant même d'avoir eu le temps de la regarder, de savoir comment elle était, voire si elle me plaisait, j'avais sombré tout titubant dans un état de dépendance. Je venais la chercher tous les jours à l'école, nous allions faire un tour et un jour, elle m'accompagna dans ma mansarde, il me revient maintenant à l'esprit qu'elle me pria d'être prudent, de faire attention. J'étais couché avec elle sur le sofa, nous étions brûlants, mais ce n'était pas la même chose qu'avec Oïla qui me guidait tout en me surveillant, l'appel venait de bien plus loin. Lara me demanda en chuchotant et avec des hésitations dans la voix de prendre les initiatives, elle-même n'avait pas la force de résister, elle ne pouvait s'empêcher de se donner entièrement, de toute sa passion, elle était prête pour l'amour. J'étais attiré, captivé par sa peau, sa présence me plongeait dans un état d'ivresse, de félicité qui me poursuivait, caché derrière mes lunettes, même à l'école, je ne songeais qu'à entretenir, à préserver cet état, je rêvais aussi il est vrai du moment proche où j'aurais quitté définitivement l'école. Je parlais souvent, de mon avenir, d'années de voyages, de conquêtes, de projets et de chemins semés d'aventures au bout desquelles j'espérais trouver le vaste monde. L'avenir s'ouvrait béant devant moi comme le portail d'une grange aux battants enfoncés avec violence et je m'en rends compte aujourd'hui, notre commune escapade à vélo sur les bords du lac de Thoune ne m'a laissé un souvenir si éthéré, n'est restée gravée comme sur une feuille d'or au fond de ma mémoire que parce qu'elle était précisément trop belle pour être vraie, oui elle avait quelque chose d'élégiaque et d'irréel. C'était notre dernier voyage à travers l'enfance ; ce monde vaste comme l'été nous appartenait encore, toute la campagne était à nous, un jardin sans fin, mais nous étions à la veille de quitter ce royaume et l'été ne me paraissait aussi immense que parce qu'il était une fiction issue de mon état amoureux, c'étaient mon cœur et ma passion qui y palpitaient. Ce n'était pas seulement le chemin de Berne à Thoune que je parcourais sur mon vélo, mais aussi, poussé par ma soif de vivre, ébloui par l'idée du lendemain, un roman imaginaire, un roman d'amour.

J'ignorais au fait chez qui nous allions. Lara avait parlé d'une visite à un oncle, j'imaginais vaguement un pauvre réfugié, un immigré, un clandestin, et soudain nous arrivâmes devant un hôtel gigantesque et de noble allure où l'on eût fort bien pu imaginer des personnages comme Tolstoï, et dont l'oncle en question se présenta comme étant le propriétaire. Nous bûmes du thé sous la corolle d'un store, sur l'un des innombrables balcons, nous étions assis dans la lumière estivale, toute bourdonnante et orangée, dans le demi-jour tiède, l'oncle était un monsieur d'un certain âge à la haute stature et ses paroles, prononcées d'une voix presque inaudible, lasse et circonspecte, formaient une coulisse sonore, tandis qu'un serveur, vêtu de blanc, un domestique, allait et venait comme s'il faisait partie de la scène.

Peu après je m'en allai passer les vacances à Paris chez ma tante ; celle-ci habitait à l'époque au pied de Pigalle, et le soir quand je promenais le chien qui s'appelait alors Tob, je respirais avec une complicité, une allégresse incongrue les relents des poubelles, dans la cour, les ordures avaient ici une tout autre odeur qu'à Berne, elles sentaient vaguement le métro, et la cour l'eau de Javel ; les poubelles, la cour sentaient l'odeur de Paris, j'étais à Paris en train comme tout un chacun de sortir mon chien, je faisais partie de Paris et, arrivé avenue Trudaine, à l'ombre des longues façades, avec les quelques bistrots et cafés qui envahissaient les larges trottoirs, je commentais en murmurant mes impressions qui ne reposaient en fait sur rien de concret, étaient dénuées de tout sens, je flairais, j'aspirais à travers chaque portion d'asphalte toute la splendeur de cette ville ; plus tard, lorsque ma tante mit le couvert et posa sur la table la longue baguette parisienne, celle-ci me fit l'effet d'une relique ou d'un gage. Je vibrais à l'unisson avec le pain, les relents des poubelles et le gargouillis de l'eau dans les caniveaux, je me cramponnais à ces choses si humbles qui signifiaient, symbolisaient Paris à mes yeux, ma nostalgie du vaste monde se raccrochait à ces gages, mes rêves avaient trouvé leur aliment.

J'étais à Paris et me gorgeais de rêveries, mais dans mon for intérieur la pensée de Lara que j'avais abandonnée commençait à m'obséder, je sentais sans raison toute ma belle assurance s'effriter, et lorsque je fus rentré de vacances, c'est une voix inconnue qui me répondit au téléphone en me priant de ne plus rappeler, je revis enfin Lara mais elle fut très sèche et me dit de ne plus chercher à la revoir. Dans ce futur, ces projets que j'avais continuellement évoqués, elle ne tenait aucune place, je n'avais voulu vivre avec elle que l'*amour* et fait abstraction de sa personne. Elle était très loin en avant de moi dans son engagement et avait dû finir par comprendre que j'étais, moi, partagé, prisonnier de mon égoïsme ; au cours de mon absence à Paris, elle avait lutté contre elle-même, s'était ressaisie et ne revint jamais plus sur sa décision.

Lors de ma première visite à Paris ma tante était venue me chercher au train qui arrivait à minuit ou plus tard, gare de l'Est. Nous fîmes en taxi le chemin jusqu'à Pigalle, puis à pied les quelques mètres qui nous séparaient de la maison. Ignorant ce qu'était la vie nocturne, n'ayant jamais vécu rien de tel, celle-ci me submergea, m'engloutit. Les rues chatoyaient dans une véritable orgie lumineuse, les néons des réclames et des inscriptions, les façades illuminées des cafés et des boîtes de nuit, des restaurants et des magasins, les portes des bars qui s'ouvraient et se refermaient comme des pompes aspirantes et refoulantes, laissant échapper des torrents de musique, de bourdonnements, de vacarme, de paroles et d'êtres humains ; à l'entrée des bars, des filles à demi nues se trémoussaient et se tortillaient au rythme des musiques les plus variées, barmaids, filles de joie, et côtoyant tout cela, des multitudes de badauds, de voyeurs et de fêtards ; le glissement furtif des tapineuses et des stripteaseuses qui traversaient la rue à toute allure ou s'engouffraient avec un mec à l'intérieur d'un hôtel de passe, et j'allais oublier les portiers. Dans cette profusion, la nuit n'était plus que rayonnement, ronflement, brouhaha, une vie nocturne follement revivifiante et bouleversante, un feu de Bengale infernal, tout était à vendre, nourritures et boissons, fleurs et stupéfiants, des revolvers, des âmes, c'était une kermesse nocturne, une foire aux plaisirs, aux esclaves, la soif de jouissances flamboyait à travers les portes des moindres bars, dansait dans la ronde des filles légères et cachait son abjection sous les masques grimés des putains adossées aux portes des hôtels, sous leurs mimiques prometteuses et leurs hanches enjôleuses ; aux côtés de ma tante toute menue, je déambulais à travers cette foire de minuit, bercé par une houle de parfums et de plaisirs, les baies vivement éclairées des restaurants révélaient des clients occupés à gober des huîtres et à engloutir des montagnes de choucroute, je dérivais à travers ce tourbillon, le flot des promeneurs était si dense qu'il me semblait que j'aurais pu marcher ou me laisser porter sur leurs têtes, j'étais à la fois fasciné, ravi et érotisé de mille manières.

Les jours suivants, lorsque je flânai avec ma tante sur le boulevard Rochechouart, je refis l'expérience de cette inversion du jour et de la nuit. Assis à la terrasse d'un café, nous étions comme sur les rives du fleuve de la vie, ces rives s'étendaient sur des kilomètres, dans une agitation féerique, les portes, les bars, les lumières se succédaient de manière ininterrompue et nous contemplions cette marée humaine qui s'écoulait devant nous, noctambules en quête d'aventures, de sensations fortes, beaucoup de touristes parmi eux, tous avec ce regard avide et ravi, marchant dans un état de transe, mais aussi comme des condamnés, des enchaînés, ils étaient livrés sans recours à ce miracle nocturne, à cette foire insensée, ils marchaient avec les gestes lents et embarrassés qu'ont les possédés, ils ne tenaient pas en place, se poussaient ou se laissaient pousser par d'autres, flottaient à la dérive, submergés par toutes ces tentations, ces mirages, ces appâts, femmes offertes, fruits défendus, ils descendaient au fil de cette rivière intarissable, on les voyait nager, s'enfoncer, onduler entre deux eaux. Au milieu d'eux, les camelots, certains arborant des tapis sur leurs épaules, des Arabes, des Noirs, d'autres brandissant des cartes suspectes, d'un air mystérieux, rabatteurs, proxénètes, trafiquants, bouquetières, dessinateurs proposant de brosser votre portrait, d'esquisser, de découper votre silhouette en un rien de temps, marchands de filles et, derechef, la procession, les armées d'esclaves, d'enchaînés, d'hypnotisés, le tout baignant dans des flots de lumière, dans la cacophonie insensée des musiques vomies par mille portes.

Quand j'allai promener le chien, le jour suivant, je ne reconnus pas les rues, elles me parurent flapies comme un visage démaquillé, ravagées, grisâtres, mais elles ne tardèrent pas à reprendre vie et, dès la fin de la matinée, je retrouvai les putains en faction aux coins des rues ou devant les hôtels, racolant le passant d'un mouvement de tête ou de quelque autre mimique, jouant à tour de rôle tout le répertoire, tous les emplois de la séduction, comme ça, en plein milieu du train-train quotidien, inutile d'écarquiller les yeux, leur simple présence, ces allures de sentinelles accrochaient d'emblée le regard, quand je passais si près d'elles, j'en avais le souffle coupé. Ici, me disais-je, la vie ne s'arrête jamais, chaque porte, chaque pan de mur me semblait receler une promesse mystérieuse, la ville tout entière paraissait regorger de réserves inépuisables de séductions, mais ce qu'il y avait de plus séduisant, de plus excitant et finalement de plus humain, c'étaient, à mes yeux, les filles qui ourlaient nuit et jour les rues et les pas de portes, ces sentinelles, vestales, mercenaires du sexe, hétaïres, ondines, sirènes, il était rassurant et profondément réconfortant de savoir que dans cette ville la table était toujours dressée, qu'il s'y trouvait tant de femmes prêtes à t'accueillir, tant de portes ouvrant sur le mystère, l'aventure, la tentation, non, sur la vie ! C'était comme si les femmes y avaient le pouvoir de te réenfanter continuellement, ou de te jeter, de te rejeter à l'océan, j'essaierai de forcer toutes ces serrures, de vivre éternellement, tels étaient le vœu et le souhait que je m'adressais à moi-même, après avoir découvert les promesses de cette ville.

«Bien des hommes auraient été poussés au suicide, si la prostitution n'avait pas existé. Je me suis remis de la séparation d'avec ma femme grâce aux putains. J'aimais ma femme à la folie. Elle était si jolie que, la nuit, la seule pensée d'être privé d'elle m'ôtait le sommeil. Je ne

m'en suis tiré qu'avec une autre femme. Une femme honnête qui accepte de passer la nuit avec toi ça ne se trouve pas comme cela dans la rue, ce que tu trouves, ce sont des putains, des filles jeunes, belles, splendides. Cela te revient à une centaine de dollars, elles restent quatre ou cinq jours et t'aident à surmonter ta maladie. Il te suffit d'avoir une autre femme pour retrouver la vie. – Une profession magnifique que celle de putain. Combien d'hommes ont été sauvés grâce aux putains. Ce sont les putains qui sont venues à Jésus...» etc., disait dans une interview Mohamed Ali, alias Cassius Clay.

J'avais mis de côté un jour cette coupure de presse et je viens de la retrouver dans ma chambre-alvéole. A partir du moment où tu as une autre femme, dit Ali, tu retrouves la vie, je pense comme lui. Mourir, dépérir, s'étioler, quitter ce monde, ce sont les mots que j'emploie, je ressens exactement la même chose, surtout depuis que je vis à Paris, si solitaire et abandonné.

Lors d'une de ses dernières visites, mon cher ami Beat a prétendu que je devrais essayer de prendre, de chercher, de me procurer une petite amie. Comme si c'était aussi facile. Il dit : tu as besoin d'une amie, mon cher, il te faut une présence féminine auprès de toi, quelqu'un qui t'attende, en qui tu puisses investir tes sentiments, qui comble tes moments de loisirs, tes besoins d'étalon. Tu ne peux tout de même pas te contenter de visites occasionnelles dans *ces maisons de rendez-vous*, ce qu'il te faut, c'est une liaison.

Je ne puis ni penser, ni encore moins souhaiter cela, je ne suis pas disponible pour ce genre de préoccupation, je suis pris, doublement pris. Bon Dieu, Beat, tu devrais, dis-je, t'en rendre compte. Tu devrais savoir ce que coûte la liquidation d'un ménage. Si je suis venu ici, c'est bien parce que mon ménage a capoté. Bon, d'accord : il y avait l'appartement de ma tante, ce refuge, mais c'est un simple pied-à-terre, une planque, une tanière où je lèche mes plaies car elles sont encore toutes béantes, tu le sais bien, dis-je à Beat.

Tu exagères quand même, dit-il, c'est tout de même *toi* qui as détruit ton ménage, on t'enviait ta situation, vous

vous entendiez, c'est *toi* qui as voulu partir. Tu t'es amouraché de cette autre fille qui se moque de toi et ne veut rien entendre si j'ai bien compris, dit Beat, es-tu masochiste ? Essaie d'oublier cette fille, avant qu'elle ne se dépêche de faire les premiers pas, oublie-la, dit-il, tire un trait sur ton ménage, oublie tout cela. Cherche-toi une petite amie pourquoi pas une barmaid, mieux, une vendeuse de grand magasin, va dans les grands magasins et mets-toi en quête d'une jolie caissière, une qui n'ait pas une idée de mariage derrière la tête, une bonne vivante qui ait envie de vivre une petite aventure, en attendant de penser à faire des enfants, une caissière jolie et mutine qui s'ennuierait derrière sa caisse et dans sa mansarde déserte, une fille qui en aurait marre des quelques égoïstes qu'elle a connus et de leurs éternelles histoires de bistrots et de copains, une fille que tu gâterais un peu, à qui tu apprendrais à te gâter, voilà, déclare Beat.

Le mot «hantises» me vient à l'esprit. Je songe à toutes les hantises qui me poursuivent dans ma chambre-alvéole, je songe au visage de ma femme, pétrifié par la douleur, se transformant brusquement en un masque glacial, hautain, anguleux, c'est vrai, lorsque je lui ai parlé de l'autre, son cher visage a pris la forme d'un masque, en une fraction de seconde, elle a dû se rendre compte que tout ce qui nous avait unis et si longtemps portés était brisé à tout jamais. Désormais, elle arbore un visage hautain qui paraît presque niais, on a l'impression qu'elle se donne un air niais pour mieux afficher son mépris, le visage d'une vierge folle, songeais-je, après le long silence qui avait suivi ma confession, il me semblait entendre gémir les tuyauteries et les canalisations, ni l'un ni l'autre nous ne faisions un geste dans ce silence plein d'éructations. Enfin nous nous laissâmes emporter par les larmes. Non, je préfère ne pas penser aux explications, aux discussions nocturnes qui ont suivi, chacun servant à l'autre de garde-malade, de bon Samaritain, et de préposé à l'alcool, nous nagions dans l'alcool, les bouteilles de vin étaient nos bouées de sauvetage. Nous passions les nuits et les jours à renouveler nos stocks, assis ensemble à notre table de conférences, face à notre ménage brisé, cependant que les bouteilles se vidaient et que les cendriers se remplissaient.

Mais les pires hantises sont d'autre nature, ce sont des tournures familières qui me tombent dessus aux moments les plus inattendus, petites phrases de ce langage qui s'était créé entre nous au cours des années et qui, lorsque je les évoque ou les murmure, résonnent désormais à mes oreilles comme un forfait. Ce sont les réminiscences les plus douloureuses et j'attends qu'elles s'effacent de ma mémoire. A quoi bon ce langage commun devenu inutile et qui retentit dans une pièce vide ? Trahis, répudiés, ces mots, cette langue qui nous tint naguère lieu de patrie. Qu'en faire ?

Tu oublieras, dit Beat, tu ne peux tout de même pas tout avoir. Je sais qu'il dit ça comme il dirait autre chose, pour changer de terrain, nous éloigner de cette plaie béante.

Des hantises, me dis-je, hantises, un vieux mot si beau. Ces hantises m'arrivent aussi du front adverse, *je suis pris entre deux feux**. C'est une expression française que j'ai saisie récemment au vol dans un bar, il était question d'une histoire d'amour, d'une liaison triangulaire.

Je n'arrive pas à oublier l'autre, dis-je à Beat. J'aimerais bien, mais je n'y parviens pas. J'ai l'impression d'être ici dans une antichambre, je ne me fais pas à l'idée que toute cette affaire qui a brisé mon ménage ait pu être une simple chimère. Je suis intoxiqué par cet autre amour, je souffre d'une intoxication amoureuse, Beat, j'attends.

Il y a des soirées où je n'arrête pas de transformer l'appartement, de classer mon courrier, de laver la vaisselle, à seule fin de m'éloigner du téléphone. De m'empêcher de composer le fameux numéro d'outre-Atlantique dont le timbre ou la sonnerie *la* ferait surgir au bout de la ligne, je veux dire l'autre voix et du même coup l'autre visage dont je suis intoxiqué, oh je m'en garde bien. Je lutte de toutes mes forces contre moi-même, pourquoi ? Par crainte. Crainte qu'un mot, une intonation, une simple modulation de cette voix, venant

* En français dans le texte.

jusqu'à moi à travers toute l'étendue des eaux le long de cette ligne, soudain présente, dans ma chambre-alvéole, ne risque de me blesser, pire encore, de me repousser. Moi, désespéré dans cette antichambre. Les femmes, mon Dieu, les femmes, dit Beat. Tu es en proie au démon de midi, plonge-toi dans l'écriture. Mais comment donc veux-tu que j'écrive dans l'état où je suis, dis-je à Beat. Ces deux maudits feux me consument, j'ai perdu ma liberté, je suis aveuglé. Ah si j'avais seulement mon plan de marche, ma feuille de route. Tu tiens ton sujet : entre deux feux. Libère-toi en écrivant, dit-il.

J'aimerais mieux : *L'Année de l'amour*. Si seulement j'arrivais à y voir clair. Au fond, je ne suis que l'aubergiste de ma vie et que peut bien savoir un aubergiste de ce qui se trame dans son auberge ? Lorsque je parle de plan de marche, de feuille de route, je veux dire un état de saturation, une nécessité intérieure. Il s'agit de ce moment où je n'ai plus qu'à guider et à balader le chariot de ma machine à écrire et où les mots se mettent à défiler en colonnes et en caravanes. Mais pour en arriver là, il me faut un plan de marche. Je suis dans une antichambre, j'attends.

Ah, si Beat savait seulement combien il me faut faire de chemin avant qu'à force d'être brassé, de fermenter, bref, d'être digéré, dans la bosse de mon chameau, quelque chose de concret, une vision, un souvenir finisse par remonter à la surface, des années plus tard, et soit susceptible d'être métamorphosé en images ou extrait de sa gangue. Si seulement tu savais, dis-je à Beat. Pour le moment, je ne suis encore que l'aubergiste, tu comprends ? Je n'y vois pas clair, je suis aveugle, je n'ai pas de vin prêt à être tiré. Je suis condamné à l'expectative.

Tout cela, c'est du chinois. Tu n'es qu'un farceur. Ouste, sortons d'ici. Allons boire un petit coup, dit Beat.

Le vieux aux pigeons vient de recommencer son raffut. Sans sa vieille, il n'aurait plus de prétexte à faire du raffut ; encore une de ces chères sociétés anonymes : haine, consolation, passe-temps et compagnie, dit Beat.

Au fond, qu'ai-je à reprocher à l'homme aux pigeons, quel grief ai-je contre lui ? me dis-je ; il a fini par devenir une sorte de complice. Nous n'avons jamais essayé de lier connaissance, échangé ne serait-ce qu'un mot ; depuis quelque temps, il a pourtant pris l'habitude de s'entretenir en rugissant d'une fenêtre à l'autre avec mon voisin du dessus. L'initiative est venue de ce dernier, un petit vieux chétif qui a l'air tout de même plutôt coriace, il est nouveau dans l'immeuble ; je le rencontre dans l'escalier où, en temps normal, les locataires s'abstiennent de se saluer ou de s'adresser la parole, ils se croisent sans un mot ou, pour être plus exact, ils font le pied de grue sur le palier des différents étages en attendant celui ou ceux qui montent, pour les laisser passer, on dirait qu'ils essaient d'éviter une collision, que l'escalier n'offre pas suffisamment de place pour s'y croiser, mais ce n'est pas là la vraie raison, il s'agit d'une sorte de peur de tout contact physique, d'un besoin de garder ses distances, d'une méfiance. Le nouvel arrivant, disais-je donc, un mec trapu à l'aspect noueux, coriace, et qui ressemble vaguement au marchand de vélos de notre rue, s'est effacé récemment pour me laisser la place : passez le premier, j'ai besoin de souffler en grimpant, on n'est plus aussi vaillant que dans le temps, m'a-t-il fait remarquer et soudain, alors que je me trouvais déjà plusieurs marches au-dessus de lui, j'entends cette phrase : ce n'est vraiment pas facile de s'y faire quand on a perdu sa mère. Je crois avoir mal entendu car le nouveau locataire doit avoir largement franchi l'âge de la retraite, mais la concierge qui, lorsqu'elle n'est pas prise de boisson, n'arrête pas de fumer et de ronchonner, oui, une personne plutôt brutale, dépourvue de pitié, en passant m'a confié avec un brin de compassion que le nouveau locataire avait commencé par perdre sa femme, qu'il s'était alors installé chez sa très vieille mère – rentrer dans le giron maternel à l'âge de la retraite ! – et que c'était après le récent décès de cette dernière qu'il avait échoué ici. Je l'aperçois parfois en train de regarder fixement l'avant-cour, depuis la fenêtre de sa cuisine, et la vue de son visage me suggéra aussitôt le qualificatif «noyé dans ses larmes», il larmoie, le vieux, il larmoie de solitude.

Le voici en tout cas acoquiné avec le vieux aux pigeons ;
l'après-midi, je les vois et les entends deviser tous les deux,
le plus souvent ce sont des fanfaronnades braillées d'une
fenêtre à l'autre, entre-temps je sais aussi pourquoi mon
vieux aux pigeons passe ses journées assis, il est, semble-t-il,
vraiment malade, ce sont ses jambes ; ça ne l'empêche pas,
d'ailleurs, de se relever et même de sortir de temps à autre,
mais il souffre, je crois, oui, il souffre. Ils se sont raconté en
criant très fort tous les détails de leurs maladies et de leurs
infirmités, sans oublier les remèdes qu'ils emploient pour les
soigner, il y en avait de vertes et de pas mûres, va falloir que
je vérifie. Il n'est pas sans intérêt d'observer la manière dont
s'y prend mon vieux aux pigeons, assis de côté, derrière sa
fenêtre grande ouverte, pour conférer avec son nouveau compagnon, tout en contemplant l'un de ses pigeons, celui qui
s'empiffre continuellement, afin de s'assurer qu'il n'a rien à
y redire. Il le regarde parfois avec une véritable grimace
d'adoration, ou encore avec un rictus complice, mais la plupart du temps son visage, tandis que l'autre l'interpelle en
hurlant, évoque un ex-voto, peut-être regrette-t-il que sa vie
colombophile, ce mode d'existence hors du commun, soit
désormais dépréciée par ces conversations quotidiennes.

Je songe : il y a des gens qui ont un chien, d'autres un
chat ou un canari, lui a ce pigeon qu'il gâte et s'efforce de
protéger de la gloutonnerie de ses congénères ; il en a bien
le droit, il est à la retraite, âgé de plus de soixante-dix ans à
ce que j'ai appris, pourquoi lui en vouloir ? L'homme aux
pigeons me paraît devenir au demeurant plus humain ces
derniers temps, son nouvel interlocuteur y est certainement
pour quelque chose. Ils ont commencé par se raconter leurs
infirmités, de fil en aiguille, ils en sont venus à comparer
leur situation actuelle avec le bon vieux temps où ils étaient
encore gaillards, à l'époque où ils bambochaient des nuits
entières, ça ne les empêchait pas, naturellement, de trimer
dur, quelle différence avec les dégonflés de nos jours, ces
espèces de castrats, et puis merde, disent-ils, tout ça n'a
aucune importance, on ne va pas tarder à crever, on est déjà
foutus.

Je n'ai pas l'impression que la femme de l'homme aux pigeons voie d'un bon œil cette amitié naissante. A plusieurs reprises, elle s'est arrangée en déclenchant une dispute impromptue pour étouffer dans l'œuf l'une de ces conversations d'une fenêtre à l'autre ; au bout du compte, il a fallu fermer la fenêtre.

Une complicité basée sur la haine, comme dit Beat. Peut-être dit-il cela en l'air, *personnellement*, je pense que cette haine, ces criailleries, pourraient bien être au contraire l'expression pudique d'un véritable amour ; de manière générale, chaque fois que je crois pouvoir me fier à mon jugement, surtout dans le domaine des relations humaines, j'ai remarqué que l'inverse pouvait être tout aussi vrai. Je ne sais pourquoi, mais je suis devenu d'une prudence presque maladive en tout ce qui concerne les jugements et les prétendues certitudes, non seulement je m'attends constamment à être démenti par les faits, mais je suis prêt au pire, aux plus effarantes révélations.

Mon avis est qu'on ne peut pas savoir, Beat, on ne sait absolument rien d'un couple, les *intéressés eux-mêmes*, tout mariés, scellés l'un à l'autre qu'ils soient, ne peuvent savoir. Un aubergiste sait-il ce qui se passe dans son auberge ?

Je lui raconte alors l'histoire de mon oncle Alois, le frère de ma mère, qui m'en imposait tant dans mon enfance lorsqu'il s'écriait, surtout après un bon repas : eh bien maintenant, me revoilà prêt à commettre toutes les vilenies. Il avait tout un répertoire du même acabit et déclarait, par exemple, à propos d'un malfaiteur connu dans la ville : il n'y a pas trente-six méthodes, tu commences par flanquer au gars un coup dans l'estomac, puis tu lui refiles un crochet dans la mâchoire et tu le verras se ratatiner comme un sac de farine. Ce disant, mon oncle Alois arborait le sourire radieux d'une véritable vedette hollywoodienne, un sourire de réclame pour pâte dentifrice, il avait de très belles dents régulières d'une blancheur de perle et sa chevelure était agréablement ondulée ; ceci mis à part, il n'avait rien d'un héros de cinéma ni même d'un héros tout court, il était l'incarnation même de la bonhomie, un brave commerçant qui possédait une petite entreprise pharmaceutique à la campagne et venait tous les mercredis nous voir à Berne ; il faisait ce voyage à la fois pour raison d'affaires et pour des motifs désintéressés et supérieurs, car il exerçait accessoirement les fonctions de prédicateur, avait à charge une communauté de la secte, universellement répandue, des pentecôtistes, si mes souvenirs sont bons, cette communauté recrutait son public en majeure partie parmi de pauvres gens : bonnes à tout faire, veuves âgées ou vieilles filles pour la plupart, qui je crois lui payaient grâce à des collectes le voyage aller-retour ainsi que les frais de séjour, circonstance qui arrangeait fort mon oncle que l'on appelait aussi le «bel oncle» ou le «bel et riche oncle». Il vivait vraiment à son aise, on le voyait débarquer dans je ne sais quelle voiture américaine, et toutes nos petites dindes paraissaient chérir infiniment ce bel homme rayonnant, je me suis demandé si ces assemblées qui avaient lieu dans une salle d'auberge ne tenaient pas d'une sorte de culte rendu à un fiancé, si elles ne trahissaient pas une sexualité réprimée et refoulée. Mon oncle déclamait la prière et les invocations avec des intonations si ardentes, des murmures et des soupirs si interminables, des modulations à la fois si douloureuses et voluptueuses que ses ouailles, les yeux révulsés, soupiraient à l'unisson ; le finale, dans cette salle communale louée exprès pour la circonstance, provoquait chez moi une sensation d'écœurement. Cela ne faisait aucun doute, mon oncle était le pasteur et le fiancé de cette paroisse où l'élément féminin dominait, lors de la collecte, elle lui prouvait sa fidélité et son attachement sous la forme d'espèces sonnantes et pendant la prière en marmonnant de la plus horrible façon. Pour mon oncle, ces assemblées du mercredi n'étaient pas seulement bénéfiques au point de vue commercial, elles l'étaient également pour sa vanité masculine. A midi, il se rendait chez nous, en l'occurrence chez sa sœur, notre mère, afin de venir un peu mettre son grain de sel tout en se bourrant la panse, une fois rassasié et satisfait, il bâillait et c'est alors qu'il prononçait, tout en me jetant un curieux regard oblique, ces paroles qui me restèrent toujours quelque peu sibyllines : me revoilà prêt à commettre toutes les vilenies. Après l'assemblée, il s'en retournait chez lui, fonçant dans la nuit ténébreuse avec sa grosse voiture américaine aux lignes aérodynamiques, et lesté du produit de la collecte.

L'oncle Alois n'était pas simplement le bel et riche oncle au sourire conquérant d'homme à femmes, il était aussi le meilleur des époux. Lui et sa femme, notre tante Rudolphine, passaient effectivement pour un couple d'amoureux transis ; quand on les voyait ensemble, il ne pouvait s'empêcher de la tripoter de manière ostentatoire, tandis qu'elle se défendait avec une feinte pruderie, tout en jetant des clins d'œil malicieux autour d'elle comme pour implorer l'indulgence. Chez nous lors de ses visites du mercredi ou à la table familiale, il énumérait avec prédilection les différents achats qu'il avait effectués pour sa tendre moitié ou s'étendait en long et en large sur les pèlerinages gastronomiques qu'il se proposait d'accomplir au cours du week-end avec sa chère Rudolphine, il évoquait volontiers son train de vie dispendieux et les moyens qu'il impliquait. Il s'était fait dans la famille une réputation d'éternel tourtereau, toujours occupé à dorloter son épouse. Chez nous, il insistait sans vergogne sur sa manière de gâter sa femme, l'effet produit était fâcheux, non seulement parce que ma mère, sa sœur, était veuve et vivait chichement, mais surtout parce que, en dehors de son appétit et de sa vanité, il n'avait strictement rien, pas même une parole fraternelle à lui offrir.

Notre prospère oncle Alois se retira prématurément des affaires, il n'avait pas encore atteint la soixantaine lorsqu'il vendit à un prix avantageux, soulignait-il, son entreprise pharmaceutique ainsi que sa maison, afin de se faire construire sur un emplacement de choix un cottage anglais où il avait décidé de passer en compagnie de sa chère épouse, toujours juvénile bien que fort épaissie aux hanches, une longue et insouciante vieillesse, projet qui ne tarda pas, hélas, à être déjoué par le destin. La maison dressait déjà ses murs, le jardin, lui, n'existait encore qu'à l'état d'esquisse, et c'est précisément dans ce parc ornemental aux splendeurs encore à venir que, ayant enfin trouvé la liberté, après les durs labeurs d'une vie consacrée aux affaires, à la prédication de ses ouailles et à la conduite de sa voiture américaine, le bel et riche oncle Alois travaillait lorsqu'il fut foudroyé par le destin, sous la forme d'une congestion cérébrale qui fondit sur lui sans crier gare, le paralysa et lui ôta l'usage de la parole. L'oncle Alois fut dorénavant muet, pour être plus précis, la seule parole qu'il fut encore en état de balbutier, lui qui s'y entendait si bien naguère à prêcher les sœurs de sa secte et à invoquer le Seigneur, l'unique mot qu'il laissait échapper, qui lui resta fidèle, était *oui*, il adressait dans son malheur un oui maniaque au monde entier. J'étais déjà adulte à l'époque et j'allais rendre visite à mon oncle à l'hôpital où il se tenait assis sur son siège, l'air sombre et menaçant, tenant à la main une canne dont il ne cessait de jouer, tandis que je m'approchais et murmurais une vague parole de consolation, «ça va s'arranger, oncle Alois», horrifié à l'aspect de sa métamorphose, de cette loque humaine au regard sombre qu'était devenu le bel et riche oncle, il se mettait à balbutier son «oui oui» qui résonnait sinistrement à mes oreilles, cette métamorphose radicale vous glaçait et vous pétrifiait et si par hasard notre Rudolphine, l'épouse qu'il avait sa vie durant choyée, adulée, bercée de paroles énamourées, de véritables roucoulades, apparaissait alors à la porte, il empoignait sa canne, la dressait, d'un geste menaçant, presque digne d'un prophète de l'Ancien Testament, et la brandissait en direction de la nouvelle venue, avec une expression de haine à l'état pur sur son visage, tout en balbutiant son éternel «oui oui», puis il essayait, les yeux exorbités et pleins de sous-entendus, de capter le regard de son visiteur comme s'il avait une terrifiante révélation à lui faire. Les traits de tante Rudolphine étaient devenus, eux aussi, durs et hargneux, veuve riche mais acariâtre en puissance, elle avait, disait-on, répondu au médecin de l'hôpital lorsque ce dernier avait évoqué l'existence d'un traitement destiné à rééduquer la parole et conseillé de faire appel à un spécialiste en spécifiant qu'avec des soins appropriés, une récupération au moins partielle de l'élocution était pratiquement assurée, voire même garantie, par un non catégorique, elle ne souhaitait pas, avait-elle dit, de soins supplémentaires, il n'en était pas question, c'était trop dispendieux. Le sort de son malheureux frère arrachait à ma mère, la sœur d'Alois, des larmes sincères et intarissables, et elle allait fidèlement, infatigablement le voir dans sa triste chambre.

L'oncle Alois s'inscrit dans une longue succession de figures paternelles décevantes, personne ne m'a tenu lieu de père dans mon enfance, j'ai vécu entouré de songe-creux, après avoir manifesté quelque temps un don pour les affaires – si tant est que ce don se mesure à l'aune du succès matériel –, ceux-ci ne tardaient pas à se retrouver impotents ou précocement usés ; ils vivaient autant qu'ils étaient, me semblait-il, dans une sorte de mensonge, chez mon oncle Alois ce mensonge sur lequel reposait toute sa vie avait pris de telles proportions qu'un jour, quelque chose avait fini par craquer dans son cerveau, le mensonge avait crevé et du même coup toute la fable de son bonheur conjugal et de son ménage exemplaire, et il n'était plus rien resté d'autre que cette loque humaine au regard sombre et à la haine démesurée à l'égard de sa moitié qui l'avait non seulement abandonné dans sa détresse, mais s'était repue de son malheur. Je n'avais jamais aimé cet oncle Alois, ne serait-ce que pour la manière si insensible et si peu charitable dont il se comportait avec sa sœur, ma propre mère, alors qu'il savait adresser à son Dieu de si profonds soupirs. L'oncle Alois aurait souhaité après la mort de mon père que ma mère nous retirât, moi et ma sœur, de l'école secondaire, et nous fît suivre une simple formation technique. C'est fini maintenant, le lycée et le conservatoire, sermonnait-il ma mère, quand on n'a pas les moyens, on travaille, on ne fait pas d'études. Ils n'ont qu'à travailler, s'emportait-il, quitte à ramasser du crottin de cheval, ça leur fera du bien, il faut qu'ils apprennent à travailler.

Mon oncle avait toujours vu d'un mauvais œil le diplôme universitaire de mon père, comme, du reste, son indifférence à l'égard des questions pécuniaires. Il dénigrait comme étant un mode de vie au-dessus de nos moyens la ténacité avec laquelle ma mère voulait, bien qu'elle ne fût pas ambitieuse et que l'idée d'une carrière ne l'effleurât guère, nous faire envers et contre tout poursuivre nos études, il eût préféré nous voir, nous autres enfants, au moins un certain temps et pour des raisons pédagogiques, c'est du moins ce qu'il s'imaginait, tout en bas de l'échelle ; plus tard, il nous aurait hissés jusqu'à lui, ce qui, dans mon cas, eût consisté à entrer en apprentissage, à devenir apprenti dans sa propre entreprise.

Je ne sais, dit Beat avec un sourire sardonique, si tu as l'intention de publier l'histoire de ces deux tourtereaux mais j'imagine qu'elle ne sera pas spécialement du goût de la famille. Beat apprécie les repas solitaires à Paris, il ne s'en lasse jamais. Il aime également la compagnie des jeunes dames, mais il tient à séparer les deux, il est à mes yeux le type même du célibataire endurci. Je l'imagine très bien sacrifiant une dame dont il a fait la connaissance, sous le simple prétexte que sa présence à table n'a pas eu l'heur de lui plaire, qu'elle l'a empêché, par sa pétulance exagérée, par je ne sais quelle inattention, bavardage, laisser-aller, gloutonnerie, ou toute autre attitude taxée par lui de mauvaises manières, de déguster son repas comme il l'aime, en l'occurrence avec sensualité et componction, presque à la manière d'un rituel. Le jour suivant il se rendra donc *tout seul* dans un restaurant trois étoiles, propre, bien éclairé, bourgeois, bref, à son goût ; entre les plats, tant pis si le temps est long jusqu'au suivant, il se gardera bien de toucher à un cigare, ne fumant pas en principe, il ne le fait qu'après le café, au moment du cognac, et il en profitera pour savourer le plaisir d'être seul et de pouvoir ruminer en toute quiétude l'art de la table.

Je me demande comment s'y prend mon cher Beat avec les femmes, il ne cesse de faire des rencontres, même dans l'autobus, et naturellement, ça commence toujours par une sortie en ville. Mon avis, c'est qu'il a une formidable faculté d'attention, il sait donner à ces dames l'impression d'être totalement comprises, elles se sentent enfin écoutées au lieu d'être agressées ; à cela s'ajoute chez elles le sentiment d'être protégées, c'est vraiment un homme qui tient les rênes, avec tout le tact voulu, sa virilité va de pair avec une propreté méticuleuse, les senteurs de l'after-shave, qui de manière intermittente – de sorte qu'elle a vite fait d'oublier cette impression sensorielle – chatouillent les narines de la dame en question, sont discrètes, d'un caractère âpre, et point douceâtres, ni exotiques, elles n'évoquent pas non plus le cosmétique ou les cheveux gominés, c'est un parfum masculin et net, mais en dépit de toute cette discrétion la dame sent fort bien que son nouveau compagnon n'est pas un raseur, encore moins un être indifférent, et qu'il pourrait bien se révéler, le moment venu, un amant hors pair.

Tu es un être impulsif, tu t'enflammes, tu es comme un manchon à incandescence, lui dis-je, je ne sais s'il apprécie, il ne réagit pas à ma remarque, arbore un sourire entendu et futé qui autorise toutes les conjectures, il est parfois si secret qu'on aurait tendance à le prendre pour un risque-tout, en vérité il peut se montrer à l'occasion fort brutal, car il ne faut tout de même pas exagérer.

C'est un célibataire endurci et en même temps un coureur de jupons invétéré, il aime les femmes à la manière d'un gourmet. Exigeant, un peu trop exigeant, peut-être. Pour se décider, il attend de trouver réunies chez la même femme les qualités qu'il a goûtées en particulier chez chacune d'elles, s'il tombait sur cette perle, pour sûr, il n'hésiterait pas un instant, mais en attendant, il tergiverse, fait traîner les choses en longueur. Il n'est pas facile de prendre une décision, cela devient de plus en plus difficile à mesure que le temps passe. En attendant, il me dit, je ne sais si c'est pour me faire enrager ou par un souci fraternel, pour mon bien : tout de même, malgré tout, dit-il, tu devrais prendre une petite amie. Il ne fait pas allusion à la caissière.

Non, je ne veux pas de petite amie. J'en ai une qui est constamment au centre de mes pensées, même si je n'ose songer à elle. Je me force à ne pas penser à elle, je fais tout mon possible pour m'en empêcher. Je me dis : ce n'est peut-être pas du tout une intoxication amoureuse, ce n'est pas si grave que ça. Ou bien : comme j'ai de la chance de jouir d'une telle liberté dans une ville comme celle-ci où il y a toujours un couvert mis pour moi, et quand je parle de couvert, je pense à ces «*maisons de rendez-vous*» dont je suis un hôte si assidu, à la maison de Madame Julie, par exemple. Je me persuade : c'est également une forme d'amour que tu y trouves, et je songe à Dorothée, à Laurence ou à Virginie.

Pour l'instant, c'est à Laurence que je songe, oui j'ai fait sa connaissance comme il se doit chez Madame Julie, et le hasard a voulu qu'elle m'ait reçu aussi chez elle.

Je sors d'une station de métro, presque comme un voleur, non, plutôt bouillant d'impatience, nerveux ; j'aime assez chez moi cette forme de nervosité que l'on pourrait prendre pour de la timidité, j'ai presque le souffle coupé, mais c'est uniquement dû à l'excitation que j'éprouve en pensant au rendez-vous, je me demande d'un côté si je dois vraiment y aller, s'il ne vaudrait pas mieux faire demi-tour tant qu'il est temps, je me laisse encore une porte de sortie, et cependant, je tremble à l'idée d'être venu pour rien, de m'être trompé de date, ou qu'elle ait tout simplement oublié.

Je sors donc du métro, je ne dis pas où, je suis libre et m'apprête à passer un après-midi galant. Ce coin ne ressemble pas à mon quartier, les rues y sont plus larges, les gens différents, surtout *davantage de lumière*. Les longues enfilades de rues, les axes qui rayonnent au loin ; j'arrive ensuite à l'endroit où le métro se glisse hors de terre, plus loin une illusion d'optique me donne l'impression que les rails jaillissent vers la lumière. Je m'engage dans la rue transversale familière, c'est une rue totalement dépourvue de boutiques, on y trouve, en revanche, une clinique d'accouchements privée et sans doute d'un prix exorbitant. Je dépasse celle-ci, prends la première rue à gauche au croisement, elle est pleine de verdure, les immeubles résidentiels, très élevés, fort discrets, y sont même précédés de jardinets, il y a des enfants heureux, j'entends leur rire. L'air est rempli de gazouillis, de vagues trilles évoquant l'oisiveté, discrétion assurée. Le hall d'entrée de l'immeuble de Laurence est aussi vaste que celui d'un grand hôtel, il débouche sur une série de cages d'escaliers, je cherche son nom parmi ceux des nombreux locataires, appuie sur le commutateur, voici sa voix dans l'interphone, je me dirige vers l'ascenseur.

La porte de l'appartement de Laurence est entrebâillée, bonjour Laurence. On entre dans une pièce spacieuse, haute de plafond, où règne pour l'instant une demi-obscurité, elle contient un grand lit, une table en verre et des armoires à l'arrière-plan, sur la table des colifichets variés, des verres, des carafes, aux murs sont accrochées de gracieuses reproductions de papillons, une petite porte donne sur l'office. La lumière de l'après-midi pénètre, tamisée, à travers les interstices des stores baissés. Laurence porte une robe trois quarts qui lui descend bien au-dessous des genoux et lui sied mal, elle arbore son sourire à demi vietnamien. Ça va bien ? interrogent le sourire et la voix qui à mon avis est un rien chinoise.

La rue tranquille avec ses gazouillis d'oiseaux et ses rires d'enfants résonne encore à mon oreille, mes yeux papillotent dans le demi-jour de la pièce, savourant à l'avance ce crédit de bonheur que je m'apprête à dépenser, personne au monde, me dis-je, ne sait en ce moment où je me trouve et toi non plus, Beat.

Dans sa robe de cocktail, Laurence n'a pas l'air spécialement sexy, disons plutôt soignée et vraiment très respectable. Nous buvons un peu, assis côte à côte, de façon parfaitement correcte, sur le grand lit garni d'une courtepointe en patchwork, dans le clair-obscur de la pièce dont la fenêtre ouverte aux stores baissés laisse entrer les rumeurs de cette fin d'après-midi. Les sirènes d'une ambulance se mêlent au bruit de fond, dans le lointain, on devine déjà la marée vespérale, le vacarme de l'heure de pointe.

Assis sur le lit, nous fumons, trempons les lèvres dans nos verres, bavardons, Laurence a pris le ton ultra-cérémonieux d'une maîtresse de maison, sa voix a un timbre nasal que j'attribue au fait que son père est asiatique, et qui me semble exprimer ce qu'il y a d'impénétrable en elle. Laurence est eurasienne.

Tu l'as déjà dit et répété, déclare Beat, d'accord, elle est eurasienne. Et alors ? En ce qui me concerne, elle pourrait aussi bien être hottentote.

Elle porte des collants et un soutien-gorge de marque Dior, dis-je en guise de réponse. Voudrais-tu avoir son adresse ?

Tu es primo un raciste, secundo un machiste, et tertio un m'as-tu-vu, dit Beat, ce n'est pas seulement la hargne que je lis sur son visage, sous le masque de la hargne se cache le voyeur qu'il est en fait.

Je dis : Beat, dis-je, la vérité c'est que tu es jaloux, et cela parce que tu n'oses pas fréquenter toi-même ce genre de maison. Tu trouves que c'est vieux jeu, bourgeois, réactionnaire, et donc facho – mais peut-être as-tu tout simplement peur d'être contaminé, espèce de maniaque de l'hygiène ? De toute façon, je me fiche de tes conseils, je peux très bien me passer de ta caissière. Cette idée d'aller pêcher une caissière, de la sortir dans le seul but de la fourrer dans son lit et de se la garder au chaud, en attendant mieux, c'est pour moi de l'hypocrisie. Il me faudrait feindre des sentiments que je n'ai pas, et ce faisant, je ne pourrais m'empêcher de me dire que toutes ces invitations au restaurant, au cinéma, ne sont qu'une manière de l'acheter. Avec Laurence, au contraire, on ne parle jamais d'amour, on le fait, et ça n'empêche pas d'éprouver toute sorte de sentiments. Sans compter que l'amour *vénal* me paraît, quand il est bien fait, d'une beauté sans prix, un peu comme un présent. Vive la France et vive feu l'Indochine, vive cette grande culture, car tant de tact et de savoir-faire ne s'expliquent que par la culture. Comprends-tu maintenant pourquoi je suis prêt à renoncer à tout notre noble patrimoine culturel, y compris la gent littéraire et artistique ? pourquoi je m'en contrefous ? La culture, elle doit faire ses preuves dans la vie de tous les jours, par exemple au bordel, sinon elle ne compte pas, dis-je à Beat.

Je songe par-devers moi : il est impossible de rien savoir et encore moins de parler de choses comme le sexe. Si je savais, je n'aurais plus ou j'aurais moins souvent envie de le faire. Ou on en parle, ou on le fait. Si moi je le fais, c'est parce que je ne parviens toujours pas à comprendre ce qui se cache là-dessous. Vas-y toi-même, fais-le toi-même et fiche-moi la paix, dis-je à Beat dans mes pensées.

Je branche la radio.

PRENDS-MOI, FAIS-MOI NAÎTRE A LA VIE, criais-je en m'adressant à la ville, mais j'avais beau crier elle restait de glace, sourde à mes appels. La ville, maintenant, me semblait souvent d'une beauté glaciale, réfrigérante ; peut-être projetais-je en elle ma panique, cette froideur, cette impassibilité étaient-elles le reflet de mon propre état d'âme, du sentiment d'étrangeté qui était le mien.

J'étais pourtant venu maintes fois à Paris, dès mon enfance, lorsque ma tante qui y avait passé la guerre nous envoyait chercher, tout heureuse d'avoir survécu, et plus tard pour de multiples visites éclairs et de courts séjours professionnels. J'étais toujours venu avec l'idée de refaire le plein, de me replonger aux sources. Mais cette fois, mon but était de rester ; j'avais abandonné mon foyer, en Suisse, quitté ma femme, ma famille, mon pays natal et cette ville immense s'était refermée sur moi comme un piège. Paris faisait désormais partie de ma vie quotidienne, mais que faire de cette vie pétrifiée, absolument insaisissable, en l'absence de toute routine qui eût pu me protéger en m'occupant.

Plus question d'aller trouver refuge chez quelqu'un de connaissance, j'étais entouré d'un océan de maisons, mais je n'avais pas d'ami, juste la concierge ; la découverte de Paris ne me tentant plus, Paris lui-même avait soudain perdu pour moi sa raison d'être. Je ne flânais plus, je me claquemurais, je fréquentais un café que j'appelais *le café triste*, un oiseau, c'était je crois une corneille, y sautillait sur le zinc, près de moi il y avait un couple d'Anglais occupés à dîner, puis à étudier le plan de la ville, à l'arrière-plan le propriétaire regardait la télévision en famille, et moi je songeais qu'il me faudrait bientôt rentrer et qu'en vérité rien ne m'attendait chez moi hormis la solitude.

Il n'était pas question d'écrire, face au passé je courbais le dos, face à l'avenir j'étais paralysé, les choses de la vie avaient perdu toute valeur, l'argent ne tarderait pas à manquer, de tous les recoins l'angoisse rampait vers moi comme une vermine.

J'étais incapable d'entreprendre quoi que ce soit, dans un véritable état de catalepsie. L'inactivité ne tarda pas à me torturer, puis à me plonger dans la panique. Le caractère ô combien réel de mon sentiment d'insécurité, de mon apathie, surgissait brusquement à ma conscience. Ce n'est pas, me disais-je, un simple accès d'humeur, une indisposition passagère, ça correspond vraiment à ta situation présente, le fait de m'être expatrié m'apparaissait soudain sous un tout autre jour : qu'adviendrait-il, me demandais-je, si mon état apathique persistait, s'il s'agissait de ce que les psychiatres désignent sous le nom de *dépression endogène* ? L'idée s'insinuait en moi comme un venin, me tenaillait et j'en venais à redouter que quelque chose se soit déglingué dans ma tête. Cette appréhension me poursuivait, je pouvais à grand-peine la maîtriser, je sentais les murs se resserrer autour de moi.

Qui sait si cette dépression endogène ne me tenait pas d'ores et déjà dans ses griffes ? Au début c'est une simple autosuggestion mais il suffit qu'elle tombe sur un terrain favorable, en l'espèce un esprit désarmé, perméable, et cela devient une peur superstitieuse, l'idée fixe, le poison circule dans mes veines, je ne suis déjà plus capable de juger par quoi, l'idée fixe ou le symptôme, tout a commencé, je guette, hypnotisé, l'apparition de nouveaux signes.

Qui sait si ce n'était pas malgré moi que j'avais rompu mes attaches, si cette rupture n'était pas en fait un contrecoup, une manifestation de cette dépression endogène qui couvait – depuis combien de temps ? – en moi, une maladie ;

je n'avais coupé les ponts, ne m'étais expatrié que contraint et forcé ? Qu'en était-il de mes dernières visites à Zurich, de cette obstination que j'avais mise à me dérober par le silence, s'agissait-il de fragiles planches de salut que j'avais ratées, laissées passer ?

Peut-être l'idée de mon insécurité avait-elle simplement attendu pour me terrasser le moment où je me trouvais le plus démuni ; mais ne vais-je pas, songeais-je une fois encore, succomber corps et biens à cette apathie mélancolique. Il faut que je prenne sur moi, que je fasse attention, je ne puis me laisser aller ainsi, me persuadais-je, mais la panique s'était déjà répandue comme un incendie. Suis-je malade ? Mon caractère mélancolique, cette vieille peur que j'ai de l'ennui, du vide, cette fureur de vivre par laquelle elle se manifeste, étaient-ils, sont-ils depuis toujours les symptômes de mon mal ? Et ma capacité d'enthousiasme, le dynamisme contagieux que l'on s'accorde à me reconnaître, s'agissait-il là aussi de moyens de défense contre la léthargie, la dépression qui couvait en moi ?

Ai-je toujours vécu dans une prison, dans un dangereux isolement intérieur ? Les femmes font-elles partie elles aussi de ma névrose d'angoisse : un subterfuge pour échapper à ce profond repliement sur moi-même ? Mon entrain, mes accès d'euphorie, mon exubérance, une révolte désespérée contre la maladie et le risque d'anéantissement qu'elle comportait ? Et maintenant dans ce piège que je m'étais tendu délibérément et qui avait nom Paris, tout éclatait.

Il y avait ces deux pièces affreusement délabrées et où le bric-à-brac s'accumulait, il y avait cette conscience d'être impuissant, au sens clinique du terme, à modifier cet état de choses. A l'extérieur, la ville, cet autre emmurement volontaire.

Me voici, constatais-je, semblable à Florian, pire encore que lui. Les livres que j'avais écrits jusqu'ici m'apparaissaient soudain auréolés d'un effort gigantesque. Si ces entreprises étaient surhumaines, c'est parce qu'elles constituaient des tentatives désespérées en vue d'échapper à la dépression insidieuse, voire à l'aliénation mentale et à l'impression que la vie était en train de s'éteindre ou que je n'arriverais plus jamais à la rattraper, à cette sensation d'étouffement, presque d'hypnose ; quant aux livres, ils faisaient partie intégrante de ma lutte ininterrompue contre cet état de choses. Il s'agissait de moyens d'autodéfense, de réanimation, oui, c'est ainsi que je les voyais. Compte tenu de la présence de la maladie, à l'arrière-plan, mes livres m'apparaissaient comme une entreprise titanesque. Comment en étais-je venu à bout, comment avais-je réussi à les écrire !

Prends-moi, fais-moi naître à la vie, c'est ce que je chuchotais à la ville, lorsque je réussissais à me ressaisir, à m'évader de ma chambre-alvéole et à courir jusqu'à la prochaine station de métro pour me faire transporter hors de moi et de chez moi. Je descendais à la station Cité et longeais Notre-Dame en direction de l'île Saint-Louis. Tout m'était familier, les rues si belles et dont le tracé suivait la configuration de l'île, les ponts, la Seine, les monuments que l'on aperçoit depuis les ponts, en amont et en aval du fleuve, les berges avec leurs murs de soutènement, les arbres qui se dressent tout contre la maçonnerie, tout était là, je le savais, mon cerveau me le disait mais désormais, tout était figé, un simple plan en relief, une Seine de carton-pâte avec des bruits de fond artificiels et des décors en guise de bâtiments.

Tout en marchant, je versais des larmes invisibles, si je n'étais plus capable de prêter vie à ce qui m'entourait, c'est que j'étais moi-même mort, je rôdais comme un voleur, absorbé par le seul souci que nul ne vienne à découvrir mon état de cadavre ambulant, pour ne pas être pris sur le fait et arrêté. Le monde que foulaient mes pieds était fait de verre, c'était un paysage lunaire et je savais que je n'en trouverais jamais plus d'autre.

Je meurs de froid. Ce froid me fera périr ; tout est bien ainsi, songeais-je en regagnant mon domicile. Cette ville glaciale te tuera ou elle te ressuscitera. Toutes les issues se sont refermées, il ne te reste plus qu'à rentrer de plus en plus loin à l'intérieur de toi-même. Où donc, par pitié, où aller ? demandais-je. *Dans la forêt*, répondit une voix. Et soudain je songeai au malheureux Stolz*, ce jeune homme qui me ressemblait comme un frère et qui avait péri de froid dans la forêt hivernale du Spessart. Jamais il n'avait encore dépassé *l'orée* de la forêt, et lorsqu'il y pénétra pour la première fois, il lui fut impossible d'en ressortir. Ce jeune homme, qui voulait découvrir la vie, s'était installé dans une ferme solitaire du Spessart, afin de s'y consacrer à un ouvrage, il croyait que l'isolement et le silence lui seraient propices. Mais il n'en fut rien, la somnolence le gagnait de plus en plus dans cette maison forestière presque coupée de tous contacts humains, au milieu de cet exil volontaire et qui se révélait un piège. Il ne s'était, en vérité, jamais intéressé à grand-chose jusqu'alors, mais voici que la léthargie qui couvait en lui était devenue une maladie et l'avait plongé dans le sommeil. Le fait qu'il fût mort de froid, après avoir perdu son chemin et marché jusqu'à l'épuisement dans la forêt hivernale, ne constituait que l'épilogue physique d'un mal auquel il avait spirituellement succombé depuis longtemps. Cette forêt silencieuse l'avait cerné toute sa vie, elle l'avait forcé à ce tête-à-tête avec lui-même, mais il n'avait pénétré ni dans la forêt, ni à l'intérieur de lui-même.

La voix donc m'avait susurré d'entrer *dans la forêt*. Dans quelle forêt ? Celle où se terrait cette fameuse léthargie. Il s'agit d'y pénétrer par le biais de l'écriture, me disais-je, il me faut entrer au cœur de mon angoisse. C'est cette investigation qui sera ma tâche quotidienne, mon arme pour combattre la ville, je n'en ai pas d'autre. Je filerai mon cocon, puis je le briserai.

Prends-moi, fais-moi naître à la vie. Si je réussis à surmonter l'angoisse, à pénétrer par l'écriture dans la forêt, à me cramponner à l'écriture, à ne pas lâcher prise, si je parviens à trouver ainsi le chemin vers moi-même et vers la vie, ce ne sera pas une simple survie mais une vie nouvelle, celui qui sortira de l'épreuve imposée par cette ville sera un homme nouveau. C'est une dure école que celle-ci, elle

---

* Héros d'un précédent roman de Paul Nizon, *Stolz*, Actes Sud, 1987 (traduction de Jean-Louis de Rambures).

peut anéantir comme elle peut guérir. Elle sera ton initiatrice.

Je me mis à songer à tous ceux qui m'avaient précédé en ces lieux, et que la ville avait délivrés, chacun à sa manière. Je songeai à George Orwell qui y avait fait l'apprentissage de la faim et de la misère, je songeai au jeune Hemingway qui avait affronté par l'écriture son traumatisme de la guerre, il avait écrit l'histoire de son alter ego Nick Adams que la peur faisait grelotter sur le front de la Piave et qui se forçait à pêcher dans le fleuve de ses pensées, pendant ses nuits d'insomnie, de crainte que son âme ne vienne à le quitter s'il s'endormait. Je songeai à Henry Miller qui s'était affranchi de son cauchemar américain et de son impuissance créatrice, il avait vraiment réussi à forcer la porte en écrivant ! Je songeai à ceux à qui l'on avait volé leur patrie, aux fugitifs, Joseph Roth et Walter Benjamin qui avaient fini certes par se suicider, l'un à l'absinthe, l'autre par le poison au cours de sa fuite devant les nazis. Avec quelle indifférence souveraine, quelle élégance n'avaient-ils pas fait front, à l'époque, contre la «ville» et ses périls.

Je songeai au malheureux Vincent Van Gogh qui en arrivant n'était qu'un paysan mal dégrossi, un broyeur de noir et qui avait découvert à Paris la lumière du jour au sens littéral du mot et l'orgie des couleurs. Je songeai à sa ténacité, non, à sa lutte pour la vie et à sa personnalité si étrangère à l'ambiance parisienne, ce prosélytisme, cette folie missionnaire. Je songeai à lui et un jour, ayant découvert la maison du cinquante-six rue Lepic où il avait vécu avec son frère Théo, je crus même le voir en personne venant de la place Blanche, ou de la Butte, sous le bras une toile encore humide et parcourant ces mêmes rues.

Je songeai alors à Sandro Thieme, le peintre allemand dont j'avais fait la connaissance à la fin des années cinquante. Il comptait quelques années de plus que moi, avait fait la guerre et après un court apprentissage auprès de Baumeister à Stuttgart, il s'était installé directement à Paris. Si nous avions fait connaissance c'était parce que la danseuse avec laquelle il vivait était la sœur de celle qui, dans ce temps-là, était mon épouse et lorsqu'ils venaient tous les deux nous voir à Berne, j'avais l'impression en me comparant à eux de ne pas être en vie, mais au fond d'un moule, en train de faire des pâtés de sable ; sans même s'en donner la peine, ils prenaient à mes yeux une envergure internationale, l'air qu'ils respiraient était celui de la liberté. J'avais à l'époque une chronique régulière de critique d'art qui me valait d'être envoyé de temps à autre à Paris ; lorsque j'arrivais, à l'aube, gare de l'Est, je sautais dans un taxi et me rendais chez Sandro qui demeurait à Montparnasse, très exactement rue de la Tombe-Issoire. Il habitait au fond d'une cour un pavillon qu'il avait arrangé avec amour, on y trouvait non seulement un atelier, mais une salle de séjour, et même une cuisine, et une cabine de douche avec eau froide et chaude. Ces commodités, Sandro se les était procurées en se branchant directement sur le réseau urbain. Il y avait également une alcôve située en haut d'une plate-forme aménagée dans l'atelier et à laquelle on accédait, si l'on n'était pas sujet au vertige et à condition de prendre son courage à deux mains, en grimpant par un escalier en colimaçon aux marches minuscules ; tout se présentait en modèle réduit, la douche mesurait au grand maximum un demi-mètre carré, la cuisine guère plus, la salle de séjour rappelait une cabine de bateau avec ses meubles encastrés les uns dans les autres comme les pièces d'un puzzle, il fallait vraiment avoir des dispositions d'homme-serpent pour se faufiler à travers ceux-ci, mais les sièges, une fois assis, étaient solides et même confortables.

L'atelier lui seul donnait une impression spacieuse, il était haut de plafond, et même clair, grâce à ses larges baies, en dépit des instruments, des accessoires, bref, de tous les sédiments accumulés au cours d'une longue vie d'artiste et qui l'encombraient à ras bord. Ce pavillon était entouré d'une clôture qu'une étroite sente séparait d'une autre clôture, derrière laquelle il y avait une baraque un peu plus moderne. C'est là qu'habitait, en compagnie de son amie créole et de son chien, le voisin de Sandro, un Américain venu comme pianiste avec une gigantesque voiture américaine, de l'argent et, comme il se doit, un piano, mais qu'un usage de plus en plus immodéré d'alcools et de stupéfiants avait fait depuis lors péricliter. Il avait réussi à garder encore un certain temps, en tant qu'objet de prestige, son impressionnante voiture, mais celle-ci n'était plus à la fin qu'un simple monument, le moteur ayant été démonté et vendu. De mon temps, avait elle déjà cessé d'exister, mais le piano était toujours là, semble-t-il, quoiqu'il restât le plus souvent muet ; quant à la belle créole, elle bavardait parfois d'une clôture à l'autre avec l'amie de Sandro, la scène faisait penser un peu au tableau de Gauguin où l'on voit une femme comme celle-ci près d'une palissade et dont le titre est *Bonjour, Monsieur Gauguin*.

Sandro faisait du figuratif en pleine période tachiste, il y avait dans ses toiles un grain de surréalisme : femmes-arbres dont les membres s'étalaient recouverts d'épines dans des postures monstrueuses, voire obscènes. Longtemps il avait traité ces fantasmes selon une technique inspirée des anciens maîtres et dans un esprit que l'on aurait pu qualifier, malgré le caractère choquant des sujets, de philosophique. Sous la chaleureuse influence de sa compagne, celle-ci l'obligeait à l'avouer, il s'était mis par la suite à exécuter des natures mortes à l'aspect moins épineux et qui, lorsqu'on les comparait aux anciennes œuvres, proches de Hieronymus Bosch, avaient quelque chose d'italien.

Elle lui disait : «mon soleil», le dorlotait, le considérait comme une sorte de chérubin. Il était de taille élevée, un type noueux, et qui ne manquait pas d'allure avec ses larges épaules, surtout lorsqu'il avait enfilé une veste ; grand, maigre, dolichocéphale – sa femme proclamait pour le faire mousser qu'il avait une tête d'Egyptien. Sandro avait un front dur et élevé qui faisait presque penser à une paroi rocheuse, avec des yeux très enfoncés et ourlés de longs cils. Sous cette voûte oculaire, il vous contemplait d'un air sévère, presque méchant, un peu comme le font les muets ou les anormaux. Il arrivait cependant que le visage se radoucît, cela commençait par les yeux, les joues et la bouche devenaient à leur tour toutes molles, on voyait poindre enfin un rire craintif qu'il semblait aspirer tout droit dans son sinus, si bien que l'on ne pouvait s'empêcher de songer : tiens, il est en train de rire là-haut. Il obtenait cet effet en repoussant son rire, tout en branlant du chef, à la manière d'un marabout, à l'intérieur de son front où il finissait par expirer sans qu'on l'entende. Sa bien-aimée avait décidé de le modeler à son goût, elle ne cessait de le morigéner, il n'était pas seulement son poupon, mais sa créature, peut-être espérait-elle devenir un jour sa muse. Dès qu'il se mettait en colère, elle s'empressait de le calmer en l'appelant «mon soleil», «mon Egyptien», c'en était gênant pour les personnes présentes.

Le caractère craintif de Sandro se manifestait également dans sa démarche. Lorsqu'on l'accompagnait dans la rue, on avait l'impression qu'il faisait de l'équilibre sur la pointe des pieds, le long d'un précipice. Il parlait rarement de la guerre, mais je savais qu'il avait participé à la bataille d'Angleterre, en qualité de radiotélégraphiste puis, la Luft-waffe ayant dû par manque de combustible réduire ses effectifs, une partie de ceux-ci avait été reversée dans l'in-fanterie, et c'est ainsi qu'il s'était finalement retrouvé à Monte Cassino et avait réussi à survivre à cette bataille. Il m'avait raconté le cas de soldats brandissant une jambe pen-dant des heures hors de leur trou ou de leur tranchée, dans l'espoir de la voir touchée ou arrachée et d'échapper, par le biais de l'hôpital, à l'enfer. Il m'avait également décrit com-ment ils s'étaient débarrassés d'un officier particulièrement odieux. Ne sachant qu'inventer pour brimer ses hommes, celui-ci avait l'habitude d'aller, la nuit, inspecter les senti-nelles à l'improviste, en surgissant tel un fantôme afin de les surprendre au moment où ils violaient quelque consigne ; c'était la raison pour laquelle ils l'avaient descendu sans autre forme de procès. Tous en chœur, ils avaient répondu à son «qui vive ?» en appuyant sur la gâchette, et il avait été impossible par la suite de découvrir qui avait tiré la balle mortelle. Sandro avait déserté le front à Monte Cassino, il s'était laissé dériver sur la mer dans un tonneau, avait réussi à traverser l'Italie du Nord occupée, puis l'Allemagne. Lorsque la guerre avait pris fin, il vivait caché dans la cave de sa mère au fond d'une bourgade de Bade-Wurtemberg.

Il avait une certaine réputation, parmi les initiés, deux critiques français de renom lui avaient décerné des louanges, il extirpait de temps à autre leurs articles de son portefeuille et les tenait à la manière d'un livre de psaumes. Je me demandais quelles chaînes pouvaient bien le retenir à Paris, il ne faisait partie d'aucune coterie. Je n'arrivais pas à sympathiser avec Sandro, il était humainement parlant un infirme, mais il ne m'en impressionnait pas moins. Je le considérais un peu comme une araignée tapie sur sa toile, ce n'était pas tant de proies que de preuves qu'il était à l'affût, et celles-ci étaient destinées à étayer sa vision pessimiste de la vie. Il les collectionnait comme autant d'arguments religieux à l'envers. Il citait le cas d'un couple âgé dont il avait observé longtemps le comportement, de la fenêtre d'un de ses amis. La façon qu'avaient les deux vieux de se retirer à l'heure du thé, de s'apprêter comme pour accomplir un rite avait éveillé sa curiosité. Ce qu'il avait fini par découvrir au bout de ses jumelles semblait fait exprès pour son musée des incongruités : les vieux ne s'asseyaient pas à table, mais au chevet d'une poupée nue, grandeur nature, exposée sur un catafalque et dont le visage et les organes génitaux étaient violemment fardés, c'est ainsi qu'ils buvaient leur thé, l'air fort digne, non point, certes, directement sur les membres, mais aux pieds et à la tête de leur fétiche. Sandro n'avait pas la vie facile à Paris, il semblait douteux qu'il pût jamais y faire son chemin. L'admiration de sa compagne elle-même avait l'air de flancher, son prosélytisme s'était visiblement relâché.

A la fin de sa vie, Sandro avait trouvé une stratégie qui, croyait-il, lui ouvrirait les portes de la réussite. Il s'était mis à peindre des portraits et un cercle d'acheteurs s'apprêtait semblait-il à le reconnaître, en particulier en Allemagne. Il avait fait l'acquisition d'une voiture et se rendait souvent dans la région de Stuttgart où des commanditaires cossus étaient prêts à payer au prix fort un portrait de Thieme. Mais un jour, au cours d'une de ces randonnées à travers la France hivernale, il eut un accident. Dans un virage verglacé, il perdit le contrôle de sa voiture qui alla percuter un arbre. Le klaxon s'étant coincé perça longtemps de son hurlement affreux la nuit d'hiver, tandis que Sandro, sans la moindre blessure apparente, gisait mort sur la neige.

Pourquoi était-il venu à Paris ? Il avait sûrement rêvé d'y réussir en tant que peintre. Il aimait Picasso, peut-être avait-il voulu suivre ses traces. Mais Picasso n'était plus là, il faisait partie de l'Olympe et le Paris où Sandro avait débarqué était devenu la chasse gardée des Wols, Fautrier, Soulages, Dubuffet, Mathieu, et des émules d'Yves Klein ; il ne s'y trouvait plus rien qui eût pu l'accueillir, le stimuler, le fouetter. Il avait quelques copains mais pas d'ami, il connaissait un marchand de tableaux, directeur d'une galerie de la rue de Seine, chez qui il pouvait au besoin tirer la sonnette. Quel rôle jouait la ville dans sa vie ? Il l'aimait à en mourir et n'en parlait pourtant jamais ; il chérissait le refuge qu'à lui comme à tant d'autres elle avait procuré avec de surcroît cette liberté illimitée, et parfois terrifiante.

Il fallait qu'il l'eût aimée, cette ville, cette tour de Babel invisible mais omniprésente. Oui, il s'était probablement conjuré avec cette tour, il avait œuvré en secret à la construction de cet édifice dont les fondations reposent dans les ténèbres les plus opaques et dont le faîte disparaît dans le mystère du futur ; assis sur l'une des innombrables corniches, il avait sculpté des chimères dans la pierre, prêtant l'oreille aux chuchotis et aux fracas du chantier, à cette symphonie qui mêlait les voix surgies d'un passé immémorial, les murmures des prophéties et les balbutiements du devenir, un ronflement semblable à celui d'essaims d'abeilles ou de nuées d'oiseaux invisibles, le grondement des fleuves, les bruissements de la poussière en train de tomber, des gravats en train de pleuvoir ; et le vacarme du chantier ; bruits de rut et marques de la folie ; hennissements de coursiers et chevauchées fantastiques, souffle des revenants.

Non, je ne pouvais préciser ce qui avait pu retenir Sandro à Paris, je n'en savais rien, j'étais dans la même ignorance sur mon propre cas, prends-moi, fais-moi naître à la vie, mon comportement était celui d'un amoureux éconduit et qui attend d'être agréé. J'étais un soupirant éternellement repoussé, mon amour irréfléchi allait sans doute me faire crever. Dehors, dans la rue, au milieu de la bousculade, de la marée vitale, je retrouvais ma verve et ma sérénité, j'étais dans le coup, en plein dans la ville, fondu, amalgamé à celle-ci, englouti certes dans les flots de la multitude, mais en faisant partie, y participant.

En rentrant chez moi, en retrouvant mon domicile, je cessais d'exister, faute de pouvoir recréer cet universel coude à coude, cette sensation d'être tenu par la main, cette symbiose. Ce n'est qu'à travers la fusion éphémère que j'avais le sentiment d'être présent : rédimé par une sorte d'amour, sauvé de la malédiction, de l'esseulement. Délivré des affres du déboussolement.

Oui, je me trouvais dans cette chambre-alvéole, au fond d'un minuscule appartement situé rue Simart, dans le 18e arrondissement, mais où était-ce ? Où donc dans la ville, dans l'univers ? Je le savais de moins en moins. Moi à Paris ? à Paris, en France, en Europe, sur la terre, dans l'univers ?

J'étais celui qui disparaît, un pou, un atome, et cet ici menaçait de m'effacer à tout moment, je risquais à tout moment d'être rejeté dans un néant si ténébreux que nul fil d'Ariane, nulle science topographique ne parviendraient jamais à l'éclairer. Quand je parcourais la ville, le soir, dans le bus éclairé, serré contre tous ces gens qui rentraient du travail, au milieu des effluves dégagés par les vêtements et par les corps, coincé entre les lecteurs de journaux, des femmes écrasées elles-mêmes par des cabas bourrés à ras bord, et qui sait s'il n'y en a pas une de jolie, de provocante parmi elles ; un jour, ce fut une femme de couleur extraordinairement séduisante, avec sa jupe serrée à hauteur des genoux et sa veste soulignant les épaules, la chevelure tirée d'un seul côté vers l'arrière et dégageant la tempe correspondante, ses yeux semblables à de sombres pierres précieuses baignaient dans l'écrin d'albâtre de la sclérotique, frémissaient sans y répondre au moindre contact d'un regard étranger, ses oreilles aux sinuosités infiniment précieuses étaient ornées de lourds pendentifs d'argent qui de leur poids tiraient les lobes vers le bas, ruisselaient, tintinnabulaient au plus léger mouvement de la tête ; assise dans ce bus bondé, elle semblait absolument absente, on l'eût crue dans une vitrine, lorsqu'elle se leva et s'éclipsa, une grosse femme s'affala à la place libre, créature blême, occupée à rattraper continuellement son sac à provisions qui glissait le long de ses jambes courtaudes ; à travers le vacarme du moteur, les bruits de marche berceurs et qui créaient une forme particulière de silence, mon oreille percevait les conciliabules insistants d'un groupe de Noirs, c'était un babillage insouciant et bon enfant (du moins c'en avait l'air), à l'intonation gutturale, avec de brusques changements de timbre, une reconversion de la voix en un piaillement strident d'oiseau, comme si elle était prise d'une subite défaillance ; assis sur la banquette en face de moi, des Arabes, visage mal rasé, l'air sombre et farouche ; quand je traversais la ville en autobus, selon mon trajet habituel, et que, tout en rêvassant, je pressais de temps à autre ma joue contre la vitre, afin de saisir au vol un nom de rue, celui d'un arrêt, Vauvenargues, Pont Cardinet, les noms défilaient, et moi, j'écarquillais les yeux à la recherche d'un point de repère qui me permît de situer le nom en question, ah voilà, *la clé au juste prix**, une inscription aux caractères allongés en cou de girafe sur l'entrée badigeonnée en bleu-vert d'une minuscule boutique, depuis le temps, me disais-je, que je veux aller voir celle-ci de près, je ne suis pourtant jamais descendu, question de paresse, mais l'image de ce coin de rue s'imposait soudain à ma rétine, l'aspect qu'elle avait le matin, il me revenait à l'esprit qu'à cet endroit précis de cette rue insignifiante, quelque chose m'avait interloqué ou captivé, il y avait ici dans l'air quelque chose qui me concernait, faut

* En français dans le texte.

que tu ailles examiner ça de plus près, me dis-je, mais déjà nous avions dépassé l'avenue de Saint-Ouen, puis l'avenue de Clichy, soudain, l'image de la place Clichy se dessina dans mon œil intérieur, avec le café Wepler dont parle Miller, je connaissais très bien ce coin, c'était à environ trois quarts d'heure de marche de chez moi, j'étais souvent, naguère, allé me promener jusqu'à Clichy, je descendais la rue Caulaincourt, longeais le cimetière de Montmartre dont on pouvait apercevoir les lugubres chapelles funéraires à droite et à gauche du viaduc, des deux côtés, le royaume des morts ; toujours dans mon autobus, je chassais de ma vue Clichy avec les alignements de bourriches d'huîtres devant les restaurants et les embouteillages presque perpétuels autour du monument, j'étais plongé pour le moment dans la contemplation de deux juifs barbus agrippés chacun à une poignée près de la porte et qui faisaient des soubresauts de pantins, tout en conversant sur un ton animé, ils n'ôtent donc jamais ces sombres chapeaux à bord étroit, toujours ces barbes, ces mêmes manteaux d'une coupe sévère qui font penser à des kaftans, songeais-je, et si ça se trouve, ils exercent une profession absolument banale, vraiment, dans cette tenue : ecclésiastique ? c'est un peu une double vie ; j'épiais leur mimique si bizarrement expressive, presque inspirée, ils ne s'arrêtaient pas de discuter tout en oscillant dans tous les sens, de quoi pouvaient-ils bien parler; de temps à autre, ils se mettaient à rire comme s'il était question d'une bonne plaisanterie ; et moi, je songeais, c'est la énième fois que je fais ce trajet, je ne cesse de repaître mes yeux du même spectacle, et ne puis cependant prétendre à une connaissance, tout juste à une reconnaissance absolument superficielle, *la clé au juste prix*, l'image que les différents voyageurs de ce bus se font du même coin de rue est tout compte fait infiniment variée, il y a autant d'images que de paires d'yeux, la rue m'apparut soudain comme un territoire impénétrable, une Afrique Noire digne de Stanley et Livingstone, condamnée à rester vierge, insondable, et du fond de cette jungle mystérieuse, tous ces yeux qui projetaient une vision perpétuellement différente,

à perte de vue, je ne voyais que cavités, déchirures, une rue
déchiquetée par tous ces faisceaux lumineux, découpée en
ombre et lumière, en ondes sonores et qui portait cependant
pour tous le même nom : rue Guy-Moquet, par exemple, qui
était ce monsieur, un nom finit par déteindre sur une rue,
rue Guy-Moquet (écrit également Mocquet), vue par les
yeux des deux juifs, ceux de la femme dont le cabas glissait
continuellement, des Arabes plongés dans leurs ruminations ;
je me souvins soudain du passage des *Neiges du Kili-
mandjaro* de Hemingway où l'Américain, souffrant de sa
gangrène et résigné à la mort, un écrivain, imagine tout ce
qu'il eût voulu encore écrire, les meilleures choses il les
avait remises à plus tard mais désormais, il ne les écrirait
plus jamais ; évoquant ces choses, ces sujets qu'il avait ren-
voyés aux calendes grecques, il citait en priorité et à mon
étonnement, à ma stupéfaction, une fadaise, il évoquait le
glouglou des caniveaux, les senteurs et les rumeurs de la
place de la Contrescarpe, tels que son héros et lui-même les
avaient gardés en mémoire, depuis l'époque où il avait
commencé à écrire, à deux pas de la rue Descartes, près du
Panthéon ; l'édition originale de ses sentiments d'autrefois !
C'est vrai, songeais-je, tandis que le bus poursuivait son
chemin, il est impossible de rien appréhender, en tout cas
pas avec les mots, et en connaissance de cause, peut-être à
la rigueur dans le rêve ; il fallait bien que ce fût en nous,
puisque dans les moindres détails nous gardons tout mais
nous n'y touchons plus jamais, sauf dans le sommeil,
songeais-je ; et brusquement c'est la place de la Contrescarpe
qui m'apparut ; d'un bond, mon imagination me transporta
du lieu où se déroulait mon trajet en bus jusqu'au quartier
du Panthéon ; l'atmosphère rare, cartésienne, qui règne autour
de ce temple de la pensée aride et de la raison rigide,
une atmosphère réellement plus sèche, plus affinée qu'ici
où tout pue, dégouline et baragouine ; juste derrière, la charmante petite place débraillée avec ses clochards sous les
arbres, ses étudiants et ses amoureux aux terrasses des cafés,
la place d'une bourgade provinciale, au fond ; et tout près,
la maison où mourut Verlaine et écrivit Hemingway ; du

Panthéon, il n'y avait qu'un saut de puce jusqu'au jardin du Luxembourg, et ses foules oisives dans cette ombre bigarrée que les arbres, ceux surtout qui sont fastueusement taillés, projettent sur le sol couvert de sable brunâtre, ah ! pouvoir musarder sous ce dais arborescent, en compagnie des bouquineurs, des rêveurs, des palabreurs, assis sur les sièges de fer antiques et touchants, épaves d'un mobilier de jardin que tout le monde a le droit d'utiliser à sa guise ; angelots et idoles jouent à cache-cache dans les bosquets, des chevaux de bois et, *«de temps en temps, un éléphant blanc»**, une fontaine, le masque d'un penseur, «*Ami, si tu tombes, un ami sort de l'ombre à ta place»***, avertit un monument ;

en descendant le Boul-Mich et en traversant le pont qui mène à l'île Saint-Louis, les maisons le long du quai Bourbon ont des allures de palais campagnards, vastes cours pavées ornées d'arbres ; dans les arbres, des statues, bronzes plus grands que nature, enchâssés dans le porche, les lourds battants de bois du portail, et à l'extérieur, les parapets du quai, je les effleure de la main, tout en flânant, le trottoir s'est rétréci, une étroite plate-forme, je me penche par-dessus le remblai, là en bas, au bord de l'eau, la berge pour les chiens, les amoureux, les pêcheurs, parfaitement, et les clochards ; j'en ai vu un, récemment, allongé sur un banc, déguenillé, il dormait et à travers son pantalon, l'urine s'écoulait, formait une rigole sous le banc, se répandait en s'effilochant vers la Seine; je salue celle-ci du haut du pont Alexandre III, débouchant de l'esplanade des Invalides dont les maisons, d'un côté seulement, font l'effet d'être suspendues au ciel par des fils, silhouettes immatérielles ; vue du pont, l'onde déferle, rien de plus beau que de pisser du haut d'un pont dans un fleuve, une jouissance ; et voici que vient une embarcation de plaisance, un bateau-mouche avec tous ces visages de touristes, les yeux écarquillés sous leur emballage de verre, bouche bée de ravissement, faces

* Citation : Rilke, «Das Karussel» Jardin du Luxembourg.
** En français dans le texte.

134

de poissons, ah ! le pauvre homme qui lâche ses urines sur le banc et ne voit rien, le royaume des rêves lui appartient ;

continuons en direction de l'Hôtel de Ville, la sortie des bureaux rue de Rivoli qui est crasseuse par ici, un vrai bazar, bazar, c'est bien le mot, me dis-je : en face du Bazar de l'Hôtel de Ville, au milieu de la cohue, une femme encore jeune, un enfant à la main, décampait, poursuivie par deux hommes, «*laissez-moi donc, merde*»*, crie-t-elle, les hommes s'efforcent de lui couper le chemin, l'immobilisent, la ceinturent ; d'autres individus dressent l'oreille, se retournent, qu'est-ce qui se passe ? un kidnapping, un crime, en pleine foule ; l'enfant, entraîné lui aussi, pauvre gosse, c'est intolérable, le groupe est serré de tous côtés par la populace, les poursuivants deviennent perplexes, l'un d'entre eux sort de sa poche un talkie-walkie, la police ? qu'est-ce que c'est ? un détective ? on distingue maintenant le mot vol à l'étalage, la femme a chapardé une paire de gants ; elle crie sans trêve : «*lachez-moi*», les badauds s'en mêlent, presque tout le monde prend parti pour la femme, les argousins se sentent mal à l'aise, déconcertés, cela ne les empêche pas d'empoigner derechef la femme, l'enfant geint, il se met à hurler, pauvre mioche, la foule devient houleuse ; tiens, la femme a réussi à s'échapper, les poursuivants font mine de courir après elle, la foule leur barre le passage, lâchez-la, salauds, qu'est-ce que ça peut bien vous faire, lâchez-la donc, espèce d'ânes bâtés ; les deux abandonnent la partie, «*merde*»*, s'écrient-ils à leur tour, en haussant les épaules ; la femme a disparu avec l'enfant par l'escalier du métro, volatilisée ; la foule discute toujours, une femme élégamment vêtue donne son avis, on n'agit pas comme ça, où irions-nous si tout le monde se mettait à voler ; ah ! toi, ferme ta gueule, réplique une matrone, tu ferais mieux de te mêler de tes oignons ; pauvre andouille, crie la dame comme il faut ; triple cruche, répliquent les autres ; les gens se dispersent, ça suffit, me dis-je, ça suffit comme ça ; arrête de penser à la ville, tu n'arriveras pas à en rassembler les morceaux, elle échappe à

* En français dans le texte.

ton entendement, cette ville, tu peux essayer tant que tu veux, tes tentatives se soldent toujours par une perte, jamais par un profit, tu n'en tireras jamais profit, songeais-je en pressant mon nez contre la fenêtre, où étions-nous donc ?

nous venions de passer devant un petit café, un café comme il y en a des milliers d'autres, voici le comptoir arrondi ou oblong, sous l'éclairage au néon, il y a toujours une ambiance de manège, un bariolage qui rappelle le cirque dans ce genre de café, je sais pas à quoi ça tient, peut-être est-ce la lumière des tubes de néon qui produit, en se reflétant sur les murs peints en crème, cet effet sur la garniture rouge ; au comptoir, une poignée d'hommes et de femmes buvant leur bière, un petit blanc, *un ballon de rouge**, *un calva**, avant de rentrer à la maison ; ils font durer le plaisir, encore un, en vitesse ; ils sont debout autour du comptoir, et semblent auréolés par l'éclairage, en arrière-plan le carillon des bouteilles, ils se tiennent là, sur le sol carrelé, jonché de mégots et de restes de pain, recueillis dans la lumière, dans leur oratoire, comme si ce lieu était le seul où ils se sentissent en sécurité, ce calva leur tient lieu pour l'instant de gargote, de bistrot, de salon de perruquier, de droguerie, de service des urgences, de salle d'interrogatoire, d'hosto et de chapelle, de réconfort ; tout cela à la fois, le plus bel abri du monde, encore un, en avant *le ballon de rouge* ; ils sont là comme en extase, le miracle est en train de s'accomplir ; les élargissements, les rétrécissements de la chaussée me semblaient autant d'inspirations et d'expirations, celles-ci se répercutaient dans ma poitrine ; les rues se confondaient avec les pains et les gâteaux aux devantures, les carottes, salades, quartiers de bœuf et de porc, et les zincs, les zincs innombrables, en courant un enfant traversait la rue pour aller chercher encore un pain, une bouteille de vin ;

ça suffit, me disais-je, toujours dans mon bus, arrête ; mais je n'arrivais pas à couper, il y avait je ne sais quoi en moi qui refusait de se calmer, de s'assouvir, je me disais

* En français dans le texte.

que je ferais mieux de sauter en marche, de quitter ce bus entraîné dans une course irrésistible et qui s'enfonçait toujours plus loin dans les ténèbres, sauter en marche et accoster à l'un de ces bars illuminés, prendre place à l'abreuvoir ou au zinc, siffler un ou tant qu'à faire plusieurs verres, sinon tu vas devenir fou, pensais-je, mais je n'étais pas du tout fou, je le savais, j'avais simplement les yeux grands ouverts ; soudain me revint à l'esprit un rêve qui me poursuivait ces derniers temps ; il s'agissait dans ce rêve d'une condamnation, d'un verdict, j'étais en train de passer mon baccalauréat et il me devenait soudain évident que l'épreuve de mathématiques allait m'être fatale, que j'étais incapable de comprendre, d'effectuer les calculs demandés, de résoudre les équations posées, de réussir l'algèbre ; je séchais, je m'en rendais parfaitement compte et, en d'autres termes, j'allais être recalé à mon examen ; oui, j'étais condamné à l'échec, les voies bifurquaient avant même la porte d'entrée, mes camarades, eux, franchissaient tous cette porte qui menait à la vie, moi j'entrais dans la vie, mais par une voie différente et solitaire, je savais qu'une issue m'était fermée à jamais ; me voilà exclu, séparé d'eux, me disais-je dans mon rêve en voyant s'éloigner la bande de mes anciens camarades, mais je n'ai pas pour autant l'intention de rester à l'école, je prendrai le large et entrerai dans la vie démuni de ce bagage spécifique ; ce sera, certes, une tare et elle me marquera pour toujours, tu es comme un paria, il te manquera toujours une clef, mais ce n'est pas ça qui m'empêchera de trouver ma voie ; ce rêve m'avait surpris, parce que, en réalité, j'avais été reçu au baccalauréat, nul en maths mais reçu de justesse, j'avais franchi l'épreuve, fait des études supérieures en dépit de mon insouciance ; c'est dans mon rêve que j'étais recalé, ce handicap, avais-je l'impression, et cette impression avait le caractère définitif d'un verdict, me poursuivrait ma vie en-tière, comme un anathème, une maladie, il me fallait réussir à compenser ce handicap en me dépensant deux fois plus dans un autre domaine ; je n'étais pas le moins du monde désespéré, dans mon rêve, juste un peu mélancolique ;

qu'est-ce qui me prenait donc de rêver, ici, aujourd'hui – à mon âge ! – que je ratais un examen ? y avait-il un lien entre cette défaillance et mon dépaysement dans cette ville, avec la rébellion de mes facultés mentales, avec la mélancolie qui en était la conséquence et, qui sait, la dépression endogène dont j'étais menacé ? me demandais-je dans le bus ; les mathématiques étaient-elles l'instrument qui m'eût permis d'aborder ou même de *prendre pied* différemment dans la ville ? il ne pouvait pas s'agir quand même d'un processus de compréhension rationnelle, ou alors aurais-je été plus avancé s'il m'avait été donné de comprendre, de déchiffrer la ville à travers ses stratifications historiques ? si grâce à une faculté de reconstruction de type intellectuel il m'avait été permis de comprendre et même de radiographier sa configuration ? aurait-elle alors perdu ses mille visages, toujours en train de s'effacer ? aurais-je été capable d'enfiler la ville comme on le fait d'un vêtement (rien qu'en possédant cette autre clef) alors que pour l'heure, je ne puis que la balbutier ? me disais-je ; existe-t-il un mode de lecture, de relecture (de la réalité) qui permettrait de préserver ce caractère d'immédiateté, ce côté insondable, énigmatique, qui constitue par ailleurs la vie ? existe-t-elle, cette opération complexe d'endossement qui consiste à recréer et par conséquent à réparer et à rendre éternellement présent ?

c'est toi, me disais-je, qui as toujours peur, lorsque tu essaies de réfléchir et d'analyser, que l'énigme et en d'autres termes la vie elle-même ne se détruisent ; tu préfères tâter, renifler l'air, jouer les exorcistes, et ne réussis à produire au bout du compte que ce brouillard perpétuel que tu es incapable de dissiper ; tu ne cherches pas la clarté, as-tu peur d'être déçu ? ce n'est pas vraiment la «vérité» que tu cherches, c'est l'obscurité du sein maternel ;

tu es un véritable central téléphonique, tu passes ton temps à capter l'apparence des phénomènes, mais tu retombes chaque fois dans les ténèbres les plus ténébreuses de ton for intérieur, faute de pouvoir déchiffrer, ou même compter, et encore moins utiliser les messages qui te parviennent ; tes

émetteurs et tes récepteurs sont en état d'ébullition permanente, mais toi, tu es sans voix ;

plus d'une fois, j'ai pourtant cru avoir le mot sur le bout
de la langue, rétorquai-je, il me semble souvent que je brûle ;
mais de quoi donc, sacrebleu ?

eh bien, d'une rue comme celle-ci par exemple, d'une de
ces rues parisiennes dont le flot s'écoule si admirablement,
où tout est inclus ; je me tiens tremblant d'émoi, au milieu
de cette rue aux façades saupoudrées de sucre et de craie,
avec, entre celles-ci, le ciel que la rue crée puisqu'elle le
saisit et qui me transporte jusqu'aux nues, je me fonds avec
la rue, je suis son porteur et son corps ; je suis le frémisse-
ment de ses flancs, le papillotement des contrevents, le
couvre-chef de zinc et d'ardoises de ses toitures, je suis sa
peau qui rougit, la voilette de ses balustres, je suis ses rides,
ses runes, et ses blessures, les colorations et les brusques
pâleurs de son teint, son visage, je suis tout cela, je n'ai pas
besoin de comprendre, je suis et je ressens ;

le halètement des trottoirs à ses pieds, les alluvions qui
s'entassent sous les auvents, chacune des vitrines miroitantes de ses magasins et ce qu'ils renferment, tout – je suis
accroché, comme une marionnette, par des myriades de fils,
fils des yeux, fils des sens, fils des pensées et des sentiments, relié par tous ces fils à cette rue dont les murailles et
les crevasses me transmettent leurs messages ; je pendille,
je frétille au bout des fils qui me font tressaillir, moi le pan-
tin ; à force d'être tiraillé de tous côtés, je finis par m'affaler,
par m'écrouler dans le caniveau, simple objet inanimé que
les eaux usées emportent ; c'est ça, l'anéantissement, l'enté-
nèbrement en plein jour, en pleine ville : faute de paroles
pour m'exprimer, je ressens mais je ne comprends pas ; cela
échappe à mon entendement –

je songeais maintenant, tandis que le bus m'emportait :
peut-être étaient-ce toutes ces portes refermées, *cette fin de
non-recevoir* qui m'avaient poussé dans les bras des femmes,
à la recherche d'un refuge ; il me revenait soudain à
l'esprit cet été torride, le plus torride de mémoire d'homme,
une canicule à réconcilier la terre entière, une sécheresse

incandescente pleine d'incendies de maquis et de forêts, où, descendant la rue des Abbesses en direction du boulevard Rochechouart, j'avais aperçu, là en bas, une gigantesque pute noire assise sur le garde-boue d'une voiture ; je m'étais demandé comment elle faisait pour tenir le coup, il faut vraiment, m'étais-je dit, qu'elle ait le feu au derrière, je l'avais abordée, suivie, par un escalier incroyablement puant dans un réduit à punaises, il régnait là-dedans une chaleur moite, cette fois, tu vas attraper la vérole, m'étais-je dit, attendant debout en la regardant qu'elle se fût déshabillée, elle le faisait avec des gestes d'une parfaite nonchalance, peut-être était-ce parce qu'elle était si grande et qu'il faisait si chaud, et à ce moment précis était parvenu à mes narines un fumet de friture ou de graisse rissolée, et à travers cette odeur, c'est mon enfance qui me revenait, c'était le parfum d'une mère, je m'étais jeté sur la géante qui m'avait crié quelque chose dans sa langue, peut-être disait-elle : vas-y mollo, mon gars, ne t'emballe pas comme ça, pense au thermomètre ! Ensuite, j'avais redescendu l'échelle à poules et m'étais mis à aimer fougueusement la rue et la ville, comme si elle m'avait accepté, pris dans son sein, j'étais sûr maintenant d'en faire partie

faisant un saut en arrière, ma pensée se reporta à l'époque plus lointaine où j'étais venu rendre visite à Sandro Thieme dans son pavillon de la rue de la Tombe-Issoire ; j'avais passé la journée chez lui et le soir j'étais allé voir ma tante rue Condorcet, au pied de Montmartre, il était très tard et j'étais sur le chemin du retour, parcourant des rues déjà plongées dans le sommeil, désertes et vides, lorsque j'entendis devant moi un bruit qui m'électrisa, un claquement, un staccato de talons aiguilles, je me lançai à travers la nuit à la poursuite de ce bruit et aperçus enfin à portée de voix une robe de satin blanc qui flottait dans l'obscurité nocturne, terre ! terre à l'horizon ! exultais-je, c'était une Martiniquaise à la peau noire, nous gravîmes ensemble l'escalier d'un hôtel, je la flattai de la main tout en montant, de son côté elle frottait gentiment son derrière contre moi, longtemps après, durant toute la journée suivante que je passai chez Sandro, le parfum de son corps me poursuivit, je le retenais, j'en caressais l'idée ;

je ne parvenais jamais à recoller les morceaux de cette ville, elle se dérobait continuellement et il ne me restait qu'une pluie d'étincelles, semblable à celles que fait une pièce d'artifice avant de s'éteindre ; je n'arrivais à saisir qu'une particule infime, un bout de rue, celui où je me trouvais à l'instant précis, impossible de prendre place dans cette ville, de forcer la cuirasse que la prétendue réalité t'oppose, en tout cas pas avec l'entendement, resterais-je toujours à l'extérieur ? au cœur même de la ville, mais cependant à l'extérieur ?

ça suffit, songeais-je dans mon bus, le trajet avait fini par me plonger dans une agréable hébétude ; il n'y a pas à dire, j'aime me laisser ainsi véhiculer pour le simple plaisir, oui j'aime vraiment ça ; les parcours en métro me plaisent encore plus que ceux en bus, car je suis vraiment alors «à l'intérieur» de la ville, de ses entrailles, je fais corps avec cette multitude de gens qui sentent la pluie, l'humidité, la peau, leur quartier, leur travail ou leur oisiveté, qui exhalent la misère, la culture, la menace, l'usure, un rêve ou l'angoisse, la piété, bref, les odeurs de cette ville à laquelle ils sont liés, à la vie et à la mort, dont chacun transporte avec lui une molécule et tous ensemble cette totalité que nul n'a jamais pu saisir jusqu'à ce jour, la vie entière n'y suffirait pas ; mais dans les garennes du métro, dans le ventre de la ville, nous sommes tous en elle, nous sommes digérés, tant pis si nous ne sommes que des excréments ;

émerger ensuite de cette possession excrémentielle et servile, quitter ce Léviathan et remonter par l'escalier roulant jusqu'au grand jour ; dans le métro, un jour, rien vu d'autre que des bouches en face de moi, les lèvres d'un Noir retroussées sur une carnation rosâtre, des lèvres de femmes, ah ! tous ces fruits de la chair explosant vers l'extérieur – ai dû à la fin détourner le regard ; de nouveau, les longs tunnels arqués carrelés, à parcourir, les lampes projettent des zébrures sur la voûte, on dirait une croisée d'ogives ; à travers les couloirs errent les mélodies de musiciens invisibles ; puis, les rares moments où le métro s'échappe du gouffre et s'élève dans les airs : brusquement la lumière du jour inonde le wagon ; assis comme dans un scenic railway, j'aperçois à travers les contreforts de fonte de la ligne aérienne, là en bas, une rue comme celle-ci ; profond ravin dont l'infinie grisaille recèle toutes les couleurs, je me dis : tout est là dans la lumière que saisissent les longues enfilades de rues, tout est là, les flancs embués de noir par la ferronnerie des balcons et des appuis de fenêtres, là-bas le pavé, luisant d'un éclat de four à pain, les courtes toitures en forme de chapeaux ou de heaumes ! le mur aveugle qu'enjolive une affiche géante à demi écaillée et délavée, la haute et étroite avancée d'une maison en angle, mince falaise le long de laquelle rayonne le tracé des veines ; et n'oublions pas le café sous sa marquise avec les tables et les chaises éparpillées à la terrasse ; l'arbre, faisant office de médiateur entre les basses sphères stridentes et les hautes sphères spiritualisées, les feuilles, autant de drapeaux claquant au vent ; l'automobile en stationnement, le hurlement répété par l'écho et le corps fraîchement poignardé d'un homme qui agonise dans le lit de la rue, un cadavre ; et le couple en train de copuler, adossé au mur ; et la baguette de pain, en train de traverser la chaussée ;

de nouveau, une extravagante marée humaine, un grouillement aussi dense que celui d'une colonie de pingouins, il s'agit de la foule agglutinée autour du magasin Tati, près de Barbès-Rochechouart ; et nous voici replongés dans la gueule béante, dans les viscères, les ténèbres ;

je voudrais passer le reste de ma vie sur ces montagnes russes, ne jamais quitter cet état de fusion, *avoir*, sans posséder pour autant, *je ne puis pas te dire, mais je puis te voyager* ;

tu ne cherches absolument pas à y voir clair, croyais-je entendre dire mon cher Beat, ce que tu veux, c'est uniquement te faire bercer ainsi dans le noir, tu cherches l'obscurité, mon petit, dit Beat ;

c'est vrai, dis-je, c'est exactement ça : je cherche l'oubli qui efface tout et engendre le souvenir, ma quête ne prendra fin que lorsque je pourrai dire en plein jour, au cœur de Paris : je me souviens, bonjour !

Jadis, la venue de l'obscurité me plongeait toujours dans l'angoisse ; longtemps, récemment encore, j'étais sujet à d'affreuses frayeurs nocturnes. Dès que la lumière du jour s'estompait, que plus rien ne se passait, qu'il n'y avait plus rien pour me divertir, un sentiment de brutal isolement me prenait. C'était comme une coupure de courant qui survenait dès que mon correspondant entrait dans l'ombre et que tout échange devenait impossible. Qui suis-je ? Où est ma véritable place ? Que puis-je espérer, souhaiter ? Je ne savais plus qui j'étais.

J'avais ressenti cela, la dernière fois à Serrazzano, un bled rocailleux de la province de Pise, où je m'étais retiré, il y aura bientôt dix ans, dans une maison inoccupée qui appartenait à des amis. Je me tenais sur la véranda vitrée d'où la vue, en plein jour, s'étendait sur toutes les collines de Toscane et, par beau temps, jusqu'à la mer. Je restais assis sous la charpente réchampie de blanc et qui s'inclinait comme le couvercle d'un pupitre, le sol était pavé de tomettes aux agréables tonalités de terre cuite. Lorsque, la nuit venue, je collais mon nez à la vitre, j'apercevais des étoiles et le croissant de lune, mais tout le reste était obscur. J'étais dans une nacelle de verre au milieu du ciel enténébré ; la pièce était fort bien meublée : près de la fenêtre, un lit bas garni d'une belle et vieille couverture d'ottoman, groupées autour de la cheminée, des chaises et une table, du genre Bauhaus, acier flexible aux lignes élancées et bois laqué noir, tout cela dans un état quelque peu délabré. C'était une pièce magnifique, surtout pour y travailler, mais il me fallait d'abord lutter contre les frayeurs nocturnes que je croyais depuis longtemps guéries.

Pour échapper à ce sentiment de claustrophobie, je me rendais souvent, les premiers temps, dans les localités avoisinantes, je parcourais en voiture les dix kilomètres de la route en lacet qui mène à Larderello, par exemple. L'auberge *La Perla*, une bâtisse en forme de caserne, dotée d'un restaurant, m'accueillait. Derrière la porte illuminée, le bar vaste et nu, avec son comptoir démesuré, et quelques rares guéridons. L'habitué avec lequel j'avais la première fois baragouiné en un italien plus écorché que nécessaire – pourquoi diable – était octogénaire, la conversation s'était déroulée sur le ton ânonné qu'utilisent dans le monde entier les autochtones pour s'adresser à des étrangers, on épelle chaque mot en articulant de manière exagérée pour être sûr d'être compris. J'appris que le bonhomme, malgré ses quatre-vingts ans, se levait tous les matins à six heures pour nourrir les poules et les lapins, qu'il n'avait pas renoncé au vin et au tabac, ne s'ennuyait jamais, avait toujours du pain sur la planche et venait tous les soirs faire son brin de causette à *La Perla*. J'appris que son fils était déjà à la retraite. Que le vieux possédait une télévision mais qu'il se couchait régulièrement vers onze heures, qu'il portait une montre suisse et en était satisfait. Nous évoquâmes également les valeurs respectives de la lire et du franc suisse. Dehors, l'air empestait le soufre, en raison de la présence d'une source sulfureuse. Quittant l'obscurité de la nuit, des hommes pénétraient dans la salle glaciale, s'installaient au bar pour y boire leur *aperitivo*. A huit heures, pas avant, le dîner était servi. Le jeune homme du bar enfilait un tablier de serveur et emmenait ces messieurs-dames dans la salle à manger voisine. Puis le patron entrait, la mine maussade. Surgi de ses appartements privés, il donnait l'impression de sortir tout droit du lit. Enfin, apparaissait à son tour la cuisinière, véritable colosse affublé d'une sorte d'uniforme d'infirmière et qui, à l'inverse du propriétaire, jacassait comme une pie. Après le repas, les rares clients passaient dans la salle voisine équipée d'un téléviseur. Un jour, on avait retransmis un vieux film français, une histoire de bagne avec Gérard Philipe. J'avais admiré ce dernier jadis dans le rôle du lycéen du *Diable au corps* (avec Micheline Presle), un film qui m'avait alors beaucoup touché. Retour de *La Perla* à travers la nuit champêtre, en direction de la maison. Dans ma cabine de pilotage, je branchais aussitôt la radio.

Au lieu de Larderello, il m'arrivait d'aller à Castagneto

ou à Volterra, il s'agissait alors d'expéditions mûrement préméditées. A Volterra j'ai vu un jour, à proximité de la cathédrale, dans l'entrebâillement de la porte d'une remise, le mufle d'une noble et antique Lancia, il me fallut un moment avant de découvrir le pompeux catafalque noir et argent destiné à recevoir le cercueil. Peu après apparurent des hommes masqués de noir, encapuchonnés, brandissant leur bâton de croque-morts. A peine rentré à Serrazzano, le souffle de la mort me saisit là aussi à la gorge. Je la sentais à la manière dont les gens se tenaient attroupés devant l'entrée d'une maison, il y avait une tension dans l'air, cette tension était faite d'effroi, de souffrance et de curiosité. Cortège des villageois. Il s'agissait, je l'appris, d'un vieillard qui s'était donné la mort. Il ne s'était pas remis, disait-on, de la douleur causée par la perte de sa femme et s'était jeté par la fenêtre. On l'avait retrouvé gisant là, un peu de sang autour du nez, apparemment intact. On avait caché à sa fille qui venait d'arriver de Sienne les circonstances du décès, elle avait, paraît-il, les nerfs fragiles. On lui avait fait croire qu'il s'agissait d'un infarctus.

La venue des tempêtes me surprit dans ma nacelle de verre, le jour lui-même était obscur, je passai des heures entières au milieu d'un océan de brume, le raffut de la tempête s'était mis lui aussi de la partie ; échappés du poste de radio, les parlotes d'un speaker, des communiqués, de la musique. Lorsque les brumes se dissipèrent et que la tempête se calma, je me rendis à Castagneto Carducci. Le principal bistrot, point d'attraction de la bourgade, était pris d'assaut dès les premières heures de la matinée par les personnalités locales. Il ne se passait pas grand-chose, et les gens prenaient des mines de conspirateurs au moindre prétexte. Sur la scène de cette petite ville, chacun avait son rôle particulier à jouer. Un monsieur entre deux âges, d'une certaine corpulence, élégamment vêtu, un intellectuel, saluait d'un geste emphatique un hobereau efflanqué, comme s'ils ne s'étaient plus revus depuis des siècles. Puis venait l'idiot du village, il marchait les jambes arquées, et légèrement voûté. Le crâne tondu, comme s'il avait été brouté ; dans ses yeux qui louchaient un peu passait une étincelle rusée.

A côté de la *rosticceria*, plantée devant un étalage de fruits, une vieille dame, fort soignée, ne se décidait pas à faire son choix. Les fruits embaumaient, les maisons rougeâtres se dressaient comme des falaises à l'orée de la bourgade et, quelque part, du linge flottait dans la brise venue du large. Cela claquait comme des drapeaux, comme des voiles, le ciel marin s'acharnait contre la petite ville. Comme s'il voulait lui faire rompre ses amarres, la faire appareiller : l'engloutir. Je ne sais quoi se déchirait, s'arrachait, et c'était alors une ambiance d'adieux qui se répandait dans les airs et le regard de celui qui prenait congé, cependant que croissaient la distance, leur recroquevillement, leur rapetissement.

La vieille dame faisait la fine bouche devant l'étalage de fruits, grinchonnait, tergiversait, elle avait entendu dire, elle avait lu, récemment, qu'il y avait des cas de choléra. La matrone, derrière l'étalage, jurait ses grands dieux que chez elle tout était propre et impeccable, la vieille dame s'entêtait. Elle régla enfin son ardoise et renifla encore à droite et à gauche. Et la monnaie, vous allez bien m'en faire cadeau, dit la matrone. Qu'est-ce que tu crois, dit la vieille dame, elle rafle le tout, l'enfouit dans son porte-monnaie et s'en va.

Les frayeurs nocturnes que j'avais ressenties dans la maison de mes amis en Toscane m'avaient quitté, c'était cette crainte de m'éteindre, comme si mon âme eût soudain cessé de respirer, qui avait pris leur place au début de mon séjour à Paris. Je n'avais pas encore vraiment pris pied dans ma nouvelle existence, peut-être n'osais-je pas, à cause de ma femme. Nous avions continué quelque temps à nous téléphoner, mais il y avait toujours ce reproche, cette rancœur qui éclatait dans sa voix, et cela, bien que je susse qu'elle avait entre-temps pris congé, déserté, entamé une vie entièrement neuve. Ç'aurait dû être pour moi un soulagement, oui ce l'était, mais en même temps je lui en voulais d'avoir si vite découvert un nouveau havre, c'était comme si elle m'avait volé quelque chose, comme si l'esprit résolu avec lequel elle avait opéré sa reconversion eût impliqué un démenti à notre histoire commune. Nous cessâmes désormais de nous téléphoner. Nous n'allions pas tarder à être officiellement divorcés. J'avais perdu courage, je me débattais dans les rets des angoisses les plus variées, la peur d'être malade me tenaillait elle aussi, j'étais conscient du caractère pénible de mon existence, ce qu'il y avait de privilégié dans ma situation ne m'échappait pas non plus, surtout quand je faisais la comparaison avec celle de mes innombrables voisins plus mal lotis, mais rien n'y faisait, je grelottais. Je me voyais déjà à l'asile ou dans la peau d'un de ces personnages qui attirent l'attention dans la rue par je ne sais quoi de dérangé ; il y a quelque chose, un signe distinctif ou tout simplement une crinière léonine qui jure avec le dénuement et surtout l'aspect effarouché de la silhouette, déjà, on croit entendre quelqu'un s'écrier en montrant du doigt le monsieur en question : celui-là, oui, là-bas, vous le voyez, c'est lui qui, autrefois, a… Vous vous souvenez bien ? C'est lui… Un laissé-pour-compte. J'avais eu l'avant-goût de ce genre d'aventure au début de ma cure aux eaux d'Abano. Mon médecin avait maintes fois voulu me prescrire des bains de boue, pour soigner mes douleurs lombaires chroniques. Ma bientôt défunte assurance maladie couvrait encore ce genre de prestations, mais il était grand temps d'agir.

Pour régler l'affaire avec ma caisse maladie, il me fallut d'abord faire le détour par Zurich. Je passai l'après-midi et la soirée précédant mon départ dans l'appartement de ma femme, elle était à l'étranger, en ayant conservé les clefs j'avais opté sur un coup de tête pour cet abri de fortune, j'étais allongé tout habillé sur le lit, les rideaux étaient tirés, de beaux rideaux blancs qui filtraient la lumière avec une délicatesse presque clinique, effet qui tenait à la texture du tissu, une sorte de satin, ces rideaux, suspendus à des tringles de cuivre garnies de pommeaux à chaque bout, traînaient jusqu'à terre. Couché sur le grand lit, dans cette clarté tamisée, je me sentais encore plus déplacé qu'à l'hôtel. Je n'avais plus rien à faire en ce lieu, je m'y étais introduit comme un voleur, n'arrivais pas à m'endormir, j'attendais que le temps passe, et ce faisant, j'avais l'impression d'être un intrus, un clochard. Je m'attardai à rêvasser, jusqu'aux environs de minuit, puis je me mis en route, dans ma vieille voiture en direction du tunnel du Saint-Bernard ; après avoir traversé la plaine du Pô et la Vénétie, j'arrivai à une heure tardive à Abano et débarquai dans mon hôtel. Dès le lendemain je subis mon premier enveloppement de boue minérale. Le téléphone me réveilla avant l'aube, c'est ainsi que le veut la coutume. Ils se mettent au travail pendant la nuit et n'arrêtent plus jusqu'à midi – je veux parler des infirmiers préposés à cette géhenne aux allures de buanderie, car les hôtels sont directement édifiés au-dessus des sources thermales. Obéissant à l'injonction du téléphone, je prends l'ascenseur, drapé dans le froc de bure que m'a fourni l'hôtel, et descends dans les lieux infernaux, la cabine dégage une odeur écœurante de terre acide. En bas, ils commencent par m'emmailloter dans une pâte glaiseuse et brûlante, puis c'est au tour des serviettes blanches, c'est comme si l'on était enterré vif, et l'on souffre par la même occasion de toutes sortes d'étouffements et de suffocations. Je passe une vingtaine de minutes ou même plus, cela commence par vous brûler, puis cela vous inonde de sueur, enfin, l'infirmier accourt à bout de souffle pour me tirer, victime réduite à sa merci, de mon cercueil de terre cuite, transformé entre-temps en moule à gâteau ; viennent ensuite le nettoyage et, immédiatement après, le bain thermal ; l'eau chaude, effervescente, minérale agit visiblement comme un décapant. Il ne reste plus qu'à subir le massage et à reprendre, les genoux flageolants, l'ascenseur pour regagner son lit d'hôtel.

Il est avéré que la cure commence par exténuer le patient, par le flapir, physiquement et moralement ; je ne m'y attendais pas et sombrai sur-le-champ dans un profond accablement.

C'est tout à fait normal, me disait-on, disait M. Saurer, on était psychiquement lessivé. A l'âge de soixante-dix-huit ans, c'était, précisait-il, son treizième séjour ici. Mais les résultats en valaient la peine, on sortait de là aussi frais qu'un nouveau-né, les Romains, ces sacrés noceurs, le savaient bien ; ce n'était pas pour rien qu'ils fréquentaient

Abano, déclarait M. Saurer, un compatriote bernois que j'avais connu à l'époque où je travaillais au musée, au temps de ma jeunesse, tandis que j'effectuais mon service d'assistant, lui exerçait d'importantes fonctions culturelles à l'échelon supérieur de la hiérarchie et occupait, dans l'armée, le grade de colonel. Nous nous étions perdus de vue pendant des dizaines d'années et voici que nous nous étions retrouvés dans ce camp de transit, en qualité de compagnons de boue, en réserve de l'existence. Les Romains, prétendait-il, pratiquaient Abano pour ses propriétés régénératrices, sans Abano, ils n'auraient jamais pu résister à leurs débauches. M. Saurer occupait la table voisine de la mienne dans la salle à manger de l'hôtel.

Une joyeuse laideur caractérisait celle-ci. Mon point de mire à chaque repas était un Génois, homme d'une cinquantaine d'années, encore jeune pour Abano, individu aux cheveux noirs, aux bras couverts de poils et aux yeux brillant d'un éclat à la fois timide et ardent derrière les verres de ses lunettes. Leur expression était-elle sardonique ou malicieuse, qu'avait donc cet homme ? me demandais-je, seul, à ma table ; sur la table une carafe de vin portait un anneau indiquant le numéro de ma chambre ; je ne quittais pas des yeux le Génois ; arrivant régulièrement en retard, en l'occurrence après que l'on eut servi le premier plat, il ne risquait guère de passer inaperçu. Il portait la tête inclinée sur l'épaule, ce qui lui donnait un air affecté. Une fois assis, il promenait autour de lui ses yeux de braise, et je n'échappais pas, moi non plus, à l'inspection. Je me demandais toujours à qui il pouvait bien me faire penser et finis par trouver : il me rappelait le professeur de latin qui inondait toujours mes cabinets, dans la maison de Mlle Murz, la bossue, et du pauvre Florian ; ils avaient tous les deux le même teint blafard, la même ombre de barbe bleutée, aucun doute, ils avaient un point commun, sans compter un je-ne-sais-quoi dans le regard.

L'autre spectacle dont je jouissais, de ma table, était celui de trois mémères autrichiennes qui faisaient toujours leur entrée à trois de front, les hanches au carré, et déposaient sur la table après avoir pris place leurs bras courts et potelés qui faisaient penser à des pendeloques. Il existait visiblement entre elles une sorte de hiérarchie due peut-être à de subtiles différences de niveau social, au demeurant elles semblaient être toutes les trois résolument antialcooliques, peut-être la meneuse leur avait-elle donné des consignes appropriées, en tout cas, durant toute la durée du séjour, elles choisirent toujours le jus de fruits sur la liste des hors-d'œuvre, et prirent soin de l'allonger avec de l'eau, de manière à le faire durer jusqu'à la fin du repas sans avoir à commander d'autres boissons. L'une semblait un peu plus choyée, un rien plus opulente que les deux autres, c'était en même temps la plus empressée, surtout à l'égard de la meneuse qui se distinguait, quant à elle, par sa joviale rudesse. Le porte-parole du groupe, c'était elle, il n'y avait pas à tortiller, il suffisait d'observer son comportement avec le serveur ou la façon qu'elle avait de donner le signal du départ.

En dehors du spectacle de ces deux tables, les nombreux autres clients ne tardèrent pas à m'être à leur tour familiers, parmi eux se trouvaient des Allemands, des Italiens, Canadiens, Suisses, Français, Belges, la plupart avaient l'air fort aisés ; et presque tous étaient âgés, séniles et, de surcroît, souffreteux. Ils étaient parvenus sur la pente ombreuse de la vie, on eût été tenté de les qualifier de compagnie de moribonds. Dehors, c'était frappant, on ne les remarquait pas, ils passaient inaperçus, mais ici, à l'hôtel, dans la salle à manger, deux fois par jour, j'étais contraint non seulement de les voir mais de m'en gorger les yeux, moi aussi j'étais maintenant l'un des passagers du train fantôme, à la longue, j'avais l'impression qu'il n'existait nulle part au monde d'autre société, que c'était *cela*, la société.

Ils étaient agglutinés comme des mouches à l'entrée de l'hôtel, assis dans leur fauteuil de rotin ou occupés dans le hall à attendre le repas, on les voyait en ville, se morfondant en silence à la terrasse d'un café, de véritables régiments ; Abano compte bien une centaine d'hôtels, tous semblables, avec leur géhenne de boue minérale, leurs bains et leurs exploitations thermaux. A l'heure des repas, les mêmes êtres trottinant, trébuchant et claudiquant, se répandaient à travers tous ces hôtels, la plupart avaient l'air riches, voire richissimes, ils étaient vêtus avec le plus grand soin, au dîner, tenue de gala, robe du soir, smoking, au déjeuner, style sportif chic, à l'occasion une fantaisie, pour ces hôtes du versant ombreux, tout était prétexte, semble-t-il, à changer de costumes.

Ne parvenant pas à saisir ce qui les poussait à se mettre ainsi en frais, je finis par me dire : «ils ne se voient pas tels qu'ils sont, ils se voient différemment» ; et du coup, j'en vins à me demander si, moi aussi, je n'étais pas la victime d'une illusion du même genre. Peut-être leur ressemblais-je à ma manière, tout en me croyant autre ?

Les pires, c'étaient encore les dames à peu près présentables, et qui minaudaient comme si elles se fussent trouvées sur un yacht de plaisance, en pleine Méditerranée.

Il y avait bal deux fois par semaine, les curistes, les laissés-pour-compte, y dansaient entre eux et leurs angoisses dansaient elles aussi sur leurs visages. Pour les dames juniors, on avait spécialement prévu des jeunes gens, experts dans l'art de la danse, et fort bien faits de leur personne, ceux-ci faisaient semblant de trouver leurs cavalières irrésistibles, flirtaient avec elles. A la vue de ce manège, je ne pouvais me défaire de l'idée que tout le monde devait penser comme moi, que personne ne se berçait d'illusions sur son voisin.

Où était passé le sentiment que j'avais de ma propre valeur, ma confiance en moi ? J'avais l'impression d'être soudain confronté à une maladie incurable ou à une fatalité encore plus effroyable. J'errais, égaré, au milieu des habitués de cette fontaine de jouvence ; un couple de médecins italiens m'ayant invité à faire un tour dans les collines pour aller dans une *trattoria* rustique isolée, je leur décrivis mon état comme celui d'un homme qui vient de subir un lavage de cerveau, ou que l'on a forcé à prendre une autre personnalité, si cela continuait, leur avouais-je, j'en serais réduit, en quittant l'hôtel thermal, à entrer directement en hôpital

151

psychiatrique. Le couple se mit à rire comme s'il s'agissait d'une bonne histoire suisse.

Mon état d'anxiété se prolongeait, j'étais devenu indifférent au monde – n'ayant pas cessé pour autant de guetter avec une curiosité inquiète les clients de l'hôtel et notamment l'abîme existant entre la triste figure qu'ils faisaient et celle qu'ils auraient voulu faire, cette étrange façon de s'illusionner sur eux-mêmes, j'en venais à me demander face à ce spectacle qui tenait du grotesque et du tragi-comique si, moi aussi, je n'étais pas victime de semblables illusions. Etais-je devenu à mon insu un personnage comique ?

Faisais-je partie de ces «laissés-pour-compte» que l'on repère instinctivement dans la foule ?

J'essayais désespérément de me raccrocher à l'image qu'avant mon «hospitalisation», il n'y avait tout de même pas si longtemps, je m'étais faite de moi, que j'avais affichée plein d'assurance, dont j'avais même fait étalage. Je me replongeais dans le passé, évoquant les scènes les plus colorées, voire frivoles, comme la *maison de rendez-vous* de Madame Julie, Dorothée et autres coucheries, mon dessein était de me cuirasser contre la dépersonnalisation. J'essayais de me rappeler les gens qui, dans ma jeunesse, avaient eu mon âge actuel. Je passais en revue, parmi mes amis et connaissances, toute la liste de mes contemporains et de mes aînés afin d'examiner s'il me fallait les caser sur le versant ensoleillé ou ombreux, du côté de la vie ou de la triche. Tel ou tel artiste, savant, ivrogne, homme d'affaires fringant, appartenant à ma génération, était-il condamné à figurer parmi les amortis, ou pouvais-je encore l'inscrire du côté vie ? J'accumulais les preuves contraires. J'appelais mentalement un premier ministre à la rescousse, Trudeau, non, pas lui, il n'a sûrement pas sa place ici, je devenais pêcheur d'âmes et d'hommes, je luttais pour les arracher l'une après l'autre au feu éternel, plus préoccupé ce faisant je l'avoue de mon propre salut que du leur. J'avais beau faire, je me voyais toujours dans la peau d'un vieillard condamné à l'hospice.

Mes problèmes, essayais-je de me rassurer, n'ont pourtant, grands dieux, rien à voir avec ceux de mes compagnons d'infortune, ces derniers sont pratiquement à la retraite, la plupart riches comme Crésus, ça se subodore de loin, ils jouissent en tout cas d'une solide pension, ont des moyens qui leur assurent une existence confortable, leur dommage est de nature plus ou moins définitive, alors que moi, bon, je suis condamné provisoirement à l'inactivité, dans la dèche, et cela m'angoisse un peu, mais je ne suis pas pour autant un retraité ; et de songer : ah ! s'ils savaient seulement à quel point je suis fauché en ce moment, moi qui détonne sans doute dans leur assemblée. – Je n'ai visiblement aucune infirmité, suis de loin le plus jeune curiste et, ne serait-ce que physiquement, d'un tout autre acabit. – S'ils savaient que tous les horizons me sont bouchés et que je ne loge, ne végète ici, ne jouis du swimming-pool et du parc que par le bon vouloir d'une caisse maladie ; s'ils savaient qu'à défaut d'être invalide je suis un cas social, un homme plongé dans une crise existentielle, un parasite, un aigrefin, en d'autres termes, je ne suis parmi vous, mesdames et messieurs, qu'en vertu d'un passe-droit, murmurais-je.

La crise de la maturité se compliquait-elle chez moi d'une crise d'impuissance créatrice ? Je m'examinai dans le miroir de la somptueuse salle de bains ; détournai aussitôt le regard. Et si ma vieille voiture me refusait son service, si elle venait à rendre l'âme, me disais-je, elle est presque bonne pour la ferraille, je me surprenais à rêver d'une interruption prématurée de ma cure ; s'il m'arrive une panne, on ne sait jamais, au cours de mon évasion, songeais-je, je ne serai même pas en mesure de trouver l'argent nécessaire pour la faire réparer, et ne parlons pas des frais de rapatriement ; où fuir au demeurant ? Un sous-locataire occupait mon appartement parisien.

Cet Abano est un enfer, ma fureur se tournait maintenant contre M. Saurer, mon quasi-octogénaire compatriote qui m'avait confié avec une certaine condescendance, m'avait-il semblé, être en train de rédiger ses Mémoires. Drôles de Mémoires, songeais-je, écumant de rage, ça sera de drôles de Mémoires, ennuyeux comme la pluie, des histoires à dormir debout, un pensum, songeais-je, et je l'enviais en même temps de pouvoir écrire cette autobiographie, de sa facilité, de sa belle présomption, de son courage, son assurance.

Si seulement cette matière que je porte en moi depuis si longtemps voulait bien achever de mûrir ; si je pouvais dépasser le stade de la gestation, voir le machin devant moi, ah, que je voudrais avoir reçu les consignes, le plan de marche, me remettre à écrire, au lieu de croupir au milieu de cette association de moribonds, de m'être mis en «congé» moyennant ces enveloppements de boue quotidiens.

Je me mis alors à évoquer certains de mes archétypes de beauté, le bonheur solitaire au milieu des jardins, ce bonheur à vous couper le souffle.

Voici le carillon multicolore d'une ville maritime. Je descendais vers le port, longeant des maisons dont les façades bancales projetaient une ombre crénelée ; je marche au milieu des pierres, côtoie les anfractuosités, les boutiques, les grottes, les bistrots, j'ai la bouche remplie de varech et dans les narines, les senteurs âcres de la mer et du marché aux poissons ; je descends les rues tortueuses et odorantes – Où vais-je ? Je réponds à l'appel de l'aventure. Portes qui claquent, taverne, fille de joie dans l'entrebâillement d'une porte, plus rien qui m'appartienne en dehors de mes vêtements sur le corps.

J'entrepris de noter cela sur la petite table de ma chambre d'hôtel, à l'abri des fenêtres fermées hermétiquement à cause de la canicule ; j'écrivais dans un cockpit gluant de chaleur, où tout miroitait étrangement et ce faisant, il m'arrivait de contempler mon visage, devenu étranger, dans la salle de bains contiguë.

Ce Génois, avec son teint blafard, l'ombre bleutée de sa barbe, sa peau toujours transpirante, à l'aspect au demeurant malpropre, ses petits yeux de braise derrière les verres de ses lunettes, sans oublier les bras couverts de poils noirs, ce Génois décidément ne me sortait pas de l'esprit, il arborait une sorte de sourire virginal qui semblait ciselé en relief sur son visage, à le voir se faufiler comme il le faisait à travers la porte battante, on aurait dit qu'il cherchait à passer inaperçu, en fait, il obtenait l'effet inverse. Il me chuchotait un vague bonjour, examinait le menu, se versait un verre d'eau et se mettait à manger, tout en jetant, de bas en haut, des coups d'œil à la ronde. Il ne buvait pas, ne fumait pas, ne parlait pas.

Les Autrichiennes entraient à leur tour en formation carrée, disposaient respectivement sur leur siège et sur la table leurs postérieurs et leurs bras, on leur servait leurs jus de fruits qu'elles rationnaient soigneusement, parcimonieusement tout au long du repas ; elles goûtaient une petite gorgée, patientaient jusqu'au plat principal, patientaient, tandis que les serveurs s'activaient de tous côtés, et que parfois d'énormes plateaux dégringolaient, patientaient toujours, tandis que les autres mangeaient bruyamment leurs hors-d'œuvre, patientaient encore, en attendant que les serveurs, ayant débarrassé, fassent leur entrée en trombe pour l'acte suivant : elles regardaient autour d'elles, d'un air volontairement indifférent, mais plus elles feignaient l'indifférence, plus on avait l'impression qu'elles demandaient pardon d'exister. L'une d'elles faisait semblant de s'absorber dans le menu, c'était, remarquais-je, celle qui avait l'habitude d'émietter son petit pain, le plus souvent rassis, dans la viande et les légumes. Deux autres prenaient toujours des pâtisseries ou de la glace au dessert, la troisième choisissait les fruits et empaquetait soigneusement les restes.

Lorsque le pianiste de service au bar se mettait à jouer, lors du dîner aux chandelles, ces trois-là étaient les plus bruyantes à applaudir. Quant à la meneuse, la maniaque aux petits pains, elle avait une manière particulière de le faire. Elle attendait, le visage impassible, que le morceau soit achevé, puis elle soulevait ses vigoureux avant-bras et se mettait à frapper des mains comme un bulldozer, elle était la dernière à s'arrêter, elle tenait bon jusqu'au dernier moment, c'était elle qui avait le mot de la fin, il s'agissait de *son* numéro et elle le jouait devant tout le monde.

Le masseur, Antonio, parlait souvent de *fare l'amore* ; une fois l'acte accompli, dit-il un jour, il éprouvait chaque fois une envie de prendre la fuite, de sortir du lit, ne serait-ce que le temps d'une cigarette. Pourquoi, dis-je, lorsque c'est bon, on n'en a jamais assez, pourquoi vouloir partir aussitôt ? S'il se tournait de côté après coup, disait-il, c'est parce qu'un homme *ne fait pas bonne figure* lorsqu'il vient de jouir. Les femmes, elles ne déclarent jamais forfait, elles en veulent toujours plus, c'était là, selon lui, leur supériorité sur l'homme, leur force. Antonio avait, semble-t-il, réponse à tout. Il commençait son travail à quatre heures du matin et n'arrêtait pas jusqu'à midi. C'était lui qui massait le plus de femmes. Il prétendait que les massages excitaient les vieilles, les toutes vieilles surtout, à tel point qu'elles le mordaient parfois de leurs fausses dents. Il racontait cela sans la moindre malveillance. Il était marié, et père de deux enfants. Un beau jouvenceau assistait au premier bal, employé comme masseur dans un autre hôtel, il se faisait de l'argent de poche en dansant et en faisant le taxi-boy. Il dansait avec un mélange de fantaisie et de rigueur, serrant dans ses bras une intrépide rombière qui jouait les bacchantes. Pour se moquer des danseurs, le pianiste, lorsque venait son tour de chant, entremêlait de jurons et d'invectives le texte des complaintes les plus déchirantes. A l'une des tables, les troupières autrichiennes avaient mis l'arme à terre, un gros Italien lutinait tendrement une de ses compatriotes.

J'étais arrivé à Paris tard dans la nuit, avant même de regagner mon appartement j'étais monté au Sacré-Cœur. La ville s'étendait à mes pieds dans un éclairage de mauvais rêve, un vague chatoiement où brasillaient çà et là des particules phosphorescentes.

Les jours suivants, je grimpai matin et soir jusqu'au Sacré-Cœur, je me rendais là-haut comme pour y accomplir mes dévotions matinales et vespérales. Mon regard plongeait très loin au-delà des jardins suspendus qu'enlacent les escaliers, derrière moi la «mosquée» neigeuse, les bulbes de l'église, il plongeait par-delà l'océan de pierre, au fond, dans les lointains vaporeux, la mâchoire carnassière des grands ensembles. Mais là, dans l'intervalle, l'océan de pierre, on aurait dit parfois une mer de glace, un paysage de stalactites glacé et brillant. D'autres jours et à d'autres heures la mer resplendissait d'innombrables vagues moutonnantes, croupes lactescentes, grises, ocrées, façades d'immeubles avec leurs toitures gris ardoise en guise de fronts, parfois elles émergeaient au milieu de nuées violettes, comme jaillies du magma originel, et la blancheur, la blancheur absolument spiritualisée, la blancheur d'un clown, grimé, celle de la Chine. C'était une ville qui n'en finissait jamais, je pensais les rues et les places, leurs noms, je pensais les basfonds des trottoirs et les marchés, les hommes et j'imaginais de surcroît les histoires et les destins qui murmuraient dans la pierre.

Jamais je ne te rejoindrai, ne me rejette pas, prends-moi : ville, ton prisonnier.

MAIS OÙ EST LA VIE, ME DEMANDAIS-JE ANXIEUX, dans ma chambre-alvéole, devant ma table avec la vue sur le vieux aux pigeons qui renvoyait vers moi ses volatiles. Oui, ces derniers temps, j'avais l'impression qu'il se faisait un plaisir de chasser dans ma direction d'un revers de main les pigeons indésirables. Je me suis gardé de réagir.

Où était la vie ? Elle guettait sous la forme des oisifs postés au coin de la rue ; elle circulait à travers les canaux souterrains du métro qui la charriaient et la ramenaient à la surface ; elle me tendait les bras au fond des chambres discrètes des *maisons de rendez-vous* ; elle glissait le long de l'écran du téléviseur ; elle était tapie dans la ville ; s'insinuait dans mes pensées. Mais y avais-je part ? Je ne partageais ni la détresse matérielle de mes voisins de couleur, ni les interrogations des intellectuels des quartiers mieux lotis, rien ne me concernait, pas même la vie politique de cette nation dont je ne faisais pas partie, je n'étais engagé nulle part, passais mon temps dans ma geôle de chambre, cramponné à mon papier, je me jetais sur ma machine à écrire et ma feuille blanche dans l'espoir de fixer, de faire jaillir quelque chose à quoi je puisse me raccrocher. Souvent, j'avais l'impression qu'au lieu de vivre, je me contentais de laisser échapper ma vie – comme le clochard qui, sur son banc, laissait échapper ses urines. Dire que j'étais venu ici afin de conquérir la vie.

La vie, ça se perd ou ça se conquiert, avais-je prétendu non sans une certaine forfanterie, lorsque j'avais rencontré la fille qui m'avait transmis cette intoxication amoureuse.

C'était au cours d'un voyage à l'étranger, on venait de nous présenter, nous nous trouvions pour lors au milieu d'un groupe d'amis et d'inconnus, occupés à boire, à bavarder, à reboire, dans une taverne grecque, lorsque brusquement cette fille que je ne connaissais absolument pas se tourna vers moi et me pria de dire quelque chose. Qu'entend-elle par *dire*, songeai-je, que puis-je bien lui dire, nous nous connaissions à peine, grands dieux, que veut-elle. Dites quelque chose, répéta-t-elle et c'est alors, pour quelle raison, je l'ignore, que j'ai prononcé, si mes souvenirs sont bons, cette phrase, je n'ai rien à dire, il n'y a rien à dire, sinon que la vie, ça se perd ou ça se conquiert.

Cette nuit même, nous nous retrouvâmes dans le même lit, mais dès le départ, je savais qu'il ne s'agissait pas d'une aventure, non ce n'était pas une simple aventure, ni une «conversation avec les mains sur le corps de l'autre», c'était à la fois un anéantissement et une révélation, je ne savais ce qui m'arrivait, le mot «unio» ne cessait de me trotter par la tête, était-ce parce que je n'avais jamais encore connu une telle fusion, une telle union, parce que je découvrais soudain qu'une pareille chose était possible. Je rentrai à la maison, intoxiqué, et me mis à raconter à ma femme ce qui m'était arrivé, j'avais besoin de parler, toutes les cellules de mon corps j'en étais conscient proclamaient la vérité, impossible de rien cacher, tout mon être métamorphosé parlait à ma place.

J'étais face à face avec ma femme bien-aimée et il me fallait lui confesser la fatale vérité. Nous passâmes des nuits entières au chevet de notre ménage brisé. Je pleurais avec ma femme mais je soupirais si fort après ma maîtresse que je fus obligé de la revoir. Nous nous fixâmes rendez-vous à Paris et vécûmes trois jours à l'hôtel du Paradis, place Emile-Goudeau. Le printemps s'annonçait, la chambre était minable, un réduit exigu tendu de papier fané, avec une porte disjointe et qui fermait mal, un lit étroit et un rideau qui flottait au vent. Je vois encore ce rideau devant mes yeux, je nous vois tous les deux dans cette pièce, nous précipitant vers la fenêtre, dans notre nudité et contemplant par cette fenêtre la ville et l'océan de pierre. Je passai ces nuits dans un état de crise permanente, il m'arrivait de sursauter, effrayé, en m'entendant interpeller tout haut ma femme, dans notre langue incompréhensible pour ma maîtresse. Un souffle léger parcourait la nuit, irruption d'un printemps prématuré, avec de perpétuelles sautes de vent. A un moment donné, j'aperçus de ma fenêtre ce qui se passait derrière les deux faîtières d'un immeuble moins élevé, seuls des fragments étaient visibles. A l'une des fenêtres, celle d'un atelier, je voyais les bras robustes d'un homme en train de manger et de se servir à boire, je ne distinguais qu'un bout de la table et une partie du dîneur, assez néanmoins pour en conclure qu'il s'agissait d'un artiste et que celui-ci, à cette heure tardive, mangeait confortablement son repas après une journée de travail, le reste, l'atelier, les outils, le travail quotidien, la frugalité, la probité, le courage, je pouvais l'imaginer. A l'autre fenêtre, je vis un vieil homme allongé sur son lit et, à côté de lui, un enfant qui lui lisait un livre à haute voix. Non, je n'ai pas rêvé ces deux scènes à la fenêtre, ces tableaux d'un chemin de croix, le malade peut-être condamné à mourir, et le créateur, tous les deux, ils m'ont assailli dans le *paradis* où, moi, je me rassasiais de ce mets dont j'avais jusqu'alors ignoré l'existence même.

Nous nous quittâmes de grand matin, gare de l'Est, il pleuvait, nous marchions l'un à côté de l'autre, sans prononcer un mot, comme des condamnés. Quelques mois plus tard, j'étais installé définitivement rue Simart.

Quand je me tenais à la fenêtre de ma chambre-alvéole et que je scrutais ce qui se passait dans la cour, j'attendais en général pour le faire qu'il fasse nuit noire afin d'éviter tout contact avec le vieux aux pigeons ; quand, de ma fenêtre grande ouverte, disais-je, je scrutais la cour plongée pour lors dans un silence de mort, avec ses murs crevassés, éteints, je ressentais ma peine d'amour comme un état de manque, comme une douleur lancinante et qui me tenaillait le cœur, ce sentiment, me disais-je, est le bien le plus palpable, le plus précieux, le plus solide que je possède. Qu'importe, songeais-je, qu'il me déchire, pourvu qu'il me reste.

Où est la vie ? soupirais-je à Zurich, dans la maison des deux professeurs et de Mlle Murz, la bossue, assis à ma table à repasser, tout en tambourinant sur ma machine ; cette vie zurichoise mesquine et subalterne, cette vie qui se dégrade jour après jour, qui perd tout mystère ; cette vie usée jusqu'à la corde ça ne peut tout de même pas être la vraie vie, me disais-je, je rêvais d'un autre pays, d'un lieu où la vie viendrait à ma rencontre en pleine rue, comme une cavalcade au galop, où elle me piétinerait ; où elle me reprendrait, comme jadis, au temps où tout me paraissait lourd de promesses et d'aventures, de souffrance et d'illuminations.

J'avais quitté la maison à la fée bossue où je travaillais dans la vieille ville et avais emménagé chez un peintre, dans un autre quartier. L'atelier qui mesurait six mètres sur dix et était pourvu de fenêtres à tabatière m'avait été promis, mais il était prévu que le peintre en garderait l'usage jusqu'à sa nouvelle installation, il m'avait proposé afin de ne pas perdre ce logement qui passait pour un bien extrêmement recherché d'utiliser en attendant les pièces voisines. Je m'étais ainsi retrouvé pendant près d'un an partageant un atelier avec ce peintre que je n'avais connu jusqu'alors que de vue. Il s'appelait Karel, avait des yeux perçants qui parfois louchaient un peu, un visage arrondi orné d'une barbe, un corps râblé et une brioche de poivrot invétéré.

J'étais la plupart du temps installé avant lui dans notre atelier, et soudain la porte s'ouvrait et Karel entrait en sautillant sans un bruit sur ses courtes jambes et ses pattes d'ours, dans ses bras il portait deux bouteilles pansues de chianti, quatre litres, sa ration quotidienne, mais il ne s'y attaquait pas d'emblée, il mettait les bouteilles de côté, se rendait à la cuisine, concoctait une tisane diététique, se versait une gorgée de cette tisane dans un bol et y ajoutait du vin, ce breuvage lui tenait lieu de petit déjeuner, mais la tisane une fois bue, il passait au vin et ne s'arrêtait plus qu'au moment où, complètement bourré, il sombrait dans un sommeil grandiose, digne d'un sybarite, d'un païen.

Karel m'était très cher, c'était un sage, il connaissait les plantes médicinales, les épices, les sirops et savait s'y prendre avec les bêtes. Il réussissait à enfoncer son bras jusqu'à l'épaule dans la bouche d'un cheval sans être mordu, il charmait ou calmait le chien le plus hargneux en marchant droit sur lui sans le quitter des yeux, et le chien se mettait aussitôt à geindre et se couchait, certains lui léchaient même la main. Ses pouvoirs ne se limitaient pas, d'ailleurs, aux animaux et aux plantes mais s'étendaient aussi aux humains. Karel était merveilleusement agréable à vivre, il était la discrétion même, ne vous forçait pas à partager ses libations, ne vous dérangeait jamais dans le travail. Assis à ma table à repasser, je me sentais rassuré en pensant que mon ami Karel était à côté, dans l'atelier aussi vaste qu'une salle de gymnastique, entre les tableaux ébauchés et les innombrables accessoires en tous genres qui constituent l'attirail d'un peintre ; peu m'importait qu'il peignît ou non, bût ou non, je n'éprouvais jamais avec lui les états d'agressivité qu'avait provoqués le pauvre Florian ; il ne me serait même pas venu à l'idée d'exiger de Karel qu'il travaillât, il avait beau produire de manière régulière de nouvelles toiles, ce n'était pas ce qui comptait pour moi : il était un mage, il faisait partie du monde du merveilleux, était doué d'un sixième et même d'un huitième sens, savait parler à toutes les créatures vivantes et même aux objets inanimés, en outre il avait le don du sommeil. Il passait des mois entiers à dormir et si sa femme appelait, j'avais pris l'habitude de monter et de dire : il vient d'aller faire une course, dois-je lui dire de rappeler ? Sa femme vivait dans l'appréhension d'avoir épousé un alcoolique incurable, lorsque de temps à autre des amis ou un simple chauffeur compatissant le ramenaient ivre mort à la maison, elle lui fermait parfois la porte au nez, croyant ce faisant l'intimider, lui rendre service.

Le père de Karel était cordonnier et ivrogne, une poule familière et un cochon partageaient son atelier de cordonnerie et de beuverie ; ceux-ci lui tenaient compagnie et il arrivait qu'au cours d'une fête familiale, alors que non seulement toute la tribu mais aussi le curé se trouvaient rassemblés autour de la longue table dressée dans le jardin, le cochon fît brusquement basculer celle-ci avec les plats, les assiettes, les verres et les victuailles, en essayant de prendre place aux pieds du père de Karel, ce devait être un cochon de belle prestance, tout rose, gris-rose.

Karel venait de la campagne, les champignons n'avaient pas non plus de secrets pour lui, les plantes médicinales lui étaient familières, mais son propre cas, en l'occurrence l'alcoolisme, le laissait désemparé, la tisane panachée se révélait inopérante ; Karel nous quitta à diverses reprises pour faire des cures de désintoxication, il en revenait comme au sortir d'une fontaine de jouvence, sans brioche et la peau fraîche comme une jeune fille, mais la guérison ne durait jamais plus de quelques semaines et il revenait chaque fois à ses vieilles habitudes.

Au rez-de-chaussée de l'immeuble il y avait un débit de tabac aux destinées duquel présidait Mlle Weishaupt. Chaque fois que j'entrais dans la boutique, je prenais soin de ne pas ouvrir trop brusquement la porte pour ne pas heurter la cage du perroquet qui trônait juste à côté de celle-ci, sur un trépied. Le perroquet se tenait un pied en l'air et inclinait la tête afin de mieux examiner l'intrus. Je commençais par humer les arômes de tabac, inspectais rapidement les rayons garnis de livres de poche, sur ces entrefaites Mlle Weishaupt surgissait de l'arrière-boutique et, clignant de ses petits yeux comme une personne qu'éblouit le brusque passage de l'obscurité à la lumière, elle venait à la rencontre du client. Ce clignement n'avait en fait rien à voir avec une faiblesse de la vue, il était destiné à toiser le client tout en gardant envers celui-ci ses distances, il s'agissait plutôt d'une forme de scepticisme, d'orgueil. Mlle Weishaupt était une personne qui savait ce qu'elle voulait et qui prenait de grands airs. Elle étudiait les gens, à l'affût de je ne sais quoi d'exceptionnel, mais il était bien rare qu'elle tombât sur des interlocuteurs dignes d'elle et qui méritassent d'entendre les considérations mûrement pesées de Mlle Weishaupt. En dehors de son perroquet, on l'imaginait fort bien esclave d'une passion ou d'une science occulte, s'adonnant par exemple au jeu, à la cartomancie, ou qui sait, au spiritisme. C'était certainement une brave femme, tout compte fait.

A quelques pas de notre maison décatie et vouée à une prochaine démolition s'élevait un vaste immeuble de bureaux, précédé d'un minuscule espace vert garni de quelques arbres. Cette oasis que l'on aurait prise pour une carpette déposée au pied du glacial colosse de béton était probablement le vestige, épargné en raison de ses arbres lesquels affichaient un grand âge et une taille imposante, d'un ancien parc que la moderne citadelle commerciale avait englouti et recouvert de béton. C'était le coin de verdure le plus proche et ces frondaisons m'incitaient toujours à respirer profondément, je m'en remplissais les poumons, surtout quand il pleuvait, j'aspirais l'arbre tout entier, comme si j'avais une faim insatiable de bonheur à assouvir. J'ignore quelle sorte de bonheur j'éprouvais, sans doute celui de l'enfance, chaque fois que je levais les yeux vers ce jeune feuillage pétillant, qu'importe qu'il pleuve, me disais-je, et je humais les senteurs mouillées, c'était comme un appel irrésistible, un signal d'alarme, un marronnier comme ça il n'y en a plus nulle part, cet arbre était à lui seul tout un univers. Tandis que mon chien flairait le gazon je me haussais en direction de ce feuillage duveteux et infiniment nuancé, mon chien préférait encore au marronnier le cèdre dont il ne se lassait jamais de flairer le tronc rugueux ; à l'intérieur du building, derrière les baies des pièces du rez-de-chaussée, je voyais ces messieurs et dames les programmateurs en train de vaquer à leurs tâches, pas possible qu'ils n'aient pas remarqué, peut-être même raillé ou envié le monsieur au chien qui avait le temps et le loisir de mener paître son chien et d'observer ce qui se passe dans les planètes feuillues au sein desquelles pointent déjà les blancs candélabres.

A ma table de travail j'éprouvais parfois cette sensation d'ennui torturant que l'on ressent, enfant. C'était comme si j'avais été dans une antichambre de la vie, coupé de tout. Je me forçais à écrire, comme si seule l'écriture pouvait me permettre de voir, de respirer, de communiquer, et qu'une journée sans écrire n'eût pas été une journée. *Le jour d'aujourd'hui ne sera que demain mon jour, à condition que je le remémore en une autre demeure.*

Lorsque je ne me livre pas à mon travail de notation, songeais-je, tout reste irréel. Le sentiment d'étrangeté s'empare de moi de manière si menaçante que j'ai peur de m'éteindre en pleine vie. Cet exercice de notation obéissait à la fois à une volonté de prendre pied et de me libérer par l'écriture : me libérer de mon isolement et prendre pied dans la vie. Je m'abandonnais au langage, aux phrases, à leur rythme comme si ç'avait été une luge destinée à m'emporter. Cette appréhension de m'éteindre explique une autre tendance que j'ai parfois et qui consiste à me laisser couler non seulement dans la vie quotidienne mais aussi dans l'alcool, la destruction, l'autodestruction, ce péril. Il y a dans cette pulsion le besoin de m'étourdir. Est-ce l'angoisse d'être sevré de mon aliment, en l'occurrence de cette expérience vécue qui me sert de matière première ? Un mouvement de balancier est-il nécessaire entre le besoin de sortir de moi-même, de me laisser gifler par la vie (cela doit résonner comme l'orée d'une forêt en été, comme un diapason que l'on vient de frapper) puis le retour à l'intérieur, le désert, la strate ? Surgir des abysses, tout incrusté de boue, couvert de varech... Faut-il vraiment plonger dans l'ivresse, boire la tasse, être en péril pour être forcé d'écrire ? Devrai-je toute ma vie être aux abois ?

La vie, ça se perd ou ça se conquiert. Moi je suis à sa recherche. Lorsque je précise que je cherche la vie, je veux dire que je cherche à devenir vivant, à être réveillé, un éveil, oui un éveil. Me réveiller de cet état de confusion, d'incertitude, d'ennui, de mélancolie, de désespoir, de léthargie, où je me débats pour conquérir la réalité ? Je me jette dans la vie, comme je me cramponne à l'écriture, mais le besoin désespéré de me laisser embrasser par la vie, de l'irriguer, de me réveiller, ne tarde pas à me détourner de l'écriture, et l'effort de concentration qu'exige cette écriture qui est supposée me remettre d'aplomb me détourne à son tour de la vie. Fuyant cette chambre qui me retient comme une prison, je sors, fais quelques pas vers la vie, mais dehors, le souci de trouver un point d'appui me fait languir après l'écriture.

Je suis au piquet dans cette chambre-alvéole. J'attends. Je viens de graisser mes deux valises préférées. J'ai acheté l'une d'elles à Londres, très exactement dans un magasin de Bloomsbury spécialisé dans le *lost property*, j'ai fait cet achat en 1968, séduit par son format oblong, oui elle fait penser à l'étui d'un instrument de musique, et dans le sens de la largeur, elle a à peu près le format d'un in-quarto, elle rappelle également la valise d'une bonne à tout faire, surtout quand on l'ouvre, l'intérieur est doublé de coutil grisâtre. Elle était fortement éraflée, mais la qualité du cuir inspirait confiance. Au fil des ans, elle s'est tout de même déglinguée, les bords, les arêtes commençaient à tomber en poussière et chaque fois que je la trimbalais les jambes de mon pantalon se couvraient d'une poudre rouge comme si j'avais barboté jusqu'aux genoux dans du pollen. Elle a fini par craquer de toutes parts. Maintenant la voici rafistolée, elle tient plus ou moins, et depuis que je la graisse, elle est même toute luisante et douce au toucher. J'ai un attachement presque superstitieux pour cet objet.

L'autre mallette à manuscrits, j'en ai fait l'acquisition à une époque encore plus reculée, en 1965 je crois bien, c'était dans la Bahnhofstrasse de Zurich, chez un maroquinier réputé du nom de Lilian, à l'occasion d'une liquidation, mes finances étaient à l'époque au plus bas. Je n'avais peut-être pas besoin d'une valise, mais cet acte de bravade m'était sans doute nécessaire. J'empruntai l'argent et l'investis dans cet article de luxe créé pour durer une vie entière. C'était une façon de miser sur le mouvement et de cracher sur la sécurité.

Tandis que je graissais mes valises, le vieux aux pigeons s'est mis à redoubler sa sarabande. Il n'aime pas me voir disparaître de son champ de vision, peut-être ai-je sans le savoir ma place attitrée dans la vie du vieux, peut-être l'observation de ma personne est-elle prévue à son emploi du temps.

Je ne me déplace jamais sans ces valises, j'y transbahute des années entières mes manuscrits, je les bourre, je les gave de papier jusqu'à les faire éclater et un beau jour, pourvu que la chance me sourie, il en sort un livre, les feuillets quittent les valises, le livre s'échappe et moi aussi, je surgis de mon livre achevé, de ma galerie de mine, tout neuf, différent, du moins je me plais à l'imaginer.

Lorsque j'ai fait l'acquisition des deux valises, je logeais dans un réduit, non loin de la Bahnhofstrasse de Zurich, et voisinais avec des ouvriers italiens dont la popote nocturne inondait ma pièce d'un merveilleux fumet qui se mêlait aux effluves montant de chez le marchand de fromages au rez-de-chaussée. Je travaillais alors toujours de nuit, devant effectuer le jour des besognes alimentaires pour un journal. Ma fenêtre donnait sur une brasserie renommée et tour à tour, j'entendais les bruits de fermeture de l'établissement, les invectives des derniers pochards, le réveil de la rue, à l'aube, sous les pas des ouvriers matinaux, les rumeurs charmantes de l'arroseuse municipale lavant la rue à grandes eaux, sans oublier le tapage du café situé un peu plus haut, à l'heure du nettoyage. Avant d'aller au lit, j'avais pris l'habitude de me promener, moi et mon chien ; un ouvrier italien s'était fait écraser les orteils et boitait depuis lors, il me racontait son malheur sans s'apitoyer pour autant sur son sort, il semblait plutôt s'en réjouir, car il touchait désormais une pension, son travail était devenu plus facile et sa situation, tout compte fait, meilleure.

Je louais un grand nombre de chambres principales et secondaires et grâce à elles je découvrais la ville et le monde. Elles étaient toujours équipées des mêmes instruments de travail rudimentaires et je les tenais secrètes afin d'y préserver la présence des esprits ou si l'on préfère l'atmosphère propice au travail. Ces chambres étaient des écrins destinés à abriter mes œuvres en gestation et quand le travail était enfin achevé, je sortais de mon fourreau, je me dépouillais de ma vieille peau. Un certain temps j'ai habité un poulailler qui dominait le lac de Zurich, il avait été reconverti en un studio dernier cri par un rédacteur publicitaire, avec douche, kitchenette, une plate-forme encastrée y tenait lieu d'alcôve. L'une des parois était entièrement vitrée et donnait sur le lac, mais c'était malgré tout un poulailler entouré d'autres cages à poules du même genre, vestiges d'une ancienne exploitation avicole. Un jour, une fuite d'eau s'était produite dans mon poulailler-studio, le plancher avait été entièrement inondé et le chat qui venait toujours me rendre visite pendant la journée s'était réfugié sur la table de travail ; ignorant où se trouvait le compteur d'eau, j'allai me mettre à l'abri dans la fabrique voisine, elle aussi désaffectée, où habitait une communauté, constituée essentiellement de femmes et d'enfants, les hommes se rendaient la journée à leur travail ou à leurs études, j'eus la chance d'en trouver un et il me vint en aide.

Je ne suis pas un pisse-copie, bon Dieu, je n'ai rien d'un littérateur, j'essaie de faire comprendre ça à Beat. Les livres ne sont que les legs que je laisse derrière moi, ils me servent à ramper jusqu'à la lumière, ou à la terre ferme. Au moment où le livre paraît, il est pour moi une affaire depuis longtemps enterrée, tu saisis ?

Tu pourrais très bien laisser tomber, dit Beat, personne ne t'oblige à écrire des livres, pourquoi ne laisses-tu pas tomber ?

On a beau faire, dis-je à Beat, ce qui vous pousse c'est quand même l'idée d'une mission ou pour être plus exact d'une exploration, lorsque j'ai commencé c'est comme si j'étais en voyage. Mais avant d'en arriver là... d'être prêt... C'est

Un enfantement, dit Beat, rien ne t'empêche d'utiliser le mot puisque tu tiens tant aux comparaisons avec la grossesse.

Ça dure un sacré temps, me dis-je, avant qu'un matériau, un fait vécu, à force d'être brassé, d'avoir fermenté dans ma bosse, bref d'être digéré, finisse par surgir, peut-être au bout de dix ans, sous une forme concrète et utilisable. Jusque-là, tout reste opaque et j'en deviens complètement malade.

Mon calvaire, c'est cette marche qu'il me faut effectuer enfoncé jusqu'aux genoux dans le brouillard, dans les ténèbres infernales, dis-je. Pire : j'ai l'impression que la vie s'acharne à m'ensevelir et que l'écriture est une façon de m'exhumer. Je m'efforce de remonter à la surface en m'accrochant au fil de l'écriture.

Explique-toi plus clairement, dit Beat. Veux-tu dire que tu ne peux pas inventer ou que tu ne veux pas ? Serait-ce que tu n'as rien à dire, vieux frère ? Tout ce que tu veux, c'est regarder ton nombril. Pourquoi te prendre à tout prix pour un hagiographe ? Si c'est ça ton problème, ça se soigne. Tu n'as qu'à aller consulter un psychiatre, que diable.

Je dis : Beat, dis-je, mon seul problème c'est que je n'écris pas ce que je sais à l'avance, mais justement en vue d'apprendre ; que j'essaie d'approcher quelque chose d'inconnu et de souterrain, et ne va pas croire que ce sont des élucubrations. J'avance à tâtons, j'essaie d'établir un contact. Il faut que je sonde le terrain, si c'était chose faite, je n'aurais absolument pas besoin d'écrire. Mon problème, c'est la prospection, ou ses préparatifs, pas l'emballage. Impossible, me dis-je par-devers moi, de faire comprendre ça à quelqu'un qui n'est pas de la partie. Et soudain, je me rends compte qu'au fond, je ne puis commencer un livre qu'à partir du moment où je subodore la thématique la plus secrète de ce livre qui mijote au fond de moi. Lorsque le machin s'est fait connaître avec, je dirais, son cœur qui palpite, son odeur *sui generis*, son poids spécifique, sa vie invisible. Lorsque je le respire. Cette thématique ultra-secrète n'est pas l'essence de ma propre expérience, elle est cette parcelle que je partage avec d'autres individus, voire avec d'autres livres ; oui, c'est comme un souvenir que l'on ne parvient plus à situer, quelque chose d'infiniment reculé, d'immémorial. C'est une légende lointaine que mon sujet me permet tout au plus de voiler, d'envelopper, qui sait, de laisser transparaître mais jamais de l'énoncer. Elle n'apparaît pas dans la fable ou dans l'intrigue, elle danse, vibre ou se terre dans une région souterraine, s'exhale de l'ensemble comme un breuvage odoriférant.

On la trouvera dans les phrases. Je cours après moi-même tout au long de mes phrases dans l'espoir de la rejoindre. Je foule la surface du papier, de l'onde, à la manière de l'araignée d'eau. Ce qui ne devient pas phrase, dans ce processus somnambulique, reste simple page blanche, est mort-né et ne vaut même pas la peine qu'on en parle.

Un livre, songeais-je récemment, alors que je grimpais les escaliers qui vont de la rue Becquerel au Sacré-Cœur, cela doit se détacher de son auteur, de la biographie, du grenier aux idées de l'écrivain, comme une bulle de savon surgie de l'orifice d'une paille et qui flotte dans les airs en chatoyant mystérieusement de toutes ses couleurs. Un livre doit embaumer comme un souvenir. Le lecteur, lorsqu'il pense à ce livre, à l'un de ses passages ou tout simplement à son climat, ne doit plus savoir ce qui lui passe par la tête. Le livre s'est transsubstantié en sa propre chair, il le touche de l'intérieur, dresse ses antennes. Mais qu'était-ce donc, songe-t-il ? Quel est ce souvenir qui soudain me revient ? Il lui est devenu trop intime. Voilà comment cela devrait être, dis-je en hurlant à Beat, *digéré dans la panse de la mémoire.*

Pourquoi cries-tu comme ça, tu deviens dingue, dit Beat qui se vautre confortablement sur mon canapé en feuilletant un journal. Il a entre les dents un cigare éteint, un de ces machins filiformes que, ne fumant pas en principe, il ne s'octroie qu'après le cognac.

Et si par hasard l'écriture était mon seul point de contact avec la vie ? Puis-je espérer un jour m'en sortir sans cet expédient, sans ces béquilles ?

Tu n'as pas fini de cogiter sur l'écriture, dit Beat. Pourquoi ne pas la voir comme un simple métier. Considère-la comme un métier, une activité manuelle.

Une activité manuelle, facile à dire, me dis-je. Et à quoi me servira ce métier, sacrebleu, pendant les interminables périodes d'incubation ? Lorsque les revenus s'amenuisent, tarissent et finissent par rendre leur dernier souffle comme un poêle qui s'éteint, et que pendant ce temps, les factures me tombent dessus avec l'écœurante ponctualité qui les caractérise ; elles s'amoncellent sur ma table ou dans un tiroir, puis viennent les sommations, les lettres de menaces, et toujours pas d'argent en vue, où en trouver ? Je suis bientôt obsédé par ces factures, je me mets à calculer tout ce que je dois à tout le monde, et les délais qui me restent à l'extrême rigueur jusqu'à l'échéance. Quand on n'en a pas les moyens, on ne fait pas d'études, comme disait mon oncle Alois, on n'a qu'à travailler, quitte à charrier du fumier (il le disait bien).

Désormais, ces factures, ces factures impayées qui, tels des cadavres gonflés d'eau, flottent à la surface de ma conscience, se mettent à déteindre sur toute ma vie ; je mets celle-ci sur le plateau de la balance et m'aperçois avec désespoir que je n'arriverai jamais à combler le déficit, c'est toute mon existence qui se solde par un gigantesque passif, je me remémore le mal, les accès de désespoir, les subterfuges que m'ont coûtés mes livres, toute ma vie m'apparaît à la lumière non seulement de l'échec, mais de la présomption et de l'imposture ; la dèche perpétuelle est une friponnerie, dit le brigand du roman de Robert Walser, ou encore : qui n'a pas le sou est un gredin. Ils ont bien raison, ceux qui pensent ainsi, me dis-je dans de tels moments, et en vérité, je me sens responsable à leurs yeux, comme à ceux des Arabes et des Noirs de mon quartier. Dès l'enfance, ma vie intérieure me faisait honte.

Toute la cohorte des angoisses et des doutes de ma vie écrivassière surgit en rampant pour dévorer ma belle assurance. Beat prétend que l'exercice de l'écriture n'est en principe ni meilleur ni pire que n'importe quel métier manuel, un travail artisanal, comme celui de l'ébéniste d'à côté, estime-t-il, ou feint-il d'estimer ; il est possible à la rigueur d'émettre un jugement quantitatif sur le mérite de l'intéressé, sa qualité, sa perfection, un point c'est tout ; prétendre de la part de la société à une quelconque préséance, à une indulgence particulière lui paraît purement grotesque.

Si je suis le raisonnement de Beat : les livres sont des produits artisanaux, destinés à la consommation ; mettons-nous ça dans la tête : les livres sont faits pour être dévorés, ou péniblement déchiffrés, pour divertir, éduquer, remettre en cause, ouvrir les yeux, distraire, réconforter ; pour fleurir une saison, puis pour retourner à leurs étagères, à leurs rayons et devenir un élément décoratif, exactement comme la commode de l'ébéniste, ou le papier peint du mur ; ou encore pour entrer dans le patrimoine culturel, bon, je veux bien. Mais comment concilier ce point de vue avec les affres irrationnelles, parfois mortelles qui entourent leur gestation, cette autre note à payer ? Et comment expliquer tout ce qu'il y a d'envoûtant, de fascinant, dans un livre, la profondeur, la force explosive, la puissance régénératrice, *la vie* qui non seulement le caractérise mais qu'il répand, rayonne continuellement, du moins s'il s'agit d'un livre authentique, tu laisses je te prie au lecteur le soin d'en juger, c'est une question qui *toi* ne te concerne en aucun cas. Contente-toi de faire ton travail et de le faire le mieux possible.

Je dis : Beat, dis-je, j'admets qu'on a tendance à surestimer ce malheureux travail, ne serait-ce que parce qu'il est si solitaire ; on voudrait croire que cette vie qu'on lui a consacrée est exceptionnelle, qu'on est soi-même unique en son genre, et pourquoi pas ? Au demeurant, je n'ai pas de comptes à te rendre, c'est *moi* l'organisateur, le patron de l'entreprise, j'en assume les risques et ne crois pas que je méprise pour autant les ébénistes et les buralistes. Et ça a choisi la liberté, ironise Beat. Mauviette ! dit-il. Mon Dieu, ces écrivains !

Je me revois alors accoudé comme si souvent au comptoir d'un bistrot, occupé à rêvasser au milieu de ce vacarme dû aux va-et-vient, aux conversations, au flipper, c'est merveilleux d'être ainsi au comptoir, enserré par la ville, et je songe à la manière dont je me mets à voir, à sentir, à murmurer, et dont je me rends compte tandis que les poissons font des bonds, dans un éclair, que les affûts, les courses, les rêves auxquels je me suis livré, ces vagabondages, vont aboutir à une prise. Oui, mais que se passe-t-il quand ces fonctions tombent en panne, que tout semble mort en moi, que je n'ai vraiment rien à exhiber, à part cette liberté qui m'apparaît soudain comme une liberté de damnés ou de crevés ? L'angoisse s'empare de moi, je me vois déjà, faisant appel à quelque service culturel, m'adressant à Monsieur le préposé et sollicitant, compte tenu de mes activités, un soutien financier, une assistance d'urgence, si possible Monsieur le préposé, j'ai l'honneur d'attirer votre attention sur l'urgence de mon cas, dis-je, et la réponse est : très bien, nous allons examiner votre problème, veuillez d'ici là faire preuve de patience, vous comprendrez certainement qu'il nous faut nous occuper de tout le monde, des ébénistes, des fleuristes, des trappistes, de tous les créateurs culturels, vous n'êtes pas le seul… Laisse tomber, me dis-je, les livres, ce sont des dons même s'il faut commencer par les fabriquer et surtout par les vivre.

La vie devient de plus en plus endiablée et l'homme ressemble au violoncelle, il cesse de vibrer lorsque l'archet ne l'effleure pas, j'ai lu ça chez Maxime Gorki, je crois.

Je ne me sentais toujours pas prêt, je n'arrivais pas à commencer mon livre, je n'en poursuivais pas moins mon train-train, prenais des notes, m'astreignais à me dégourdir la plume, laissais sauter les poissons au cours de mes flâneries et, rentré chez moi, j'essayais de me rappeler comment le poisson avait sauté dans ma tête, parfois je ressortais précipitamment, *à la recherche d'un poisson perdu,* puis je m'asseyais devant ma machine, laissais le chariot gambader, courais après les phrases, laissais couler, jusqu'à ce que la marée se fût retirée.

Ce n'est pas vraiment après la vie que je cours, tout au plus après les mots, je suis pour le moment un chercheur de mots, mais où est la vie, me disais-je

je rêvai ensuite que j'étais en chemin de fer, je me trouve avec d'autres écrivains dans un compartiment et j'explique à mon voisin comment en laçant mes chaussures j'ai constaté, récemment, que j'entendais ce qui se disait ailleurs, oui j'ai découvert que je pouvais écouter mes lacets, que ceux-ci étaient des rubans, des rubans magnétiques, incroyable, m'entends-je dire, tout en fixant le visage incrédule puis souriant d'un air indulgent de mon voisin, absolument inouï, mais vrai. Ce pouvoir surnaturel m'était tombé du ciel comme la chose la plus naturelle du monde ; j'en avais pris conscience en accomplissant un geste aussi prosaïque que celui qui consiste à lacer ses chaussures. Je me mis ensuite à rêver que j'étais capable, à l'aide d'une simple feuille de papier, de m'envoler et de planer dans les airs. Je ne sais plus au juste comment je m'y prenais pour m'élever dans l'espace, ma feuille à la main, mais, dans mon rêve, cela ne posait aucun problème, je renouvelais indéfiniment l'expérience et toujours avec succès, suspendu à ma feuille de papier, m'y cramponnant comme à un cerf-volant, planant à une altitude de deux mille mètres, je survolais une région située à cheval sur trois pays, un territoire immense, mon territoire, c'était un pays solitaire et vallonné, aux tonalités brun-vert ou vert brunâtre, encore hivernales, plus suisse que français, je n'avais aucune peine à l'embrasser du regard comme un oiseau, je jouissais d'une vue panoramique, et néanmoins pas le moindre signe de vie, là en bas, qui ne m'échappait ; et alors, mais cela se passait plus tard, après que j'eus atterri et retrouvé mon moyen habituel de locomotion, à savoir mes pieds, alors, disais-je, je tombai sur un attroupement, ce devaient être des journalistes, des reporters, ils étaient réunis là pour un événement important, et voici qu'au milieu d'un groupe je reconnus mon cher Beat, lui aussi était reporter, je m'approchai de lui, bien qu'il me fît comprendre d'un signe de tête agacé que je le dérangeais, qu'il n'avait pas le temps, je notai alors sur mon bloc-notes le miracle qui m'était arrivé, rédigeant la nouvelle, pourquoi je l'ignore, mais intentionnellement, sous la forme d'un quatrain boiteux, j'arrachai la page du bloc et la glissai dans sa main, il *fallait* que j'en informe quelqu'un, et plus tard, lorsque Beat eut du temps à me consacrer, il déclara que ce quatrain ne cassait décidément rien, que ce n'était pas un chef-d'œuvre, que sa thématique n'offrait guère d'intérêt, quant à l'information elle-même, il n'y avait même pas prêté attention, il l'avait prise pour un poème, cette espèce de cuistre qui hantait mon rêve.

Je rêvais ainsi de prodiges ou de pouvoirs miraculeux qui dans mon rêve m'étaient donnés en partage et, lorsque je m'interrogeais sur la signification de ces rêves, c'est l'écriture qui me venait immédiatement à l'esprit. Il n'y a pas d'autre explication, me disais-je ; le coup du papier et le numéro des lacets ont forcément un rapport avec l'écriture. Mais pourquoi diable faut-il que ce soient les lacets de mes chaussures qui me permettent d'entendre ce qui se dit ailleurs, dans un éloignement qui n'est pas seulement matériel et spatial, mais temporel, à savoir : celui du passé ? Bon, me dis-je, tu as pas mal traîné tes savates de par le monde et la vie : eh bien il faut croire que celles-ci ont enregistré ces voix, qu'elles n'ont pas oublié, qu'elles te les rapportent fidèlement; fais preuve de modestie, elles te raconteront tout. Il te faut te pencher vers le sol, te pencher vers toi-même, c'est ainsi que tu entendras. Quant à tes prouesses aériennes, elles ne s'expliquent que d'une seule manière : grâce à cette feuille de papier, à ce que tu en fais, à ce que tu en tires, tu as le pouvoir non seulement de percevoir, mais d'apercevoir et de concevoir des choses qui te resteraient normalement inaccessibles, quand tu t'agrippes au papier, c'est comme si tu laissais errer ton regard sur de vastes espaces, tu es comme le busard qui tourne en rond au-dessus d'un paysage grisâtre et dès que quelque chose remue, fond dessus et ravit dans ses serres la chose en question ; grâce à ces cercles que tu accomplis en planant, tu as le pouvoir de saisir le vivant, chaque fois que l'envie t'en prend, c'est en tout cas le sens de ton rêve, me dis-je.

J'avais beau ne rien y connaître dans l'interprétation des songes, ne m'être jamais sérieusement soucié de la question, ces derniers temps, plus précisément depuis que j'étais ici, à Paris, toujours seul dans ma chambre-alvéole, à attendre mon livre, et l'arrivée de la jeune femme dont j'ai parlé, le monde de mes rêves était devenu d'une effervescence et d'une richesse exceptionnelles, qui plus est, ces rêves m'interpellaient, semble-t-il, essayaient de me venir en aide, oui j'avais ma foi beaucoup dormi et beaucoup rêvé, et qui sait si ces rêves n'étaient pas ce qui m'avait poussé si souvent à m'allonger en plein milieu de la journée ou de l'après-midi

un autre rêve me revenait brusquement à la mémoire : je me trouvais perché sur un échafaudage chancelant, dressé vers le ciel, cet échafaudage consistait en une série de plates-formes entassées hâtivement l'une sur l'autre, le tout reposait sur des roulettes, un échafaudage fragile et escarpé, et moi, Dieu sait comment je m'étais fourvoyé tout là-haut, jamais, je m'en rendais compte, je ne réussirais à redescendre, je risquais ce faisant de me casser le cou ; j'avais peur ; si je saute de cet édifice branlant, me disais-je, scrutant prudemment l'abîme du haut de mon promontoire, c'est la mort ; je ne m'en sortirai jamais vivant, songeais-je, déjà saisi de panique, et à l'instant même j'aperçus tout près de moi, à portée de main, une corniche, je tendis les bras en avant et réussis à rapprocher l'édifice branlant, avec moi au sommet, de cette corniche blanche ; il faut que je m'y cramponne de toutes mes forces, pensais-je, mais voilà qu'une baie s'ouvrit brusquement et qu'un de mes plus anciens amis surgit dans l'embrasure : c'est tout de même plus facile comme ça, allons, monte, dit-il, et je pénétrai dans la maison.

Comment, me dis-je, ai-je bien pu atterrir sur cet échafaudage branlant, j'ai dû me *fourvoyer*, il a fallu que je fusse vraiment aveugle pour ne pas avoir su qu'il y avait là, tout près, une maison, un ami, une planche de salut. Ç'aurait pu mal tourner, songeais-je, mais j'ai tout de même fini par rentrer, où ? dans cette maison ; en tout cas, sur un palier habité, où vivait un ami, je n'étais plus seul quoi qu'il arrive.

Quel rapport peut-il y avoir avec mon livre, songeai-je derechef. Mon fourvoiement aurait-il consisté tandis que j'attendais toujours mon commencement, le fameux «plan de marche», à ne pas m'être aperçu qu'au fil de mes exercices d'écriture quotidiens, tandis que je me dégourdissais la plume, j'avais en fait depuis longtemps commencé, et pénétré dans toutes sortes de vies, dans un univers, un univers fait surtout de souvenirs, haltes successives d'un long vagabondage, et que mon pied, mon pied désentravé, à force de parcourir tous ces chemins, n'avait pas oublié. Pour y avoir accès, il me suffit de me pencher aussi bas que possible vers le sol, de me laisser emporter par ma feuille de papier, hors de ce lieu qui s'appelle ma chambre : me laisser aller, couler, voler et dormir, rêver.

Partant de ce point de vue je ne pouvais plus prétendre être seul, pas du moins dans mes pensées, celles que l'écriture enflammait et consumait comme une mèche de soufre et pour en revenir à mon livre, j'avais plusieurs fois aperçu en rêve un livre dont l'existence et la provenance m'étaient inconnues. Un jour, c'était lors d'une séance de lectures publiques, j'avais découvert, traînant au milieu d'une pile de nouvelles parutions exposées sur un présentoir, un livre de moi, un nouveau livre ; à la différence des autres, il était conçu sous la forme d'une liasse de manuscrits munis cependant d'une couverture ; un amalgame de textes, certains tapés à la machine, d'autres imprimés ou écrits à la main, oui une entité hétérogène, ce livre comptait exactement cent quarante-six pages et avait été, semble-t-il, publié à mon insu, en tout cas, il existait ; et moi, dans mon rêve, j'en prenais connaissance avec un mélange de perplexité et de joie.

Une autre fois, j'aperçus un nouveau livre écrit de ma plume chez un libraire, il était en mini-format ; lorsque je l'ouvris, je vis qu'il s'agissait d'un livre illustré, le texte et l'image se confondaient, les débuts des lignes étaient lisibles, je les lisais, les récitais à voix haute et avec stupeur devant quelqu'un, mais les lignes suivantes s'engloutissaient toujours plus profondément au sein de cet océan houleux d'images, je m'escrimais à les en arracher, mais elles se remettaient, chaque fois, à sombrer.

Fallait-il y voir un signe, avais-je commencé à écrire à mon insu ? Lorsque j'essayais de dégourdir ma plume, j'écrivais, il est vrai, plus ou moins à l'aveuglette, l'important, c'était que ça écrive, ça m'était aussi nécessaire que de respirer. Et voici ce que je comprenais : dans ce bouillonnement je ramène toutes sortes de choses à la surface, ma chambre est parfois un vrai pigeonnier, les pigeons, ce sont mes pensées, ces bestioles qui bruissent et qui soupirent, qui grondent dans ma tête, cela bourdonne souvent comme une ruche, toute une population d'abeilles entassée dans ma chambre, je devrais me relire, songeai-je, mais je n'en fis rien, l'important, c'est que tu écrives

que cela bouillonne, comme dans les caniveaux, ici à Paris, j'ai toujours eu un faible pour ces bouches d'eau jaillissantes et glougloutantes, en Suisse ça n'existe pas, c'est une spécialité parisienne et il m'est souvent arrivé de rester planté devant ceux-ci, enfant déjà, au temps où je venais rendre visite à ma tante et où Paris était encore le Paris de ma tante, je contemplais religieusement ces bouches gargouillantes, ainsi que les balayeurs la plupart noirs de peau, occupés avec leurs balais merveilleux à écarter les crachats et les déchets du trottoir et à les acheminer vers l'eau purificatrice qui jaillit de ces orifices. Ces bouillonnements et ces gargouillements m'enchantaient, oui on devrait être comme cela une bouche jaillissante. Cette idée d'être ou de devenir une bouche en train de cracher, non, de vomir en gargouillant les mots et les phrases me plaisait. Ce serait comme une voix qui monte, un émetteur en train d'émettre, un émetteur ? peut-être est-ce là le sens profond de ton expatriation, est-ce là ta fonction ; peut-être fallait-il que cette ville te fasse subir son long étouffement pour que tu puisses glouglouter et déborder, réjouis-toi de ta peine. Tu crains que le fleuve de la ville ne s'écoule en te laissant sans vie, mais peut-être n'y a-t-il pas d'autre vie.

Ainsi me disais-je. Je suis donc condamné à me remémorer dans ma chambre l'autre vie, celle qui n'est plus. A capter des choses depuis longtemps révolues. Tout finit par revenir. Ce sont des épaves qui virevoltent au seuil de ma conscience comme des bouteilles jetées à la mer. Et cependant que je ramasse toute cette vie, je veux dire cette vie qui n'est plus, une vie nouvelle est là et je n'y ai toujours pas accès.

Je suis le fils de mon père et de ma mère, me disais-je, le résultat de cette conjonction et de cette fusion charnelle, leur double univers coule en moi, eux-mêmes étaient des émissaires venus des quatre coins du monde. Je suis leur produit, comme je suis le produit d'une longue histoire, sans parler de tout ce qui m'a marqué au cours de ma vie ; je suis totalement imprégné, de mille manières, une somme de particules en suspension, un grouillement, un tourbillonnement, je suis aussi un appareil émetteur-récepteur; relié au monde entier, à mon su ou à mon insu, car je ne suis que l'aubergiste et que peut bien savoir un aubergiste... mais en me servant de ces écouteurs, j'ai le pouvoir d'enregistrer et de réémettre une parcelle de ce que j'ai enregistré, j'écris pour faire apparaître quelque chose à quoi me raccrocher.

Ecris donc, me dit, en pensée, mon cher Beat, ce n'est qu'en écrivant, je le vois bien, que tu rétablis le contact avec ta vie, pourquoi tout ce tintouin, fais ton travail et fiche-nous la paix.

Je dis : Beat, dis-je, la vie se confond avec ce que l'homme pense au long de sa journée, j'ai lu ça quelque part, je crois que la phrase est d'Emerson, oui c'est une vérité affreuse à admettre, j'aurais préféré qu'elle soit dans mes chaussures, que je puisse la recueillir en grattant mes semelles et la dévider le long de mes lacets.

Ce rêve, je le note, un peu plus tard, toujours dans ma chambre-alvéole, plus ou moins las, tandis qu'au Liban les Syriens canardent les Israéliens et les Israéliens les Syriens, qu'en France la campagne électorale dont l'acharnement n'a cessé de croître se durcit encore, et que la Bourse tremble ; je me souviens à présent que Brisa a appelé récemment, sa voix rendait un son indistinct au bout du fil, toujours cette friture, je ne sais si cela tient à mon appareil, depuis quelque temps ma ligne craque et crachouille de façon de plus en plus extravagante, il faudrait que je fasse venir quelqu'un ; la conversation avec Brisa a été coupée avant que j'aie pu comprendre ce qu'elle voulait ; au fond, j'aimerais bien prendre l'avion pour Rio, au Brésil, ai-je entendu dire, il n'y a pas de problèmes raciaux parce que tous les habitants sont métissés, est-ce que c'est vrai ? Le Brésil, me dis-je, ça ne doit pas être mal, mais je me disais la même chose à propos de l'Extrême Orient, jusqu'au jour où j'y ai vraiment été, et je me vois à présent dans l'avion, nous avons mis le cap sur Medan, à Sumatra, venant de Singapour ; vu d'avion cet univers insulaire devenait réalité, les îles, les îlots, les agrégats d'îles ressemblaient à des bouffées de gaz, à des yeux de graisse, à du plasma, flottant sur la lessive en ébullition de l'océan, elles mouchetaient d'arabesques et de rondes gracieuses la surface des eaux, une ronde originelle, on eût dit une leçon de choses sur l'irruption des continents du fond des abysses sous-marins, que la terre soit, clamaient les palpitations et les scintillements des corpuscules, dans l'aura de leur brume génésiaque, tandis que nous, dans notre couveuse volante, nous nous éloignions à tire-d'aile, le pilote manipulait nonchalamment ses instruments de bord, ou se contentait de rester affalé dans son coin, nous avions tout loisir de l'observer quand nous n'étions pas accaparés par le spectacle du tableau océanique, là en bas, cette portion du globe où se déroulent les histoires de Joseph Conrad et de Somerset Maugham ; c'est alors que je m'endormis et que je vis dans mon rêve une rose sauvage, églantine solitaire et discrète, fleurissant le long d'un muret de mon enfance, lorsque je m'éveillai, dans la serre chaude de notre boîte volante et bringuebalante, très haut dans les airs, lorsque je retrouvai mes esprits, j'avais devant mes yeux cette image aperçue en rêve, je la serrais très fort comme une amulette, cependant que nous amorcions notre descente, que sous les ailes de l'avion glissait la terre, en l'occurrence le faîte, fumant dans la brume de chaleur, des forêts vierges, puis des palmeraies ; de temps à autre, des particules de tôle ondulée fulguraient à travers l'enchevêtrement de verdure, huttes ou lotissements, lorsque nous atterrîmes, je vis que les palmiers nous cernaient de toutes parts, une infinité de palmiers hirsutes, on eût cru des guerriers venus nous accueillir en dansant, dans leur pagne de feuillage ; il y avait aussi cette lumière, cette lumière grésillante, immatérielle comme si l'on marchait dans une ampoule, une lumière impitoyable, transfigurant toutes choses, et qui ne tarda pas à me porter sur les nerfs, si bien que je n'aspirais plus qu'à retrouver l'Europe ; peut-être aurais-je eu au Brésil une réaction similaire et pourquoi diable aller au Brésil, songeai-je, tu es à Paris et tu y restes, me dis-je en jetant un coup d'œil en direction du vieux aux pigeons qui ne devrait pas tarder maintenant à quitter la scène, je ne veux pas dire par là mourir, Dieu m'en garde, mais disparaître de l'embrasure de sa fenêtre, il se couche, je crois, peu après huit heures, de même qu'il se lève dès six heures, pour des raisons mystérieuses, sans doute l'habitude, ma mère aussi se lève toujours à cette heure matinale, dans sa résidence du troisième âge, bien qu'elle ait désormais tout le temps de faire la grasse matinée, tu as *tout le temps*, lui disais-je, mais c'est un discours qui ne lui plaît guère

tandis que l'homme aux pigeons prend congé pour cette nuit de son pigeon favori, et qu'échappés des autres fenêtres sur la cour, les téléviseurs, les bruits de cuisine, toutes sortes de voix, des cris, des éclats de rire, des musiques variées se donnent rendez-vous pour notre coutumière aubade vespérale, pour certains, c'est une cacophonie, pour moi non, je transcris ce rêve qui a pour thème ma présence dans un superbe appartement aux hauts plafonds et aux hautes fenêtres, les fenêtres et les portes donnant sur le balcon sont grandes ouvertes, je baigne dans la lumière d'une matinée de septembre et brusquement, je sais que je suis en Espagne ; je me tiens debout, très jeune encore, et j'observe un homme mûr, disons d'une quarantaine d'années, il est hâlé, mince, il a des gestes décidés et est en train de faire des préparatifs de voyage ; il pose en ce moment ses valises près d'un fauteuil, ce sont les plus belles valises que j'aie jamais vues, elles sont en veau blond, moelleuses et luxueuses, elles ont également de grandes poches souples sur les côtés et des pattes ; je suis là sans rien faire, attendant quelque chose, pas exactement des ordres, des instructions, car cet homme énergique c'est le *roi*, et je suis, moi, qui suis-je, au fait ? je ne le sais pas trop, moitié secrétaire, moitié confident, pas vraiment à sa solde, mais pas non plus un simple invité, quelque chose d'intermédiaire ; j'attends là dans cette pièce traversée de courants d'air frais, inondée de soleil, le *roi* prend maintenant la parole et me dit, de sa voix douce mais décidée, d'avoir l'obligeance de prendre soin du poisson rouge qui est dans le bocal, de ne pas oublier de le nourrir durant son absence, dit-il ; plus tard, étant seul, je m'aperçois que le bocal s'est renversé, qu'il est vide, à l'exception du poisson rouge, qui gît sur les cailloux arides et pâles, il gît sur le flanc et moi, horrifié par ma négligence, je remets le bocal à l'endroit, il se remplit d'eau instantanément, le grand poisson rouge remue, il retrouve ses forces, agite ses nageoires, tourne en rond, la bouche retroussée en avant, et donne de petits coups à la surface

encore eu de la veine, tout s'est arrangé une fois de plus, me dis-je, mais s'il ne s'était pas remis, s'il n'avait pas repris vie ? Il me revient maintenant à l'esprit qu'un inconnu m'a récemment remis un *message de bonheur*, il était tard, je m'étais rendu au cinéma près de Clichy et j'étais en train de suivre la rue Caulaincourt en direction de la maison, sous le dôme feuillu des arbres qui luisaient admirablement dans la pénombre, je marchais presque sur la pointe des pieds, de peur de briser le charme de la rue silencieuse ; en passant près d'un des cafés, celui qui reste toujours ouvert jusqu'au milieu de la nuit, je me fis servir un whisky, dehors, assis, le visage tourné vers la pénombre de la rue, j'avais dans mon dos la salle du bistrot si éclairée, si animée qu'elle en paraissait torride ; cette impression de rayonnement tenait aussi, bien sûr, au fait que tout baignait à la ronde dans le silence nocturne, à l'intérieur, quelques habitués, éméchés, plaisantaient l'un des leurs qui essayait de baragouiner anglais avec une étrangère, une touriste accaparée par le flipper ; j'étais assis à ma table, là-dehors, et les rires montaient par intermittence sous la forme de salves puis d'une houle, je me sentais heureux, j'étais ici chez moi, dans mon quartier, ça ne me disait encore rien de regagner l'appartement, et soudain, surgi de la pénombre, un homme s'avança vers moi et déposa une enveloppe à côté de mon verre, je lus ces mots sur l'enveloppe :

> M. et Mme
> *Je suis sourd-muet*
> *et vous présente*
> *le «Message du Bonheur»*
> *à votre bon cœur*
> *Prix : 1 Fr. Merci !**

---

* En français dans le texte.

J'ouvris l'enveloppe, après avoir payé la pièce d'un franc demandée, et lus l'annonce sur le bout de papier plié.

Révélations du Destin*

puis, ayant déplié le papier, le texte suivant :

Vous êtes d'une nature indécise, c'est-à-dire que vous ne savez jamais quoi faire, un rien vous embarrasse, ce qui est le plus fort, c'est que vous voulez tout faire à la fois. Toujours plusieurs idées en tête ? vous ne savez pas laquelle entreprendre et cette indécision vous a déjà causé beaucoup d'ennuis dans la réussite de vos projets.

Vous avez une bonne idée en tête, suivez-la jusqu'à complète réussite, sans vous occuper d'autre chose, et le succès est certain.

Vous avez dans votre existence une personne vous aimant beaucoup et il est malheureux pour vous que vous ne partagiez pas ses sentiments.

Comme vous êtes très agréable en société, vous avez l'estime de votre entourage et tout le monde aime votre société.

RÉSUMÉ

Caractère : enjoué, plutôt bon, même trop confiant.
Famille : nombreuse, dont une partie fera sa carrière dans l'armée.
Amour : beaucoup de chance pour vous et pour ceux qui vous aimeront.
Jeu : assez de chance, mais surtout pas trop d'entêtement. Jours de chance : le 9 et le 1.
Existence : heureuse et vieillesse tranquille.
Votre porte-bonheur sera : l'opale.*

* En français dans le texte.

Je me dis qu'il me connaissait étonnamment bien, en tout cas dans les grandes lignes, et me sentis du coup encore plus heureux, une soirée si belle, si irréelle, ça n'existe qu'en rêve, me dis-je, il coule tant de choses par une soirée pareille, une soirée faite pour le flot des idées, oui vraiment idéale, je commandai un autre whisky

à présent, je songe à ma mère et à la joie qu'elle aurait si je pouvais la régaler ici, elle dit toujours, quand je vais te voir : tu es mon unique rayon de soleil, et un jour, tu verras, je viendrai te voir à Paris, Paris, dit-elle, c'est la ville de mes rêves, ça l'a toujours été, elle me raconte alors *ses* visites à sa tante, cela se passait au début des années trente, plus tôt encore, au temps où, jeune femme vêtue à la dernière mode, elle portait les chaussures les plus élégantes du moment, et retournait régulièrement à Paris, la tante en question avait elle aussi un petit chien, il s'appelait Fleurette et avait fini par devenir asthmatique et obèse, j'ai connu le petit chien et la tante qui était ma grand-tante et vint s'installer chez nous à Berne, à près de quatre-vingts ans, ayant perdu, au terme d'une longue existence, son mari pharmacien et officier de la Légion d'honneur ; moi, je n'aurai probablement jamais ma mère ici, auprès de moi, me dis-je, comment cela serait-il, comment ferait-elle pour se déplacer, avec les jambes qu'elle a, il faut la voir venir à la porte, toute raide, à petits pas, quand je sonne chez elle, elle ne pourrait ni descendre les escaliers du métro ni grimper dans l'autobus, sans compter le long voyage en train ou en voiture pour venir jusqu'ici, mais elle voit semble-t-il les choses sous un jour différent ; je songe à présent que j'aurais bien aimé amener également mon chien, mais que je n'ai pas osé, où aurait-il été gambader, je n'aurais pas pu, Dieu m'en est témoin, le sortir tous les soirs et le promener dans la nature comme il en a l'habitude, j'ai pensé à l'appartement exigu, à la différence de modes de vie, j'ai eu peur et je l'ai laissé en Suisse chez des amis, il était bien chez eux, il avait un jardin et un maître à l'âge de la retraite qui le gâtait, n'empêche que mon chien n'a pas tenu bien longtemps le coup, il n'a pas tardé à mourir ;

même Florian, et ne parlons pas de Karel, s'entendait avec mon chien ; Beat, par contre, ne l'aimait guère, il n'aime pas les chiens, les gens qui ont des chiens se croient d'une race supérieure, il me l'a plusieurs fois lancé en pleine figure ; je ne veux plus jamais de chien, pourtant, je trouvais le raisonnement de Beat superficiel et dur, je revois soudain mon premier chien que j'ai dû faire abattre peu avant mon baccalauréat, il avait atteint l'âge de quatorze ans, souffrait d'hydropisie et tenait à peine sur ses pattes, un jour je l'ai amené à l'hôpital vétérinaire, le préposé m'a ordonné de conduire le chien qui se cabrait dans cette chambre d'exécution, j'ai dit : viens ici, au pied, ai-je dit, le chien, constatai-je, prenait sur lui pour me faire confiance, il me suivit, une fois à l'intérieur, il posa sa vieille tête contre mon genou et le préposé l'abattit d'un coup de fusil, le chien remuait toujours la queue en mourant, on me remit son collier, sa laisse et je m'en retournai chez moi muni de ces deux objets.

Je ne sais pourquoi j'écris tout cela, une vie entière me sépare de cette époque, mais le passé, ça n'existe pas, je rêve parfois de ce premier chien, mais je n'ai pas besoin de rêver du second nommé Flen et dont Karel faisait grand cas, Flen est un lord, disait Karel, je le retrouve à travers tous les chiens, je n'ai pas de mal à communiquer avec les chiens, j'ai l'impression de comprendre leur langage ayant eu moi-même des chiens, je sais ce que signifie à tel ou tel moment leur façon de bâiller ou de haleter, je les comprends ; rien ne s'efface, même la souffrance, le temps qui passe a beau en abolir les causes, les masques de la souffrance restent pour moi aussi visibles que si je les voyais exposés à une vitrine, tout est présent et tout n'est pourtant qu'un rêve ; tiens, voici Beat qui rentre, il dit, eh bien, dit-il, tu as fini par passer avec succès tes épreuves initiatiques, *mon écrivain** ?

Je dis : Beat, dis-je, je suis las. Et songe : «POURQUOI FAITES-VOUS TOUT CE RAFFUT, VOUS VOYEZ BIEN QUE JE DORS.»

Paris, 1977-1981.

* En français dans le texte.

LECTURE

Repartir à zéro

En 1976, Paul Nizon, écrivain et critique d'art suisse allemand, connu et apprécié autant dans son pays qu'en RFA, quitte Zurich et s'installe à Paris. Il a quarante-sept ans.

Ce n'est pas la première fois qu'il prend le large et s'éloigne de la Suisse dont il ressent l'influence étouffante. Dans son *Discours à l'étroit*[1] de 1970, il avait dressé un tableau inquiétant, qui fit grand bruit, de ce pays et de sa vie culturelle.

Partir pour écrire ! Suivant en cela une tradition de la culture germanique, qui, de *Wilhelm Meister* de Goethe à Peter Handke, en passant par Büchner, Rilke et Max Frisch, associe le voyage à une initiation spirituelle, la prose toujours autobiographique de Paul Nizon est imprégnée, dès le début, du besoin de tout abandonner, y compris et surtout soi-même : "sortir de moi-même... me laisser gifler par la vie[2], pour me faire transporter hors de moi et de chez moi"[3].

Son premier grand livre, édité chez le prestigieux éditeur allemand Suhrkamp, *Canto*[4], est déjà l'hymne à une ville étrangère, une "méditation corporelle sur la solitude"[5], composée des impressions de son séjour à Rome, en 1960. Et *Untertauchen* (Plonger)[6] est le récit d'une chute passionnée et déroutante dans une histoire d'amour barcelonaise. Quant au roman *Stolz*[7], il évoque un personnage qui s'exile à la campagne, pour y chercher l'inspiration, l'inconnu, le renouveau.

Dans *L'Année de l'amour*, cependant, tous les ponts sont coupés. Son mariage brisé, le héros se retrouve au fond d'un *quartier couscous*, seul, sans aucun contact avec le milieu intellectuel d'une ville qu'il ne cesse d'implorer afin qu'elle devienne sa nouvelle mère. Renaître, si c'était possible !... Mais cela est possible quand on perçoit la réalité à travers la langue. "La réalité qui se met en place dans la langue est la seule que je connaisse et reconnaisse", dit Paul Nizon en 1962[8].

Ecrire la vie

Comme un spectateur qui découvrirait pour la première fois les coulisses d'un théâtre, l'envers du décor, le lecteur de *L'Année de l'amour* suit cette lutte, l'écriture en train de se faire, l'esprit en train de se défaire. D'abord la méthode : "L'attente, une façon de me mettre en moi-même"[9], "oublier, oublier ce qui est en train de se dérouler, de s'amasser, là-haut, dans mes petites cellules cérébrales, dans ma tête". "Le sommeil fait partie du travail[10]", il s'agit de faire le vide afin que puisse jaillir la phrase, que prenne forme cette écriture musicale qui nous entraînera comme elle a emporté l'auteur. Les mots, sortis droit du cœur, craignent l'emprise intellectuelle, le concept, le plan. Comme le disait Proust : "... les vérités que l'intelligence saisit directement à claire-voie dans le monde de la pleine lumière ont quelque chose de moins profond, de moins nécessaire que celles que la vie nous a malgré nous communiquées en une impression, matérielle parce qu'elle est entrée par nos sens, mais dont nous pouvons dégager l'esprit"[11].

Cependant, à tout moment, le trou noir hante l'écrivain, l'impossibilité de sortir de son angoisse, le sentiment qu'on n'arrive jamais à s'élever au-delà de ce qu'on est, la menace constante que la solitude dessèche à jamais la plume.

Ecrire en équilibre au bord du gouffre pour témoigner de ce qu'il y a au fond du gouffre.

La vérité de ce roman se trouve dans l'aveu de l'auteur que son écriture n'aboutit pas facilement à un livre, qu'entre écrire et faire un livre il y a un abîme, peut-être parce que le flux désordonné, hasardeux et aventureux de l'écriture est incompatible avec la forme même d'un livre.

Nizon rêve d'écrire comme les Chinois pratiquent la peinture. D'un jet instantané, ininterrompu, saisir en une forme parfaite la réalité. Mais il faut pour cela s'oublier complètement. Se livrer au monde afin de le ressentir jusqu'au tréfonds de soi, et, grâce à la couleur de son propre esprit, faire naître l'œuvre. Ce serait là le bonheur de l'auteur : "... oublier complètement ma propre existence, ... me libérer de moi-même"[12]. "Un livre..., cela doit se détacher de son auteur, de la biographie, du grenier aux idées de l'écrivain, comme une bulle de savon surgie de l'orifice d'une paille et qui flotte dans les airs en chatoyant mystérieusement de toutes ses couleurs."[13]

La crise profonde de l'auteur, qu'il refuse de farder, qu'il veut vivre jusqu'au bout dans l'espoir que les angoisses qu'il acceptera pleinement ne l'obséderont plus, cette crise le précipite hors de la chambre-alvéole de son esprit. Il éprouve le besoin de se jeter à l'eau, de sentir son corps, de fuir ce vide dont il a en même temps absolument besoin pour achever son livre.

Evelyne Pieiller écrivait très justement dans sa critique de *L'Année de l'amour*, parue dans *Le Monde* : "Comment saisir la réalité ? On est toujours en décalage. Si l'on vit, vraiment, ingénument, on ne sait pas que l'on vit, et si l'on s'éloigne de la vie pour mieux la connaître, on en est séparé. Ah, *où est la vie ?*"[14]

Vivre ou assister à sa vie ? Etre ou s'écouter être ? C'est l'éternelle question de l'artiste. On ne peut exprimer la vie et vivre en même temps. L'art est une petite mort. Ecoutons Van Gogh qui, nous le verrons par la suite, fut si important pour Nizon : "... cela demeure éternellement un sentiment mélancolique de ne pas se trouver dans la vraie vie, dans ce sens qu'il vaudrait mieux travailler dans la chair même que dans la couleur ou le plâtre, dans ce sens qu'il vaudrait mieux fabriquer des enfants que de fabriquer des tableaux..."[15]

Cependant, le héros de *L'Année de l'amour* découvre à la fin du roman la véritable valeur de ce qu'il appelait auparavant "se dégourdir la plume", ces incessantes notes sur

Paris, sur la rue grouillante où il habite, sur le "vieux aux pigeons" et tous les souvenirs qui ressurgissent dans son esprit. Ces esquisses, vibrantes et colorées, ces instantanés de vie, ces descriptions amoureuses que nous sommes en train de lire, il y avait là une précieuse matière première ! La vie est-elle exprimable par un récit ou bien est-elle, dans son essence, fragmentaire, discontinue et... désespérément quotidienne ?

Am Schreiben gehen

Le titre de ce livre, qui regroupe les conférences données par Paul Nizon à l'Université de Francfort[16] en 1984, se traduit difficilement en français : Marcher en s'aidant de l'écriture comme d'un bâton. L'écriture représente pour Nizon "... une béquille, sans laquelle je risque de tituber"[17]. C'est pour cette raison que l'œuvre de Paul Nizon adhère à sa vie, la reflète, la digère, la recrée, afin de soutenir et fortifier son auteur. Sa prose est, en effet, purement autobiographique, "mais à un niveau où l'autobiographie devient fiction anonyme et commune à chaque lecteur : le ressenti décrit est d'autant plus intense qu'il est plus impersonnel, tout se passe dans une zone d'impressions et de sensations partagée par tout le monde, à cette réserve près que personne justement ne la formule ainsi"[18].

Dans sa première conférence, Nizon évoque deux de ses sources spirituelles. Deux parrains : Robert Walser et Vincent Van Gogh. Tous deux des génies de l'errance et de la solitude pour qui une métropole a joué le rôle de "maternité". "Vincent a littéralement vu le jour à Paris. Auparavant peintre des tons sombres, il y a découvert les couleurs."[19] C'est dans les lettres de Van Gogh, qui furent, en 1957, l'objet de sa thèse, que Paul Nizon a trouvé ces phrases si révélatrices pour lui : "... et pourtant ça a été dans cette forte misère que j'ai senti mon énergie revenir, et que je me suis dit : Quoi qu'il en soit j'en remontrerai encore, je reprendrai mon crayon que j'ai délaissé dans mon grand découragement, et je

me remettrai au dessin, et dès lors, à ce qui me semble, tout
a changé pour moi et maintenant je suis en route et mon
crayon est devenu docile, et paraît le devenir davantage de
jour en jour."[20]

Canto

La "naissance" de Paul Nizon en tant qu'écrivain a eu
lieu à Rome. On découvre dans *Canto* ce qui lui révéla
l'envie de faire vivre pleinement l'artiste en lui. Une bourse
lui a permis de passer l'année 1960 (l'année de *La Dolce
Vita* de Fellini), dans cette grande ville d'artistes. C'est elle
qui lui soufflera le cri de liberté, le délire mélancolique de
Canto.

Quand, en 1962, il se mit à écrire ce livre, c'est Céline
qui l'habitait le plus. Ecrire sans programme ni fil conducteur, Nizon appelait cela "prose d'action", en analogie avec
l'"action painting" de Pollock[21]. C'est seulement en 1963
que *Canto* a pris sa forme définitive. Dans ses conférences,
Paul Nizon évoque l'aventure amoureuse à Barcelone,
décrite dix ans plus tard dans *Untertauchen*[22] comme
l'événement qui, en déroutant l'homme, lui a donné la force
de créer son *Canto*.

Im Hause enden die Geschichten

Parallèlement aux impressions romaines, *Canto* chante
aussi le passé, le monde des souvenirs de l'auteur.
Cette mélodie sera reprise et développée dans son pro-
chain livre. C'est au cours de plusieurs "voyages d'écriture" à Londres, Paris et en Italie qu'à partir de 1964, il
élabore un plan et prend des notes pour *Im Hause enden
die Geschichten*[23] (Dans la maison finissent les histoires).

Autour de la maison de son enfance, Paul Nizon décrit
dans ces récits une vie bourgeoise stagnante – toute cette

pétrification dont il a souffert jadis et qu'il ne cesse de fuir. Il dénonce la nature morte des intérieurs, la vie statique, le temps mort. Dans sept chapitres nous observons l'existence en miettes de gens qui *"ne s'en sortiront plus jamais"*, et dans cette expression française se trouve cachée la conviction de Paul Nizon : c'est en voyageant, en changeant d'horizon, que l'homme retrouve sa dignité et accomplit le "deviens ce que tu es" de Nietzsche.

Un seul chapitre nous donne un portrait de l'auteur en enfant, un enfant qui construit dans son imagination un monde utopique en opposition à ce qui l'entoure, et vit ainsi une double existence.

Ce livre qui parut en 1971 confirme en Paul Nizon l'écrivain peintre : traits, couleurs, formes, perspectives s'y mêlent dans un jeu subtil. En ce qui concerne le genre de cette prose, il précise : "Au fond, ce sont là des matériaux pour un roman – en quelque sorte pour que le lecteur puisse le construire soi-même."[24]

Untertauchen

Un an plus tard, c'est *Untertauchen* (Plonger), sous-titré *Compte rendu d'un voyage*, qui voit le jour. De l'expérience qui a failli lui faire perdre la tête, Nizon a tiré dix ans plus tard un récit beaucoup plus classique, conté de façon linéaire.

Un critique d'art d'une trentaine d'années ne revient pas d'un voyage d'affaires à Barcelone. Il y passe son temps dans un cabaret pour revoir celle qui le fascine si fort qu'il se sent au bord de la perdition. "Se trouver en se perdant", voilà le défi de ce personnage.

Untertauchen : plonger, disparaître, changer d'identité, faire la taupe... ce sont les différentes traductions du titre de ce récit. Raconté à la première personne pour ce qui touche le passé, le récit est écrit à la troisième personne pour la troublante aventure de Barcelone. Un ego fendu qui correspond au vacillement du personnage entre une réalité extérieure assez stable et un volcan intérieur. Ce petit récit, très apprécié à sa parution, fut adapté pour la télévision en 1977.

Stolz

C'est dans *Stolz,* dont il parle aussi dans *L'Année de l'amour*25, que l'exil du personnage central se révèle pour la première fois fatal. Ce roman (l'auteur préfère l'appeler récit), paru en 1975, représente une étape importante dans l'œuvre de Paul Nizon. Entièrement écrit à la troisième personne, il met en scène le personnage que Nizon a été vingt ans auparavant, et qu'il cherche à enterrer. Cette distance rend *Stolz* particulièrement intéressant.

Stolz (c'est aussi le nom de l'énergique ami d'*Oblomov,* dans ce roman d'Ivan Gontcharov qui constitue l'évangile de l'apathie et de l'oisiveté) se retire à la campagne, au sein de l'Allemagne profonde, afin d'achever une thèse sur Vincent Van Gogh. Mais au lieu de travailler, il sombre dans cette sorte de somnolence *oblomovienne* qui le paralyse et le fait finalement mourir de froid dans une forêt hivernale. Son inertie presque maladive est présentée comme un échec dans sa volonté d'en finir avec l'obsession qu'il a du destin tragique de Van Gogh : "Stolz se sentait à la fois repoussé et attiré par ce Vincent. Tout ce qui concernait ses chimères religieuses le gênait comme l'eussent gêné des malformations physiques. Mais le «feu de son âme» qu'il évoquait dans ses lettres était authentique. Dans sa chambre nocturne, Stolz sentait la passion qui avait dû habiter l'autre. Cette même passion expliquait à son tour le pouvoir – serein et tranquille – qu'exerçait sur lui Vincent. Il n'a jamais connu le vide, lui. Il n'a jamais été détaché et, grâce à sa passion, jamais malheureux sans doute, se disait Stolz et celui-ci sentait qu'il n'avait, quant à lui, aucune passion, et que son existence était peut-être par là même dénuée de sens. Il dormit longtemps et profondément."27

Se trouver *avant* la vie avec l'ardent désir d'y pénétrer,

ne pas pouvoir agir tout en sachant que l'action est la seule
issue, ce sentiment a hanté plus d'un poète. Dépeint dans
Oblomov et *Lenz*[28], il le fut aussi dans certains *romans d'apprentissage*[29], nombreux dans la littérature allemande, qui
content la lutte d'un jeune homme avec la vie, et décrivent
sa formation intérieure. On ne peut s'empêcher de songer
également à l'*Oberman* de Senancour, ce prophète de
l'ennui qui, lui, trouva sa voie en s'exilant… en Suisse[30].

Avec Stolz, Paul Nizon avait créé un personnage que
beaucoup de lecteurs se sont plu à identifier. C'est grâce à
ce roman qu'il fut enfin reconnu. Il entreprit alors des
voyages de lecture en Allemagne, Autriche, Suisse, mais
aussi en Angleterre et en Irlande.

Cependant une dépression le happa. Non, il n'était pas
encore complètement libéré de cet état si intensément décrit
dans *Stolz*. Une froideur, un désintérêt au monde, une perte
d'espoir, l'envie de rien le saisit. Où est passée la vie ?
Aber wo ist das Leben, ainsi s'intitulait en 1979 un choix
de ses nouvelles. C'est après la parution de *Stolz* qu'il croit
l'avoir perdue. Comme si l'auteur avait attrapé la maladie
de Stolz[31].

C'est à ce moment qu'eut lieu sa rencontre avec une
jeune femme, rencontre qu'il nomme dans *L'Année de
l'amour* "un empoisonnement d'amour". Paul Nizon s'installe alors à Paris. "La vie, ça se perd ou ça se conquiert[32]."
Il n'avait plus rien à perdre et tout à conquérir.

Vision d'amour

Avant tout, à Paris, il avait à conquérir l'amour. *Stolz*,
son dernier livre, nous montrait un être dépourvu de passion
et de sentiment pour autrui. Lorsque Stolz revoit sa femme,
elle l'implore : "Je m'étais si réjouie de ta venue… et c'est
à peine si j'ose maintenant te toucher. Tu es assis là comme
un inconnu. Tu ne t'es pas encore une seule fois adressé à
moi, le sais-tu[33] ?" Paul Nizon explique dans ses conférences qu'il a souffert de cette froideur intérieure ou plus

précisément d'une alternance cyclothymique de dépression et d'exaltation. Son entrain, ses accès d'euphorie, son exubérance, se demande-t-il dans *L'Année de l'amour*, sont-ils une révolte désespérée contre la maladie et le risque d'anéantissement qu'elle comporte ?[34]

Ses deux modèles, Vincent Van Gogh et Robert Walser, ont été brisés par la vie et par l'amour (ou plutôt le manque d'amour). C'est un peu son effroi face à ces destins, si présents dans *Stolz,* qui a poussé Nizon à se libérer d'eux, à faire peau neuve, à chercher un lieu et une situation propice à une vie remplie d'amour et d'écriture généreuse.

L'utopie de l'amour, c'est se perdre dans l'autre, se donner corps et âme. Etrange paradoxe : c'est seulement en s'abandonnant qu'on peut devenir soi-même. Pour s'ouvrir au monde et au véritable amour, il faut cesser de s'écouter, il faut accepter de ne plus savoir où l'on va. L'amour n'est pas un passe-temps, c'est une expédition à travers un pays inconnu, une exploration où l'on joue sa peau. Car lorsqu'on aime vraiment, on ne met pas sur le tapis quelques morceaux de soi, on mise tout. Pour la jouissance de s'oublier, il faut prendre le risque de se perdre. Voilà l'enseignement de *Untertauchen* et la vision, le rêve de l'auteur de *L'Année de l'amour*.

En effet, l'amour risque aujourd'hui de devenir pour l'être humain un objet comme un autre, un plaisir, un jeu, une obsession – mais toujours enfermé dans la tête de celui qui l'éprouve. L'amour n'est plus ce qui bouleverse tout (nous, l'autre, notre vision du monde), l'amour est menacé de devenir une chose parmi les autres, un sentiment à consommer et à jeter après usage comme un mouchoir en papier.

"Le bleu de ses yeux était en ébullition, ou peut-être cette impression tenait-elle au simple fait que, de si près, Stolz n'y voyait rien."[35] Hélas, il devient si difficile de sentir l'autre, de le deviner ! Paul Nizon sent et décrit d'une façon admirablement authentique, dans *L'Année de l'amour*, l'absence, le manque, la quête d'amour. Il cherche à se convaincre que ses rencontres dans les bordels sont de l'amour : "mais *c'est* de l'amour, me dis-je, puisque tout est là comme dans l'amour véritable, les baisers sans fin, les mille manières de s'enlacer, sans oublier l'acte proprement dit, accompagné de toutes sortes de grognements, soupirs et petits cris, des halètements conjoints, c'est vrai qu'on s'aime quand on se plaît ensemble et que les membres et la peau des deux partenaires se désirent, autrement, on ne se laisserait jamais aller…"[36] Cependant, de même qu'il sait qu'un bon livre ne se fait pas avec des phrases bien tournées et des idées cuites à point, il devine que l'expression, les gestes de la passion ne sont pas la passion. L'amour est si rare et si facile à singer !

L'Année de l'amour cherche à vaincre la distance qui séparait Paul Nizon des femmes, du monde, des autres. Une vision d'amour qui se veut un pont, un pont de phrases entre la solitude de l'écrivain et le grouillement tumultueux, mystérieux et incontrôlable de la vie.

NOTES

(Les indications bibliographiques de l'œuvre de Paul Nizon se trouvent dans la bibliographie.)

1. Paul Nizon : *Diskurs in der Enge, Aufsätze zur Schweizer Kunst.*
2. Paul Nizon : *L'Année de l'amour* (*AA*), première édition établie sous la direction de Jacqueline Chambon aux éditions Actes Sud, 1985, traduction de Jean-Louis de Rambures. Citation d'après la présente édition en poche, p. 166.
3. *AA*, p. 122.
4. Paul Nizon : *Canto*, version française à paraître en 1990 aux Editions Jacqueline Chambon.
5. Georges-Arthur Goldschmidt, *Une musique cocasse et désespérée*, *La Quinzaine Littéraire*, 1er novembre 1985.
6. Paul Nizon : *Untertauchen*, à paraître aux éditions Actes Sud.
7. Paul Nizon : *Stolz*, citations prises dans la version française, Actes Sud, 1987, traduction de Jean-Louis de Rambures.
8. Cf. Martin Kilchmann (Herausgeber) : *Paul Nizon, Materialien*, Frankfurt, Suhrkamp, 1985, p. 92 à 95.
9. *AA*, p. 24.
10. *AA*, p. 25.
11. Marcel Proust : *A la recherche du temps perdu*, Gallimard, La Pléiade, t. III.
12. *AA*, p. 27.
13. *AA*, p. 171.
14. Evelyne Pieiller : *Paul Nizon à la recherche d'un poisson perdu*, *Le Monde*, 18 octobre 1985.

15. Vincent Van Gogh : *Lettres à Théo*, lettre n° 476, Gallimard, 1956.

16. Paul Nizon : *Am Schreiben gehen (ASg)*, à paraître en français aux éditions Actes Sud.

17. Cf. *ASg*, p. 37.

18. Goldschmidt, *Ibid.*

19. *ASg*, p. 17.

20. Van Gogh, *ibid.*, lettre n° 136.

21. *ASg*, p. 48.

22. Cf. *ASg*, p. 63.

23. *Im Hause enden die Geschichten*, à paraître aux éditions Actes Sud.

24. *ASg*, p. 55.

25. *AA*, p.123.

26. Ivan Gontcharov : *Oblomov*, traduit du russe par Luba Jurgenson, L'Age d'Homme, 1986.

27. *Stolz*, p. 87.

28. Georg Büchner : *Lenz*, dans *Werke und Briefe*, dtv Gesamtausgabe 1965.

29. Le *Bildungsroman* est une notion de Wilhelm Dilthey.

30. Cf. Senancour : *Oberman*, Folio Gallimard, 1984.

31. *ASg*, p. 75.

32. *AA*, p. 159.

33. *Stolz*, p. 124.

34. *AA*, p. 121.

35. *Stolz*, p. 124.

36. *AA*, p. 15.

BIOGRAPHIE

1929
19 décembre : naissance de Paul Nizon à Berne. Son père est un immigrant russe, chimiste de Riga, sa mère est bernoise. Jeunesse et études à Berne.

1949
Voyage en Calabre. Quelques vacations pour la radio.

1951
Début de ses études d'histoire de l'art, d'archéologie et d'histoire de la littérature allemande à Berne.

1952
Etudes à Munich.

1953
Retour à Berne où il poursuit ses études.

1955 / 1956
Retraite dans le Spessart pour écrire une thèse sur Vincent Van Gogh. Voyage en Hollande.

1957
Fin des études sanctionnées par un doctorat. Assistant au musée historique de Berne. Correspondant de la *Neue Zürcher Zeitung*. Genèse de Die gleitenden Plätze.

1960
Bourse de l'Institut suisse pour Rome. Rencontre avec Max Frisch. Décision de devenir écrivain.

1961

Rentre comme directeur de la critique d'art à la *Neue Zürcher Zeitung* à Zurich. Premiers plans de *Canto*.

1962

Hôte du groupe 47, lit des extraits de *Canto*. Contacts avec Günther Grass, Martin Walser, Ingeborg Bachmann.

1963

Parution de *Canto* chez Suhrkamp en RFA.

1964

Elaboration de ce qui deviendra *Im Hause enden die Geschichten* (dans les maisons finissent les histoires). Parution en recueil de ses articles de critique, dont le texte important *Discours à l'étroit*. Prix du canton de Berne.

1967

Bourse de la fondation *Pro Helvetia*. Nombreux voyages : Londres, Paris, Italie...

1971

Parution de *Im Hause enden die Geschichten*. Prix du canton de Berne. Décide de ne plus travailler en tant que critique.

1972

Parution de *Untertauchen* (Plonger). Prix *Conrad Ferdinand Meyer*. Prix d'encouragement du canton de Zurich.

1973

Voyages. Plan d'un livre-ville, tel que le sera plus tard *L'Année de l'amour*.

1974 / 1975

Ecrit *Stolz* en s'inspirant de son séjour au Spessart en 1955-1956.

1975

Parution de *Stolz*. Prix littéraire de Brême. Voyages de lecture en RFA, Autriche, Suisse.

1977

Premier séjour à Paris dans la "chambre-alvéole". Lectures de *Stolz* en Angleterre et en Irlande. Emigration à Paris.

Publication de *Vincent van Gogh in seinen Briefen* (van Gogh dans ses lettres). *Untertauchen* est adapté pour la télévision. Bourse de la fondation *Pro Helvetia*.

1978
Voyage en Amérique.

1979
Séjour en Toscane. Ecrit *Die Taube* (Le Pigeon) qui deviendra la première partie de *L'Année de l'amour*.

1980
Séjour à Londres et à Berlin.

1981
Parution de *L'Année de l'amour*. Voyages de lecture en Allemagne et en Suisse.

1982
Prix de la fondation Schiller en Suisse. Prix littéraire de la critique allemande.

1982
Hôte de DAAD qui offre aux artistes une année de séjour à Berlin. Court métrage autobiographique.

1983
Parution du recueil *Aber wo ist das Leben ?* (Mais où est la vie ?).

1985
Parution de *Am Schreiben gehen* (conférences de Paul Nizon à l'Université de Francfort). Parution de *L'Année de l'amour* en français, qui sera sélectionné pour le prix Médicis "étranger".

1987
Parution de *Stolz* en français.

1988
Prix de France-Culture.

1989
Parution de *Im Bauch des Wals* (Caprichos).

BIBLIOGRAPHIE DES ŒUVRES
DE PAUL NIZON

I. Œuvres en prose

Die gleitenden Plätze. Prosastücke, Bern : Scherz 1959.
Canto, Frankfurt / M. : Suhrkamp 1963, 1976 (suhrkamp taschenbuch 319), 1983 (Weißes Programm im 33. Jahr Suhrkamp) ; Zürich : Ex Libris 1963.
Im Hause enden die Geschichten, Frankfurt / M. : Suhrkamp 1971, 1978 (suhrkamp taschenbuch 431) ; Zürich : Ex Libris 1973.
Untertauchen. Protokoll einer Reise, Frankfurt / M. : Suhrkamp 1972, 1978 (suhrkamp taschenbuch 431) ; Zürich : Ex Libris 1973.
Stolz. Roman, Frankfurt / M. und Zürich : Suhrkamp 1975, 1978 (Bibliothek Suhrkamp) ; Zürich : Ex Libris 1977.
Stolz ou le cœur froid, Vevey : Bertil Galland 1976 ; Lausanne : Ex Libris 1976.
Stolz, roman traduit de l'allemand par Jean-Louis de Rambures, Actes Sud, 1987.
Das Jahr der Liebe. Roman, Frankfurt / M. : Suhrkamp 1981, 1984 (Bibliothek Suhrkamp).
L'Année de l'amour, roman traduit de l'allemand par Jean-Louis de Rambures, Actes Sud, 1985.
Aber wo ist das Leben. Ein Lesebuch, Frankfurt / M. : Suhrkamp 1983.
Am Schreiben gehen, *Frankfurter Vorlesungen*, Frankfurt / M. : Suhrkamp 1985.
Im Bauch des Wals, Caprichos, Frankfurt / M. : Suhrkamp 1989.

II. Essais

Die Anfänge Vincent van Goghs. Der Zeichnungsstil der holländischen Zeit. Untersuchung über die künstlerische Form und ihre Beziehung zur Psychologie und Weltanschauung des Künstlers, Dissertation 1957, Bern, 1960.

Vincent van Gogh im Wort. Eine Auswahl aus seinen Briefen, Bern : Scherz 1959.

Bildteppiche und Antependien im Historischen Museum, Bern, (mit Michael Stettler), Bern : Stämpfli 1959.

Zürcher Almanach, (Herausgeber), Zürich : Benziger 1968.

Friedrich Kuhn – Hungerkünstler und Palmenhändler, Zurich : Verlag Um die Ecke 1969.

Lebensfreude in Werken großer Meister, Genf, Lausanne : Skira-Mondo 1969 ; Übersetzung : *Bonheur de vivre et grands peintres*, Lausanne : Mondo 1969 ; *Gioia di vivere e arte della pitture*, Lausanne : Mondo 1969.

Diskurs in der Enge. Aufsätze zur Schweizer Kunst, Bern : Kandelaber-Verlag 1970 ; Zürich : Benziger Broschur 1973 ; Zürich : Ex Libris 1973.

Swiss made. Portraits, Hommages, Curricula, Zürich : Benziger 1971.

Zürcher Almanach, co-auteur Hans Rudolph Hitly et Hans Heinz Holz), Zürich : Benziger 1972.

Taschenbuch der Gruppe Olten, co-auteur avec Dieter Frigeli et Erika Pedretti), Zürich : Benziger 1974.

Van Gogh in seinen Briefen, Frankfurt / M. : Insel Verlag 1977, (= insel taschenbuch 177).

Skizzenbuch New York. Hans Falks Skizzenbücher aus dem Woodstock Hotel, Time Square, New York, Zürich : ABC-Verlag 1979.

Articles divers

Zu meinen Prosastücken, dans : *Die dunklen Pferde, Schweizer Künstler unter 35*, DU. Kulturelle Monatsschrift, Zürich, August 1959.

Deutschland von Italien kommend. Reflexionen über den Heimatbegriff, dans : DU. Kulturelle Monatsschrift, Zürich, Oktober 1961.

*Canto auf die Reise als Rezept, dans : Neue Zürcher Zeitung, 5. 11. 1961.

Selbstporträt, dans : *Unter 40*, DU. Kulturelle Monatsschrift, Zürich, November 1962.

Aktionsprosa. Bemerkungen zu einer neuen Erzählhaltung, dans : DU. Kulturelle Monatsschrift, Zürich, Juni 1965.

Waffe der Armut. Über Robert Walser, dans : Zürcher, Woche, 29. 10. 1965.

In welcher Gesellschaft leben wir ?, dans : Zürcher Woche, 20. 1. 1967.

Die Wirklichkeit verspielen, dans : Die Weltwoche, Zürich, 17. 5. 1968.

Über die kulturelle Freiheit, dans : Die Welwoche, Zürich, 4. 11. 1968.

Eine große, erschreckend überdehnte "Bühne"..., dans : Kunstblatt, Luzern, März 1969.

Max von Moos. Versuch eines Porträts, dans : Peter Thali, *Max von Moos*, Zürich : Verlag Ernst Scheidegger 1973.

Fellini – "Vita", dans : Tages Anzeiger Magazin, Nr. 15, Zürich, 13. 4. 1974.

Eine Seele im Fegefeuer. Zu Max von Moos, dans : Tages Anzeiger Magazin, Nr. 37, Zürich, 14. 9. 1974.

*...geboren und aufgewachsen in Bern, dans : Tages Anzeiger Magazin, Nr. 41, Zürich, 12. 10. 1974.

Sie könnten Zirkusleute sein. Doppelbildnis Trudi Demut und Otto Müller, dans : Tages Anzeiger Magazin, Nr. 40, Zürich, 4. 10. 1975.

Robert Walsers Poetenleben. Dichtung und Wahrheit, Innenwelt und Außenwelt, dans *Robert Walser zum Gedenken*, hg. v. Elio Fröhlich und Robert Mâchler, Zürich / Frankfurt / M. : Suhrkamp 1976.

Hans Falk in New York ; Ein Katastrophenwaert im

* Les articles marqués par un astérisque ont été réédités dans le recueil *Aber wo ist das Leben*. Ein Lesebuch, Frankfurt / M. : Suhrkamp 1983.

Woodstock Hotel, dans : Tages Anzeiger Magazin, Nr. 20, Zürich, 19. 5. 1979.

*Augenmensch. *Versuch über das Sehen*, dans : *75 Jahre Schweizerischer Zentraeverband für das Blindenwesen* (Beilage), St. Gallen 1979.

*Bericht *aus dem Koffer und durch das Fenster*, dans : Tages Anzeiger Magazin, Nr. 51 / 52, Zürich, 22. 12. 1979.

Römische Reminiszenzen, nein, Butterblumen für Max Frisch, dans : *Begegnungen. Eine Festschrift für Max Frisch zum siebzigsten Geburtstag*, Frankfurt / M. : Suhrkamp 1981, S. 177-181.

Französinnen, dans : Zeitmagazin, Hamburg, 28. 1. 1983.

"... weil aus der Sprache so viele Bilder und Gedanken in mir explodieren", dans : Tages Anzeiger Magazin, Nr. 44, Zürich, 5. 11. 1983.

*Bildnis *Karl Buri mit flankierendem Selbstbildnis (als junger Museums assistent) und weiteren Staffagen,* dans : *Von Angesicht zu Angesicht. Porträtstudien, Festschrift für Michael Settler,* Bern : Stämpfli 1983, S. 322-327.

Schwarze in Paris, dans : Tages Anzeiger Magazin, Nr. 5, Zürich, 4. 2. 1984.

Articles sur *L'Année de l'amour*

Heinz Albers, *Das Leben in Paris suchen*, Hamburger Abendpost (Nachtausgabe), 26. 3. 1982.

Alois Bischof, *Lebensmutprobe*, dans : Die Wochenzeitung, 1. 5. 1982.

François Bondy, *Flucht ins Leben*, dans : Süddeutsche Zeitung, 1. 5. 1982.

Ingeborg Brandt, *Grübler in der Schachtel*, dans : Die Welt, 21. 11. 1981.

Hermann Burger, *Reise durch den Kontinent der Frauen*, dans : Die Weltwoche, Zürich, 18. 11. 1981.

Jean-Luc Coatalem : *Paul Nizon : L'Année de l'amour*, dans : La Nouvelle Revue Française, Paris, 1er déc. 1986.

Charles Cornu, *In der Falle der Freiheit*, dans : Der Bund, Bern, 7. 11. 1981.

Jürgen Eyssen, *Zwischen Mülltonnen und Metroschächten*, dans : Hannoversche Allgemeine Zeitung, 9. / 10. 1. 1982.

Gérald Froidveaux, *Das Ich ist anderswo*, dans : Frankfurter Allgemeine Zeitung, 13. 10. 1981.

Georges-Arthur Goldschmidt, *Une musique cocasse et désespérée*, dans : La Quinzaine Littéraire, Paris, 1er nov. 1985.

M. H., *Detektiv zwischen Begierde und Verzweiflung*, dans : Schaffhauser Nachrichten, 17. 3. 1982.

Georges Hausemer, *Das Leben gewinnen oder verlieren*, dans : Letzeburger Journal, 13. 8. 1982.

Valentin Herzog, *Zweimal Krise in Paris*, dans : Basler Zeitung, 10. 10. 1981.

Ka, *Suche nach Leben und Liebe. Ein Schachtelzimmer als Meditationsort*, dans : Reutling General-Anzeiger, 27. 10. 1981.

Christoph Kuhn, *Dichter, Sinnenmensch in der Schachtel*, dans : Tages Anzeiger, Zürich, 30. 9. 1981.

WL, *Von der Scham der Innerlichkeit*, dans : Müncher Buch-Magazin, Nr. 8, 8. 2. 1982.

Doris Lott, *Suche nach dem Sinn des Lebens*, dans : Badische Neueste Nachrichten, 11. 12. 1981.

Bendicht Luginbühl, *Der Duft der Erinnerung*, dans : Berner Zeitung, 17. 10. 1981.

Isabelle Martin, *Paul Nizon, "chercheur de mots"*, dans : Journal de Genève, Genève, 7 déc. 1985.

Martin Meyer, *Von der Sprache geführt*, dans : Neue Zürcher Zeitung, 6. 11. 1981.

Jean-Pierre Moulin, *Suisses de Paris*, dans : Construire, hébdom. suisse, 28 janv. 1987.

Simon Neubauer, *Eine Liebesvergiftung*, dans : Weser-Kurier, 26. 2. 1982.

NO, *Der neue Roman von Paul Nizon*, dans : Vaterland, Luzern, 5. 11. 1981.

Vuicin Philippe, *Petite musique d'amour*, dans : 24 heures Magazine, Genève, 23 avril 1986.

Evelyne Piellier, *Paul Nizon à la recherche d'un poisson perdu*, dans : Le Monde, Paris, 18. 10. 1985.

Monika Riniker, *Paul Nizon : "Das Jahr der Liebe"*, dans : Kirchenblatt, Schweiz, 2. 9. 1982.

Hedwig Rohde, *Einsam in seiner Freiheit*, dans : Der Tagesspiegel, Berlin, 17. 1. 1982.

N. Schachtsiek-Freitag, *Horror Vacui*, dans : Zeitwende, juillet 1982.

Heinz F. Schafroth, *Leben zu gewinnenn, Leben zu verlieren*, dans : Frankfurter Rundschau, 24. 4. 1982.

Wilfred Schiltknecht, *Paul Nizon : Une ville pour écrire*, dans : Gazette de Lausanne / Journal de Genève, 17. 4. 1982.

Maria Scholz, *Warten auf Liebe*, dans : Die Woche, Regensburg, 29. 10. 1981.

Reinhardt Stumm, *Die Qualen der Sehnsucht*, dans : Nürnberger Nachrichten, 12. / 13. 12. 1981.

Uwe Schultz, *Am Abgrund des Schreibens schreiben*, dans : Stuttgarter Zeitung, 28. 11. 1981.

Leonore Schwartz, *Attraktive Straßen-Beleuchtung*, dans : Kölner Stadt-Anzeiger, 12. 2. 1982.

Ariana Thomalia, *Reflektiv und leidenschaftlich*, dans : Generalanzeiger, Bonn, 7. 5. 1982.

Peter Zeindler, *Paul Nizon : "Das Jahr der Liebe". Dokument eines Wartenden*, dans : St. Galler Tagblatt, 2. 9. 1981.

Publications sur Paul Nizon

Peter André Bloch, Edwin Hubacher (Hg.), *Der Schriftsteller in unserer Zeit. Schweizer Autoren bestimmen ihre Rolle in der Gesellschaft. Dokumentation zur Sprache und Literatur der Gegenwart*, Bern : Francke Verlag 1972, p. 124-128.

Werner Bucher, *Versuch sich dem Verzehrtwerden zu widersetzen*, dans : Georges Ammann, Werner Bucher (Hg.), *Schweizer Schriftsteller im Gespräch*, tome 2, Basel : Reinhardt 1971, p. 147-179.

Benita Cantieni, *Paul Nizon*, dans : B. C., *Schweizer Schriftsteller persönlich. Interviews*, Frauenfeld : Huber Verlag 1983, p. 29-46.

Beatrice Eichmann-Leutenegger, *Mitten im Leben absterben. Eine Porträt-Skizze des Schriftstellers Paul Nizon,* dans : Vaterland, Luzern, 20. 2. 1982.

Thomas Emmerig, *Ich bin ein Sprachmensch, nicht ein Inhalte-Verteiler : Zum Werk Paul Nizons aus Anlaß seines Romans "Das Jahr der Liebe",* dans : *Literaturwissenchaftliches Jahrbuch,* im Auftrage der Görres-Gesellschaft hg. v. Hermann Kunish, Theodor Berchem und Franz Link, Neue Folge, tome 25, Berlin : Duncker & Humblot 1984.

Dieter Fringeli, *Von Spitteler zu Muschg. Literatur der deutschen Schweiz seit 1900,* Basel : Reinhardt 1975, p. 91.

Dieter Fringeli, *Paul Nizon,* dans : *Kritisches Lexikon zur deutschsprachigen Gegenwartsliteratur,* hg. v. Heinz Ludwig Arnold, München, edition text + kritik 1978 ff.

Ulrich Gerber, *Die Verantwortung. Ein Beitrag zum Verständnis zeitgenössischer Romane,* thèse, Zürich 1972.

Hugo Leber, *Texte. Prosa junger Schweizer Autoren,* Zürich 1946.

Klara Obermüller, *Armbrust gespannt, aber... Schweizer Schriftsteller der Gegenwart,* dans : Börsenblatt für den deutschen Buchhandel, Frankfurter Ausgabe, 13. 6. 1979, p. 5-10.

Elsbeth Pulver, *Die deutschprachige Literatur der Schweiz seit 1945,* dans : *Kindlers Literaturgeschichte der Gegenwart. Die zeitgenössischen Literaturen der Schweiz,* hg. v. Manfred Gsteiger, aktualisierte Ausgabe, Frankfurt / M. : Kindler 1980, p. 345-349.

Wilfred Schiltknecht, *Paul Nizon : La Prise de conscience par l'écrivain et le refus de la vie bourgeoise,* dans : *Le roman contemporain en Suisse allemande,* Lausanne 1974, p. 107-119.

Aurel Schmidt, *Der Hunger nach Welt. Gespräch mit Paul Nizon,* dans : Basler Magazin, Wochenendbeilage der Basler Zeitung, Nr. 47, 24. 11. 1984.

Walter Sorell, *Europas kleiner Riese – die kulturelle Schweiz im Blickfeld eines wohlmeinenden Betrachters,* Zürich : Artemis 1972.

Ralph-R. Wuthenow, *Ausbürgerung*, dans : *Am Schreiben gehen –*, Begleitheft zur Ausstellung Paul Nizon der Stadt – und Universitätsbibliothek Frankfurt / M. im Zusammenhang mit den Frankfurter Poetik-Vorlesungen an der Johann Wolfgang Goethe-Universität, hg. v. Alfred Estermann in Verbindung mit Walther Dörger, Frankfurt / M., Mai 1984.

TABLE

Achevé d'imprimer
en avril 1989
par l'Imprimerie Bussière,
à Saint-Amand-Montrond,
pour le compte des éditions
ACTES SUD et LABOR

Dépôt légal : mai 1989
Impr. n° 7914

Dans la même collection